JN315508

二見文庫

霧に包まれた街

ジェイン・アン・クレンツ／中西和美＝訳

In Too Deep
by
Jayne Ann Krentz

霧に包まれた街

登　場　人　物　紹　介

ファロン・ジョーンズ	〈ジョーンズ&ジョーンズ調査会社〉西海岸オフィスの責任者
イザベラ・バルディーズ	ファロンのアシスタント
ザック・ジョーンズ	〈アーケイン・ソサエティ〉の首長でファロンのいとこ
ジュリアン・ギャレット	〈ルーカン・プロテクション・サービス〉の社員
マックス・ルーカン	〈ルーカン・プロテクション・サービス〉の経営者
ノーマ・スポルディング	不動産業者
ウォーカー	スカーギル・コーブの住人
マージ・フラー	〈サンシャイン・カフェ〉の経営者
ミリセント・ブライドウェル	ヴィクトリア時代の発明家
ヘンリー・エマーソン	〈シー・ブリーズ・モーター・ロッジ〉の住人
ゴードン・ラッシャー	コミュニティ〈シーカー〉のリーダー
レイチェル・スチュワート	〈シーカー〉のメンバー
タッカー・オースティン	ファロン・ジョーンズの元パートナー
ジェニファー・オースティン	ファロン・ジョーンズの元婚約者
シルビア・トレモント	アーケイン博物館の学芸員

プロローグ１

ファロン・ジョーンズ　三年前

暗闇のなかで、この世ならぬ炎が燃えあがっていた。超常エネルギーのオーロラが天空で波打っている。サンフランシスコの夜空はスペクトルをまたぐ光で煌々《こうこう》と輝いていた。ファロン・ジョーンズはコンドミニアムのベランダの手すりを両手で握りしめ、懸命におのれを現実に繋《つな》ぎとめていた。見るものすべてに息を吞むパターンが見て取れる――驚くほど複雑で底知れない関連性のネットワークが、宇宙の中心へ続く道を照らしている。

真夜中の世界のまばゆい輝きに、ファロンはかつてないほど引きつけられた。目を凝らしさえすれば、天地創造の曙光《しょこう》も見きわめられるに違いない。それどころか、生死をつかさどるエネルギーを燃え立たせるカオスのパワーさえ、いくばくか捉えることができそうだ。

「散歩にはうってつけの夜だな」タッカー・オースティンの声がした。

開いた引き戸に振り向くと、黒い人影が見えた。なにかおかしい。タッカーが滝の向こうにいるように見える。焦点を合わせられない。片手になにか持っているが、はっきりしない。

「ここでなにをしている？」ファロンは尋ねた。酔った声になっているのがうっすら意識された。だが夕食のときワインをグラス一杯飲んだだけのはずだ。

「おれがここにいる理由はわかっているだろう」タッカーが戸口を抜け、近くの手すりの前に移動した。手に持ったものを左脚の向こうに隠して見えないようにしている。「マジック・ランタンの影響をかなり受けたようだな。おまえの能力は事実上、あの装置の興味深い副作用の一つだ。能力が高いほど影響を受ける。おまえの能力は事実上、ジョーンズ基準の枠を超えている。おかげでマジック・ランタンは、疑われることなくおまえを始末する格好の凶器になってくれたよ。おまえはもう超自然的領域で迷路にはまりこんでいる。戻るのは不可能だ」

「わたしを殺しにきたんだな」ファロンは言った。事実を告げるひとこと。事実のみを。とりあえずまだ論理的に考えることはできている。

「いずれおまえの能力が命取りになると警告したはずだぞ」タッカーの口ぶりはおもしろがっているように聞こえた。「そう思っているのはおれだけじゃない。言うまでもないだろうがね。さいわい、多くの人間がおまえのようなカオス理論能力者は破滅の道を歩むものと考えている。それに、創始者のシルベスター・ジョーンズに備わっていた能力のなかで、おまえのような能力を受け継いだ男にまつわる噂《うわさ》は以前からいろいろあった。晩年のシルベスターが被害妄想の変人だったことはみんな知っている」

「シルベスターが死んだのは四百年以上前だ。最後に彼になにがあったのか知りようがない。それに噂というものは本質的に事実と異なる」

「その反面、おまえもしょっちゅう指摘しているように、おもしろい噂は退屈な事実よりインパクトがある」

ファロンは一回首を振ってまばたきし、タッカーに焦点を合わせようとした。たったそれだけの仕草で周囲が揺れ動いた。手すりにつかまっていないと足元がおぼつかないほど失見当識が強まっている。

「なぜだ?」ファロンは訊いた。愚問だ。答えはわかっている。だがどういうわけかタッカーの口から答えを聞きたかった。とはいえ、それがそもそも問題なのだ。タッカー・オースティンを信じたいと思っていることが。

「残念だが、こうするしかない」タッカーが両肘を手すりに置いて闇夜を見つめた。「今度ばかりは、おまえかおれかだ。適者生存というやつさ。マジック・ランタンには一種の催眠効果がある。おまえがいま見ているうっとりするような幻覚を生みだすだけでなく、暗示にかかりやすくなる。ほら、ベランダから飛び降りたくならないか?」

「ならない」ファロンは動こうとしたが、一歩踏みだしたところで足がもつれて膝《ひざ》をついた。

タッカーが通りの向かいに建つビルを示した。「どうすればいいかわかるな、ファロン。水晶の橋を渡ればいいんだ。橋の真ん中まで行けば、宇宙の中心の見事な絶景が見えるぞ。見てみたいだろう?」

ファロンは手すりをつかむ指に力をこめて体を引きあげた。意識を集中しようとしても、なだれ落ちる波となって夜を照らすオーロラに集中を妨げられてしまう。

「どの橋だ?」

「それだ」タッカーが指差した。「ベランダから向かいのビルの屋上に延びている。手すりをまたげばすむ」

ファロンは下を見た。眼下の通りを見慣れない機械が移動している。ライトがちらちらまたたいている。車――脳の一部がささやいた――落ち着け。ここは地上十四階だ。

「橋が見えないのか？」タッカーが言った。「あらゆる答えに通じる橋だ。水晶のれんがの橋を渡って魔法使いに会いに行け」

ファロンは意識を集中した。暗闇に水晶の橋が浮かびあがっている。透明な階段が内側から輝いている。能力を高めると、橋が明るく光り輝いて彼を差し招いた。そのとき、意識の断片が神秘の光景を貫いた。

「あの橋は見覚えがある」

「そうか？」はじめてタッカーの声に戸惑いが聞き取れた。「どこで？」

「映画で見た。愚にもつかないストーリーだったが、特殊効果は悪くなかった」

タッカーが含み笑いを漏らした。「極上の幻覚を論理的に説明しようとしたら、ファロン・ジョーンズの右に出る者はいないな。まあ、悪あがきにしては悪くなかったよ。でも楽な道を選ぶ気がないなら、次の手を打つしかない」

いきなりタッカーが手に持ったものを振りあげた。ファロンは腕をあげて攻撃を防ごうとしたが、腕が言うことを聞かなかった。咄嗟《とっさ》に体をひねった彼は、バランスを崩してタイル張りの床にどさりと倒れこんだ。

タッカーが持っていたのはハンマーだった。それがファロンの頭の真横に振りおろされ、タイルの割れる音が響いた。すさまじい衝撃でベランダ全体が震えている。

暗闇のどこかで女が悲鳴をあげていた。

「このイカれた変人め」タッカーがふたたびハンマーを振りあげた。「とっくに正気を失っているはずなのに」

ファロンは転がって攻撃を避け、能力を振り絞った。ハンマーがふたたびベランダの床を強打する。

よろめきながらどうにか立ちあがると、虹色に輝く夜がきらめきながら周囲で激しく渦巻いた。

タッカーが襲いかかってくる。差し迫る死の予感でアドレナリンが駆け巡り、つかのま意識がはっきりした。

ようやく集中力が戻ってきた。信頼できる友人だと思っていた男の見慣れた姿が、居間の照明を浴びて一瞬鮮明に見えた。タッカーの顔は憤怒でゆがんでいた。友人の本性をいまはじめて知ったことにファロンは気づいた。

救いがたい思い違いをしていたショックで、さらに頭がはっきりした。タッカー・オースティンが原因で何人もの人間が命を落としたが、その責任の一端はファロンにもあった。彼はおのれの能力の怒りのパワーをありったけ奮《ふる》い起こし、カオスの中心からひと握りの炎をつかみ取った。そして超自然的パワーの見えないエネルギーをタッカーのオーラに浴びせかけた。ゼウスの稲妻とまではいかないが、目的を果たすには充分だ。

タッカーがひと声うめいて胸を押さえ、強烈なエネルギーから逃れようと無意識にあとずさって手すりにぶつかった。タッカーは背が高い。手すりは太ももにあたり、はずみで体が縁を越えた。

タッカーは悲鳴をあげなかった。すでに息絶えていた。だがジェニーの悲鳴はいつまでも続いた。それが死ぬまで耳を離れないことを、ファロンはわかっていた。

プロローグ 2

イザベラ　一カ月前

まさかランジェリー売り場に刺客がやってくるとは思っていなかった。

仕事が終わりショッピングモールの人気《ひとけ》のない駐車場を歩くときは、いつもことさら神経をとがらせている。週単位で借りている安モーテルの部屋に入る前は、かならず侵入者の存在を示す超自然的な霧をチェックしている。食料雑貨店で買い物をするときは、すぐそばまで近づいてくる相手に目を光らせているし、なにかの配達を頼むこともいっさいしない。わたしの部屋のドアをノックする理由がある人間は一人もいない。

それなのに、なぜかこの一週間は、ディスカウントショップのランジェリー売り場で店員をしていてもまずまず安全だと感じていた。女性用スポーツウェアの通路をうろつく二人の男を見たとたん、うなじがぞくりとした。超能力者は自分の勘をないがしろにしない。

イザベラは慎重に感覚を高め、認識がもたらす不快な寒気に備えた。イザベラにはなにかを隠している人間が放つ独特のエネルギーを感知する能力がある。ただ、誰でも大なり小なり無数の秘密を隠し持っているものだから、大勢の人がそばにいるときは、そこらじゅうに霧が見える。

近くにいる仕事仲間や買い物客の周囲に、突然ぼんやりしたオーラが現われた。イザベラは懸命に能力を操り、二人の男に意識を合わせた。覚悟してはいたものの、男たちの周囲で激しく煮えたぎるエネルギーを見たとたん、体の芯《しん》が凍りついた。なんらかの能力を持っているのは間違いない。おそらくハンターだ。

二人が探しているのはあなたよ――イザベラの勘がささやいた――逃げて。でも、二頭の狼《おおかみ》並みにすばやくて容赦ない訓練をされた男たちを振りきれるはずがない。

イザベラはなんとか表面上の落ち着きを保った。パニックは、銃やナイフのように確実に命取りのもとになる。

目の前に立っている中年女性が、レースのセクシーなショーツをふてぶてしくレジカウンターに投げだした。

「これをもらうわ」文句があるなら言ってみろと言わんばかりの口調だ。

女性客には、泥沼の離婚を乗り越えたばかりの女性に見られるありとあらゆる特徴が表われていた。超能力がなくてもわかる――結婚指輪をはめていた場所にうっすら残る白い線、最近受けた美容整形で不自然に大きくなった皺《しわ》のない目、トレンドの髪型、染めたばかりの髪、体にフィットする流行の服。この女性の人生は、つい最近がらがらと崩れて燃え落ちたのだ。

気持ちはわかるわ――イザベラは思った――それなりに。実際は、ほんとうの人生など一度も経験したことがない。それでもこの半年を過ごすあいだに、かなり、あと一歩で人並みになれそうな気がしていた。現実を見つめなさい——わたしは人並みになれるように生まれついてはいないのよ。

イザベラはどうにか愛想のいい笑顔を浮かべてショーツを取りあげた。「お買い得でしょう？」

「ええ」セクシーなショーツを買ってもばかにされないとわかった客が、いくらか態度をやわらげた。「だから三枚買うことにしたの」

「ぜひそうなさってください。セールが終わる来週には、もとの値段に戻りますから」

イザベラは女性用スポーツウェアコーナーにいる男たちに視界の隅で目を配りながら、ショーツをレジにとおした。うなじの産毛が逆立っている。二の腕に鳥肌が立つ。肩甲骨《けんこうこつ》のあいだに冷や汗が浮かぶ。あらゆる感覚が叫んでいる。心臓が早鐘を打っている。ここから逃げなければ。いますぐに。

ありきたりの光の下で見れば、二人のハンターが見た目とは違う存在であることを示すものはなにもない——連れが試着室から出てくるのを待っている、退屈そうな男。けれど、近くにいる客たちが二人からじりじり離れている。おそらくあの二人はすっかり臨戦態勢になり、獲物を追い詰める準備を整えているのだろう。そのせいで強烈なエネルギーを放っているので、超能力を持たない人間でも無意識に危険を感じ取っているのだ。

「悪いけど、急いでるの」カウンターの向こうにいる女性が言った。

「すみません」イザベラはすまなそうに微笑んだ。「今日はレジの調子が悪くて」

クレジットカードの伝票とペンを差しだす。女性がすばやくサインして、ショーツが入った袋をつかんだ。

イザベラは自分に鞭《むち》打って次の客に笑顔を向けた。ベビーカーを押す若い母親だ。

「お待たせしました」逃げるのよ。

「これをください」母親が淡いブルーの寝巻をカウンターに置き、ベビーカーの赤ん坊が放り投げた小さなビロードのおもちゃを拾おうと屈みこんだ。

「まあ、すてきな色」イザベラは研修で教わった手に訴えた――つねに客の趣味の良さを褒《ほ》めるべし。習ったとおりにきちんと寝巻をたたみ、薄紙に手を伸ばす。「とてもきれいなブルーだわ」

体を起こした母親がぱっと顔を輝かせた。

「ええ。好きな色なの。それにお買い得だし」

「早めにセールにいらして正解でしたね」薄紙で寝巻を包みかけたところで手をとめ、眉をひそめる。「あら」

「どうかした?」

「小さな染みがあるわ」イザベラは言った。

母親が不安げにカウンターに乗りだした。「どこ?」

「ここに」すばやく寝巻を取りあげ、存在しない染みが客に見えないように慎重にたたむ。

「わたしのサイズのブルーは、それしかなかったわ」いかにも残念そうだ。

「ご心配なく。たしか奥に一着あったはずです、この色とサイズのものが。すぐ戻りますね」

寝巻を片手に踵《きびす》を返し、カウンターの真うしろにめだたないように設置されたドアへ足早に向かう。

ハンターたちはわたしがストックルームに入るのを見たはずだが、運がよければすでに正体を見抜かれていることには気づいていないだろう。疑いを抱いたとしても、追ってくるとは思えない。そんなことをしたら、店員の誰かが警備員を呼ぶはずだ。

イザベラはテーブルに寝巻を放り投げて非常階段へ続くドアへ向かった。床から天井まで下着の箱でいっぱいの二列の棚のあいだから、仕事仲間のダーリーンが現われた。レースのブラの束を持っている。

「アニー、だいじょうぶ？」ダーリーンが心配顔で尋ねた。「気分が悪そうよ」

「だいじょうぶよ、ありがとう」

この店で雇ってもらうために、アン・カーステアという実在しない女性の名前と身分を使った。わたしの本名を知る人間は地球上に一人しかいない。この一週間は、その人——祖母——がもうこの世にいない可能性に向き合わざるをえなかった。もし誰もわたしのほんとうの名前を知らないなら、存在していると言えるのだろうか？

やめなさい——イザベラは思った——そこまでよ。ネガティブに考えてもしょうがない。そうじゃないとはっきりするまで、祖母は生きていると信じよう。さしあたっては息をしつづけなければ。すなわちハンター二人をかわすこと。

「ちょっと震えてるじゃない」ダーリーンが言った。

「カフェインが切れかけてるの」イザベラは答えた。「休憩するわ。非常階段でカフェテリアへ行くつもりだったの。運動しないとね」

「運動？」ダーリーンが足早に売り場へ続くドアへ向かう。「セール中はたっぷり運動できそうな気がするわ。足が痛くてもう死にそう。仕事が終わる夜には、きっとぐったりよ」

「そうね」イザベラは言った。「カウンターにこのブルーの寝巻を持って行ってくれる？お客さんが待ってるの。やっぱり染みはなかったと言ってちょうだい。光の加減でそう見えただけだって」

「いいわ」

「ありがとう」

ダーリーンが売り場へ出ていくのを待ってから、イザベラは非常階段のドアをあけた。コンクリートの階段で霧が渦巻いていたが、二人のハンターを取り巻いていたエネルギーと違い、階段の霧は冷たく燃えあがっていた。こういう霧が差し迫った死につきものなのは経験から知っている。

「もう、いまは勘弁して」つぶやきが口をついた。

いまは命がけで逃げているのだ。ほかのことに気を取られている場合じゃない。

その場の雰囲気は無視しようと思い定め、イザベラは階段をおりはじめた。けれど、上階からなだれ落ちてくる煮えたぎる霧を無視するのは不可能だった。冷たすぎて無理だ。

　立ちどまって上を見た。霧は三階建てのビルの屋上から来ている。一階上だ。十三歳のときからつき合ってきた能力の一部が、光り輝く霧をたどれと叫んでいた。非常階段をあがりきった場所に、いますぐ見つけなければならない何かが存在する。一刻を争う。

　屋上で二人のハンターに追い詰められるなんてごめんだ。でも、あの二人はわたしが駐車場から通りへ逃げると考えるだろう。上へあがるのはいい手かもしれない。

　そうね。たしかにわたしは自分の行動を正当化しようとしている。でもわずかながら筋はとおる。肝心なのは、屋上で見つけてもらうのを待っているのがなんであれ、わたしはそれを見つけずにはいられないし、急いでやらなければならないことだ。

　非常階段はきわめて効果的な反響室になっていた。足音は上から下まで響く。わたしが売り場に戻らないことに気づいたハンターたちは、非常階段で逃げたと思うだろう。もしも強硬策に出てここまで追ってきたら、屋上へ向かう足音を聞かれてしまう。

　イザベラはすばやくフラットシューズを脱いで片手でつかみ、ストッキングを穿《は》いた足で階段をのぼった。とりあえず逃亡にふさわしい服装はしている。いつもパンツにフラットシューズかブーツで出勤し、生まれたときからずっといつでも逃げられる格好をしている。

　この十日間、瀬戸際で生きてきた。最近は、あとどれだけ警戒をゆるめずにいられるかわからなくなりはじめていた。ジュリアン・ギャレットの手下にこんなにやすやすと見つかってしまったということは、潜伏生活が能力に悪影響を及ぼしている証拠だ。こんな生活はもう長くは続けられない。

そんなふうに思うなら、屋上に着いたら、いっそ飛び降りてみる？

そうすれば少なくともすべて終わる。祖母がこの世にいないなら、血がつながった人間は一人も残っていない。〈ルーカン・プロテクション・サービス〉で築きあげた職場での友情も、十日前に断ち切らざるをえなかった。いまはたいていの人間の想像を絶する孤立無援の状態だ。誰もが名前と身分を持っている世界で、わたしは完全に無名なのだ。厳密に言えばわたしは存在しない。

それならなぜ続けるの？

こみあげた怒りで、エネルギーと激しい感情と新たなアドレナリンが生まれた。階段を駆けあがる。わたしだってなにもないわけじゃない。敵がいる。敵の名前はジュリアン・ギャレット。あのろくでなしにみすみす勝たせはしない。

どんなときでも目標があるのはいいものだ。

階段をのぼりきり、息を切らしながらドアをあけた。アリゾナのさわやかな夜へ慎重に踏みだす。フェニックスやスコッツデールや近隣の街の明かりが眼下できらきら輝いていた。満月に近い月があたりを銀色に照らしている。

がらんと広い屋上のところどころに、エアコンの巨大な室外機がそそり立っていた。砂漠の夏と冬を生き延びるために、この商業ビルは膨大な空調を行なっている。

イザベラはつかのま足をとめ、ハンターたちが屋上まで追ってきたとき利用できる手段に意識を集中した。屋上からおりる階段が、ほかに少なくとも三つある。

でも凍りそうな霧の川は、逃げ道になりそうな場所のどれにも通じていない。光りながら屋上の端へ延びている。凍える霧がただよう先に、街の明かりを背景にして女性が一人立っていた。

イザベラはそっと靴を履き、そろそろと女性に近づいた。

「ねえ」心臓はどきどきしていたが、落ち着いたやさしい声を保った。「だいじょうぶ？」

女性がはっと息を呑んで振り向いた。「誰？」

「今週はアニーよ。あなたは？」

「サンドラ。ここでなにをしてるの？」

「さあ。こっちが教えてほしいぐらいよ」

「どういう意味？」むっとしている。

「屋上から飛び降りようとしてるんでしょう？」

「近づかないで」

「わかったわ」イザベラは足をとめた。「あなたを助けてあげたいけど、急がなくちゃいけないの。あまり時間がないのよ」

「約束でもあるの？」声にまったく感情がない。「引きとめるつもりはないわ」

「じつは、わたしを拉致しようとしている男が下に二人いるのよ」

「なに言ってるの？」

イザベラはわずかに相手ににじり寄った。やるべきことをやるにはまだ距離がありすぎる。

「こうやって話しているあいだも、二人はわたしを探してる。わたしがストックルームから出てこないことに気づくまで、そう長くはかからない。見つからないうちに屋上を離れられると助かるの」

「二人の男に追われてる？」信じられないと言うように声が大きくなっている。「それって悪趣味なジョークかなにか？」

「だといいんだけど」

「本気で言ってるの？」

「ええ」

「ドラッグをやってるのね？　売人からだまし取ったの？　やめてよ、わたしを巻きこまないで。自分の問題で手いっぱいなんだから」

「そうじゃないわ」イザベラは言った。「麻薬とはなんの関係もない。十日前、かなり危険な陰謀にたまたま気づいてしまったの。そしてその責任をなすりつけられた。ほんとうの犯人たちは、わたしは知りすぎていると思っている。彼らは祖母も殺したかもしれない。そのときのことをわたしが祖母に話したから。そしていまはわたしの命を狙ってる。ああ、ほんとにこんな話をしているひまはないのよ」

「頭がおかしいんじゃない？　いたるところに陰謀があると思ってる連中の仲間なの？」

「たまにそう思うことがあるわ」さらににじり寄る。もう少しだ。あと数十センチでサンドラにさわれる。直接触れることさえできれば。

「来ないで」サンドラが言った。「それ以上近づかないで。わたしは本気よ」

そばの階段からこもった足音が聞こえた。

「時間切れみたい」イザベラは言った。「来たわ」

「誰が？」面食らって注意がおろそかになったサンドラが、階段へ振り向いた。

「人殺しがよ」

イザベラは相手に飛びついて手首をつかみ、焦点を定めてエネルギーを送りこんだ。サンドラの顔から表情が消えた。遠くを見つめている。

イザベラは室外機を囲っている巨大な金属製の覆いのうしろにサンドラを引っ張りこんだ。屋上の床に座らせる。「ここにいて。出て来てもだいじょうぶと言うまで、おとなしくじっとしてるのよ」

返事はない。イザベラはもう少しだけエネルギーを送りこんでから手を離した。サンドラは金属の覆いにもたれてじっと座ったまま夜闇を見つめている。

階段のドアが勢いよく開いた。屋上で隠れようとしても無駄だ。男たちは隅々まで調べるに決まっている。

イザベラは巨大な室外機の陰から出て、階段から現われた男を見た。ハンターはすぐには彼女に気づかなかった。手に持つ小型の拳銃で、月の光とネオンがきらりと光っている。

「こんばんは」イザベラは手を振った。

ハンターが異常なすばやさで振り向き、銃を構えた。

「いたぞ」肩越しに怒鳴っている。

仲間が同じドアから現われた。こちらも拳銃を持っている。

「見つからないとでも思ってたのか？」最初にやってきた男が言った。「一緒に来い」

「いまちょっと手が離せないのよ」

「あたりまえだ」あとから来た男が言う。「こっちも同じだ。おまえを見つけるまで一週間以上かかった。ボスは機嫌が悪い」

近づいてイザベラの腕をつかむ。

その接触が超自然的な電流の接触めいた作用を及ぼし、相手のオーラに直接エネルギーを送りこめるようになった。

イザベラは焦点を定め、混乱エネルギーを軽く送りこんだ。

「消えて」そっとつぶやく。

男の動きが一瞬とまった。それから体の向きを変えて屋上の端へ歩きだした。

もう一人が呆然《ぼうぜん》と仲間を見つめている。「なんだ？　おい、ローリングズ、どこへ行く？」

イザベラは階段のほうへ一歩踏みだした。

「動くな」男が怒鳴る。イザベラに突進して手首をつかみ、仲間へ振り向いた。「ローリングズ！　頭がどうかしたのか？　戻ってこい！」

ローリングズは、砂漠一帯にひしめき合ってまたたく明かりに引き寄せられるように屋上の端へ歩きつづけている。

「ローリングズ！」男が怒鳴った。パニック寸前の声。「端から落ちるぞ。戻って来い」イザベラの頭に拳銃を突きつける。「あいつになにをした？」

「消えてと言っただけよ」イザベラは焦点を定めて相手のオーラにエネルギーを放った。

「あなたにも同じことを言うわ。消えて」

男が一瞬凍りつき、銃をさげた。イザベラは力が抜けた手から銃を奪った。男が振り向き、ローリングズを追って屋上の端へ歩きだす。

「やれやれ」イザベラはつぶやいた。「このまま屋上から飛び降りてもらいたいところだけど、そんなことをしても余計に騒ぎが大きくなるだけね」

銃を下に置いてローリングズに駆け寄り、目の前に立って軽く触れる。「こっちじゃないわ。ついて来て」

ローリングズが言われたとおりに立ちどまった。顔はまったくの無表情だ。イザベラはローリングズの銃を取って下に置いた。それから片手で相手の手首を、反対の手でもう一人の男の腕をつかんだ。二人を階段のほうへ連れて行き、開いた戸口からなかへ入るように促す。

「階段をおりて、ビルを出てそのまま歩きつづけなさい」と命令する。「通りを渡るときは横断歩道を使うのよ。信号が青になるのを待って」

催眠暗示が効くこともある。効かないこともある。

ローリングズが階段をおりはじめた。もう一人もあとに続く。

催眠状態がいつまで続くかは知りようがない。正直言って、実験する機会があまりなかったのだ。それは自分に備わった能力のなかで、あまり実験する気になれない要素だった。でも運がよければ、このビルを出て姿をくらます時間を稼げるだろう。いま一度。

イザベラはサンドラのところへ戻り、手首をつかんで軽くエネルギーを送りこんだ。

サンドラが目をしばたたいてわれに返った。

「あなたを知ってるわ」眉をしかめている。「命を狙われてると思いこんでいる、頭がおかしい人」

「そうよ。行きましょう」べつの階段へ誘う。「せかしたくないけど、急いでるの」

「一緒に行く気はないわ。頭がおかしい人となんか」

「ねえ、ここから飛び降りようとしていたのはそっちでしょう?」

「わたしの頭は正常よ」いらだっている。「滅入ってるだけ」

「いいから一緒に来て」

「どこへ行くの?」

「いちばん近い病院の救急よ。どうすればいいかわかっている人に全部打ち明けなさい。わたしは精神科医じゃないから」

サンドラが階段の手前で足をとめた。振り向いて屋上の端を見つめている。

「もう飛び降りるつもりはないわ」

「それを聞いてほっとしたわ」イザベラは相手を引っ張って階段をおりた。

「でもあのときあなたが来なかったら、気が変わることはなかったと思う」

「ほんとうに大事な判断をするときは、いつだってじっくり考えなおすに越したことはないのよ」

「何週間も飛び降りることを考えていたのに、急に気が変わったの」眉間に皺を寄せている。

「どうしてかしら」

「自分で思っているより賢くて強いからよ」

「違うわ。飛び降りるのをやめたのは、あなたと関係がある。あなたを包んでいる雰囲気のなにかに」

「決めたのはあなたよ。それを忘れないで」

二人は駐車場まで階段をおりた。イザベラは十日前に現金で買ったスクラップ寸前のポンコツ車にサンドラを押しこみ、病院へ向かった。救急窓口まで付き添い、診察室へ案内する看護師がやってくるまでそばにいた。

サンドラが戸口で振り向いた。「また会える、アニー？」

「いいえ」イザベラは答えた。

「あなたは天使なの？」

「違うわ。自分の口を封じようとしている人間がいると思いこんでいる、よくいる陰謀論者の一人よ」

サンドラが食い入るようにイザベラを見つめた。「非常階段から足音が聞こえたのを覚えているわ。おとなしくじっとしていろと言われたのも覚えてる。それに屋上に拳銃が落ちていた。気をつけてね、アニー」

「ありがとう」にっこり微笑む。「気をつけるわ。あなたも気をつけるのよ、いいわね?」

「ええ」

そして看護師に続いて白い廊下を去って行った。

イザベラは病院を出て駐車場へ向かった。車はここに置いていくしかない。ハンターたちはあのビルでわたしを見つけた。この車の特徴も知っているに違いない。

トランクをあけ、いつもそこに入れている小さなバックパックを出してトランクを閉めた。バックパックを背負い、駐車場を横切って通りを目指す。

行き先はわかっていた。今夜の出来事でほかに選択肢はなくなった。目的地までは、書類にもコンピュータにも記録が残らない唯一の手段を使おう。

ヒッチハイクでスカーギル・コーブへ行くのだ。

1

「わたしが〈ジョーンズ&ジョーンズ〉でやる初仕事にもってこいだわ」イザベラが言った。

「あなただってそう思ってるはずよ、ミスター・ジョーンズ。意地になっているだけ」

「こういう仕事をやるうえでは役に立つ特性だ」ファロンは言った。「たしかに意地を通すことにかけてはそこそこ自信がある。それからミスター・ジョーンズと呼ぶのはやめてくれ。ファロンだ。ここで働く前はミスター・ジョーンズなんて呼び方はしていなかったじゃないか。〈サンシャイン・カフェ〉でわたしにコーヒーを注いでいたときは、ファロンと呼んでいた」

「わかったわ」イザベラがいったん口をつぐみ、にっこり微笑んだ。「ファロン。さあ、わたしの初仕事をどうするの？」

いつものことながら、イザベラの笑顔とエネルギーでオフィス全体が明るくなった気がした。どんな超物理法則のなせるわざなのか、ファロンはずっと解明しようとしてきたが、いまのところ答えは見つかっていない。理論上、笑顔は顔の表情にすぎず、小さな筋肉と神経の位置がわずかに変化した結果だ。イザベラが笑顔で操る類《たぐい》のパワーを持ち合わせているはずがない。

　彼女特有のオーラが近くにいる人間に幸福感を抱かせる原因も、科学的に説明するのは不可能だ――イザベラのエネルギー場がこちらの頭を明快にし、思考を整理するのに役立つ理由も論理的に説明できない。

「きみが言う仕事は」ファロンはもったいぶって説明した。「〝迷子犬と幽霊屋敷〟のカテゴリーに入る。〈ジョーンズ＆ジョーンズ〉はこの種の依頼はあまり受けないようにしている。うちは一流の調査会社だ」

「ノーマ・スポルディングは、売ろうとしている古い家を調べて幽霊なんかいないのをはっきりさせてほしいと言ってるだけよ」

「幽霊なんてものは存在しない」

「そんなのわかってるわ。ノーマだってわかってる」イザベラが食いさがった。「あの家が幽霊屋敷だなんてノーマも本気で信じているわけじゃない。噂を払拭《ふっしょく》したいだけよ。あの家で変なことが起きているという噂のせいで、売り物にならないんですって。本物の超能力調査会社から太鼓判をもらえれば、この問題にけりがつくと思ってるの」

　ファロンは椅子の背にもたれ、デスクの角に足を載せて足首を交差させた。このデスクはガラス張りの本棚や壁にかかるエジプトの燭台同様、一九二〇年代にロサンジェルスで開業した当時の〈ジョーンズ＆ジョーンズ〉のオフィスにあったものだ。それ以前、〈J＆J〉の西海岸オフィスはサンフランシスコにあった。ロンドンのオフィスと違い、西海岸オフィスは一八〇〇年代に開設されてから幾度となく移転をくり返した。歴代の責任者に、じっとしていられない傾向があったのだ。

一九六〇年代に、セドリック・ジョーンズ――この事業を綿々と引き継いできたジョーンズの一人――が一時的にオフィスをスカーギル・コーブに移したことがあった。そのオフィスは二十五年前、グレシャム・ジョーンズが責任者だった時代にふたたび移転された。グレシャムの妻のアリスが、カリフォルニア北部の海沿いにある人里離れた田舎町に住むのを頑として拒んだのだ。そのため〈J&J〉はロサンジェルスへ戻り、そこがアーケイン・ソサエティの本部となった。

だがファロンは責任者を引き継いだとき、スカーギル・コーブとこの土地特有のエネルギーに関するセドリックの手記を発見した。興味を引かれてこの田舎町を訪れると、セドリックが正しかったとわかった。スカーギル・コーブのエネルギーには、〈J&J〉の業務内容と波長が合うなにかがあったのだ。彼自身とも波長が合う気がした。

ファロンは施錠されたままになっていた〈J&J〉のオフィスのドアをあけ、時間のひずみに捕らわれていた室内に踏みこんだ。三十年分の埃《ほこり》に埋もれ、デスクや壁の燭台を含めたあらゆるものが、グレシャムがロサンジェルスへ戻るためにオフィスを閉めたときのままになっていた。

アールデコの家具以外にも、〈J&J〉の歴史を示すアンティークがいくつかあった。デスクに置かれたヴィクトリア時代の時計、古めかしい傘立て、錬鉄製のコート掛けなどがそうだ。ファロンが追加したのはパソコンと新品の業務用サイズのコーヒーメーカーだけだった。

　彼は雇ったばかりのアシスタントを見つめ、これまで数えきれないほどやってきたようにイザベラ・バルディーズという謎を解明しようと試みた。

外ではひっきりなしに雨が降りつづいていた。太平洋は鋼《はがね》色に染まり、入り江で波が逆巻いている。だが二階にあるこぢんまりしたオフィスのなかは、あらゆるものが光り輝いてどこまでも明るい。状況が違ったら、こんなふうにほのぼのと居心地のいいエネルギーがどうしようもなく気にさわっていただろうが、イザベラがいるとなぜか違った。

　イザベラはもう一つのデスクについている。〈J＆J〉の勤務初日に、本人がアンティークの複製品を扱うネットショップに注文したものだ。重たい木製のヴィクトリア朝風デスクと椅子を二階まで運びあげるのは、二人がかり――言うまでもないが配達員とファロン――だった。イザベラは指示する係だった。彼女に物事を仕切る才能があることは認めざるをえない。

　だが、ファロンにとって気がかりでもあり興味をかきたてられもするのは、イザベラの事務管理能力ではなかった。彼の能力をなんとも思っていないことだ。ファロンの超能力をあたりまえのもののように受け止めている。それは経験豊富なファロンにとって特異なことだった。彼の能力の神髄は、カオスのなかに直感的にパターンを見出すことにある。本人も理解できない複雑かつ難解な能力だ。たいていの人間は、ややもすると不安を覚える能力だと考えている。

アーケイン・ソサエティには昔から、強力なカオス理論能力者にまつわる言い伝えがある。なかでもジョーンズ一族にときどき現われる者にまつわる言い伝えが。ファロンもいずれ、みずからがつくりあげた殺伐《さつばつ》とした陰謀の罠《わな》に深々とはまりこんでしまう運命にあると、みんなが陰でささやいているのは本人もよくわかっていた。いずれ妄想と現実の区別がつかなくなると考えている者もいる――正気を失うことを示す典型的な表現だ。

彼の能力でどこまでできるかわかったら、そんな噂をしている連中も愕然《がくぜん》とするに違いない。だがファロンはジョーンズだった。秘密を守るすべは心得ている。ファロンには、イザベラ・バルディーズも同じだという確信があった。なんにせよ、男の本質的な本能をくまなく刺激する女性と共通点があるのはいいことだ。もっとも、それはこのところファロンの人生における大きな厄介ごとの一つにもなっていた。ひとめ見たときから、イザベラにすっかり心を奪われているのだ。

イザベラ特有のもう一つの不可解な点は、ファロンの気分や、海岸を一人で延々と散歩せずにいられなくなる気性をまったく意に介さないことだった。ありのままの彼をあっさり受け入れている。

イザベラの肉体的な魅力にファロンは気づいていた。彼女には、大勢の女優やファッションモデルと同じ型から出てきたように見せるよくありがちな完璧さはない。だが意志が強そうな印象的な顔立ちと、一風変わった金色がかった茶色の瞳は、最初からファロンを釘づけにした。

肩の長さの髪をきっちり編みこんでいるので、顎《あご》と鼻と頬骨がつくる彫りの深さが際立っている。出るところは出た体型だが、まだスカートやワンピースを着ている姿を見たことがない。いつも決まってジーンズか黒っぽいパンツに袖《そで》をまくりあげた長袖のシャツ、かかとの低いブーツかフラットシューズという格好だ。バッグではなくバックパックを持ってくる。ファッションでそうしているのではない。しっかりしたつくりの機能的なバックパックには、ものがいっぱい詰まっている。

まるでいつでもハイキングに行けそうな服装だ。それとも逃げる服装だろうか？　その疑問はこの一カ月、一度ならずファロンの脳裏をよぎっていた。

なんらかの強力な直感能力が備わっているのは間違いないが、本人は具体的な話をしたくないらしい。それは、べつにかまわなかった。イザベラもファロンの能力についてしつこく詮索《せんさく》してこない。それに、既存の科学で説明できないものを専門的に扱っている調査会社で働くことを、まったく気にしていない。それどころか、この種の仕事に多少の経験があるようにふるまっている。さほど驚くことではない。強力な直感能力者の多くが、いつのまにか調査やセキュリティ関係の仕事をしているものだ。そういった職につかない者は、精神科医や霊能者になることもある。

〈J＆J〉が超常現象の研究にいそしんでいる組織と密接な関係にあると話しても、イザベラは肩をすくめただけだった。そしてどんなオフィス――たとえ超能力者の調査員が運営しているオフィスであろうと――にも、堅実で効率的な管理が欠かせないと主張しはじめた。

「あなたがなんでも自分で仕切らないと気がすまない質《たち》なのはわかってるわ」イザベラはそう言った。「でも優先順位を決めたり他人に任せたりすることを学ぶ時期に来ていると思うの。あなたは自分の能力を調査だけに注ぐべきよ。オフィスの管理なんかでなく」

正式にイザベラを雇ったという明確な記憶はない。たしかに、狭いオフィスに散乱する書類や本やパソコンのプリントアウトの山を管理してくれる人間を雇おうかとぼんやり考えたことはある。それどころか、コーヒーが切れないように気をつけてくれる誰かがそばにいる状況を想像すると、それも悪くないという思いが日増しにつのっていた。でも求人広告を出すには至っていなかった。一つには、自分が求めているようなアシスタントをどこでどうやって探せばいいか、さっぱりわからなかったからだ。

だがその問題はイザベラが解決してくれた。通りの向かいにある〈サンシャイン・カフェ〉のウェイトレスを辞め、〈ジョーンズ＆ジョーンズ〉にやってきて自分がアシスタントになると宣言したのだ。

〈ジョーンズ＆ジョーンズ〉西海岸オフィスは、わずか数日でがらりと姿を変えた。かつては統制されたカオスが支配していたが、いまは効率的に片づいている。イザベラはオフィスの奥に埋もれていた小さなキッチンまで発掘した。

現状における唯一の問題は、当初の目標を達成したイザベラが、本格的な調査の仕事をしたがっていることだった。

「ノーマはちゃんと料金も払うと言ってるのよ」イザベラが訴えた。

「問題の家はそんなに遠くないわ。わたしが確認しに行ってもかまわないでしょう?」

「確認など必要ない」ファロンは言った。「ノーマはこの町の不動産の現状をまだよくわかっていない。荒れ果てたザンダー邸に買い手がつかない原因が噂じゃないことにいずれ気づく。築百年以上の建物だからだ。購入を考えてやってきた客は、玄関を入ったとたん、あの家を改築して住める状態にするにはとてつもない手間がかかると気づく」

「売れない原因は噂だとノーマは思ってるの。本物の超能力調査会社に幽霊なんか出ないと保証してもらったと公表すれば、売れると信じているのよ」

「茶番だ。まともな仕事じゃない。〈ジョーンズ&ジョーンズ〉のイメージに傷がつく」

「〈J&J〉はめだたない存在だから、もともとイメージなんかないわ」イザベラがなだめてきた。「楽な仕事よ。午後を現場で過ごして、幽霊には退散してもらったとノーマに報告する。彼女が切った小切手は、そっくりうちの純利益になるのよ」

「うちはアーケイン・ソサエティから顧問料をもらっている」とファロン。「ソサエティのメンバーからの依頼も山ほどある。〝迷子犬と幽霊屋敷〟の依頼を受ける必要はない。それに、まれにその種の依頼を引き受ける場合は、そういう仕事もいやがらない契約調査員に任せることにしている」

「ノーマのオフィスはウィロー・クリークにあるの。ザンダー邸は五キロほど離れた崖の上に建っているそうよ。半径二五〇キロ圏内で手が空いている〈J&J〉の調査員はほかにいない。わたしたちだけよ」

「話は終わりだ」ファロンは言った。「きみはここにいてもらわないと困る」

「午後だけですむわ。新しい収益源を開発するべきよ」

ファロンは能力を高めていたわけではなかった。にもかかわらず、パソコンに新しいデータが届いたときのように直感がピンと鳴った。

「きみはここへ来る前はウェイトレスだった」意味ありげに言う。「まさか飲食業で〝収益源〟なんて言葉を覚えたわけじゃないだろう？」

その質問は無視された。「アーケイン・ソサエティを取り仕切っている理事会だかなんだかは、あなたが追っている〝夜陰〟の陰謀に対する最近の活動経費に文句を言ってるんでしょう？　理事会に予算をカットされた場合に備えて、新たな収入源を獲得するのが堅実な方針だわ」

「理事会には好きなだけ文句を言わせておけばいい。ソサエティの首長はザックで、あいつはこの問題の重要性を理解している。わたしが必要なだけの資金を調達できるように、責任を持って取り計らうはずだ」

「わかったわ」イザベラがあらためてにっこりした。「それならノーマ・スポルディングにもらう料金は、ここでの仕事の歩合だと思うことにする。そうすれば、そのお金を好きに使えるもの。あなたにもらっている薄給を考えるとね」

そんなふうに微笑みかけられると、ファロンはヘッドライトに照らされた鹿になった気がした。ハワイの事件で登場した水晶の武器より危険な笑顔。いまみたいにきらきら輝いている彼女を見ると、精巧に調整された脳がショートしたようになってしまう。

「いくらほしいか決めたのはきみだ」藁《わら》にもすがる思いで告げる。「もっとほしいなら、なぜそう言わなかった？」

「ここでの仕事を失いたくなかったもの」イザベラがすかさず答えた。「わたしのほんとうの値打ちに見合う額を言って、あなたを震えあがらせたくなかったの」

「わたしはそう簡単には震えあがったりしない」

「嘘ばっかり」くすくす笑っている。「新しいデスクと椅子が届いたとき、どんな顔をしてたか知ってる？」

「たじろいだとしても、原因は値段じゃない」

「そうね」穏やかな口調になっている。「自分の職場をわたしと共有することになると悟って、ショックを受けたからよね。わかってるわ」

「なにが言いたい？」

「あなたは一人に慣れている。たぶん、仕事をするには一人きりになる必要があると思いこんでいる。たしかにそうよ、ある程度は。でも、自分が思っているほど孤独は必要じゃないのよ。あなたは自分のまわりに砦《とりで》をつくっている。そういうのはよくないわ」

「今度はわたしの分析か？　そんなことのためにきみを雇ったんじゃない」

「ええ。そんなことをしてあげるほどお給料はもらってない。最近の精神科医が一時間あたりいくら請求するか知ってる？　そもそも、わたしたちみたいな超能力者をきちんと理解している医者が見つかるだけでもラッキーだわ。一流の精神科医でも、ひとめ見ただけであなたは頭がおかしいと結論を出すわ」

ファロンはぴたりと凍りついた。

「いやだ」イザベラが顔をしかめた。「そんな目で見ないで。あなたの頭はおかしくなんかない。ぜんぜん違う。そう思っていたら、ここで働こうとは思わなかったわ。さあ、ザンダー邸の話に戻りましょう」

ファロンはゆっくり息を吐きだした。「いいだろう。きみの初仕事。きみの歩合。だが時間をかけすぎるな。さっきも言ったように、きみに給料を払っているのは、幽霊を追わせるためじゃない」

「わかったわ」イザベラが立ちあがってヴィクトリア時代の錬鉄製コート掛けから黄色いレインコートを取った。「ザンダー邸には鍵箱があるとノーマに言われたの。箱をあける暗証番号も教えてもらった。いまから出かけて、幽霊なんかいないことを確認してくるわ」

「楽しんでこい」

イザベラがドアから飛びだしていくと、オフィスを明るく照らしていた光とエネルギーも一緒に出て行った。

ファロンはしばらく閉じたドアを見つめていた。

きみをここから失いたくない。わたしはきみを失いたくない。

ファロンは階段を軽やかにおりていく足音に耳を澄ませた。席を立って窓に歩み寄る。イザベラが通りに出てきた。つかのま足をとめて傘を差し、スカーギル・コーブの曲がりくねったメインストリートを小走りで〈トゥーミーの名品店〉のほうへ向かっている。店のショーウィンドーにはニュー・エイジの品々――いわゆる形而上学的小道具やチャイム、タロットカード、水晶や風変わりなオイル――がところ狭しとならんでいる。

店の上に借りている部屋へ続く階段をあがらずに、イザベラは裏へまわった。間もなく彼女が運転する黄色と白のミニ・クーパーが現われた。バド・イェーガーから買った車だ。町で唯一のガソリンスタンド兼自動車修理工場を経営するイェーガーが、こんな車を持っているることは誰も知らなかった。スカーギル・コーブにそういった質問をする人間はいない。ファロンは片手を窓枠につき、旧道を目指して走り去るイザベラを見つめていた。

彼女はスカーギル・コーブへ車では来なかった。ある晩遅く、バックパック一つで忽然《こつぜん》と現われたのだ。この町ではよくあることだ。けし粒のようなスカーギル・コーブは、はみだし者や流れ者や社会の主流に順応できない人間を昔から引き寄せてきた。だがその大半は去っていく。スカーギル・コーブは万人向けの町ではない。この町が持つエネルギーに関係があるのだろうとファロンは考えていた。

イザベラ・バルディーズを取り巻くきらめくパワーのオーラで、警戒の赤旗が山ほどあがっている。偶然は好きではない。べつの強力な超能力者が現われて、〈J&J〉の真向かいにあるカフェで働きはじめたことを、ファロンはかなり疑わしい出来事と捉えた。それにも増して、急激で強烈な肉体的魅力を感じて不意打ちを食らったことが気にかかる。これほど長いあいだ独り身を貫いてきたことを思うと、この気持ちはどうにも理解できない。

当初、イザベラは夜陰のスパイだと思っていた。ネットで調べてみたが、ファロンが見るかぎりこのうえなくきちんとした申し分ない経歴が見つかり、謎が増しただけだった。ここまで傷一つない経歴などありえない。見つかった数少ない記録によれば、イザベラはアーケイン・ソサエティとは無縁のまま成長し、彼女を女手一つで育てた母親を大学二年のときに亡くしていた。父親は彼女が生まれて間もなく交通事故で死んでいる。きょうだいも近親者もいない。スカーギル・コーブへ来る前は、いくつものつまらない仕事で生活費を稼いでいた——国のデータベースや企業の人事記録にさしたる痕跡を残さない仕事ばかりだ。

答えへの渇望とイザベラは夜陰のスパイではないと確信したい気持ちを抑えきれず、イザベラを見てもらうだけのために、知るかぎり最高のオーラ能力者であるグレイスとルーサーをハワイから呼び寄せた。二人がイザベラのエネルギー場に秘薬の兆候を見て取ることはなかった。グレイスの判断は、新しい住人はさまよえる魂ばかりを集める町にたどり着いた、さまよえる魂の一つにすぎないというものだった。

だがイザベラの経歴がそれだけですむはずがない。答えはいずれ明らかになるだろう。当面は疑問を抱えたままでいるしかない。

そして、イザベラをそばに置いて身の安全を確保しなければならないという、説明できない気持ちを抱えたままで。

2

荒れ果てたザンダー邸は、いかにも幽霊屋敷の典型的なイメージそのものだとイザベラは思った。一九〇〇年代初頭に建てられた三階建ての大きな石造りの建造物が、殺伐とした浜を見おろす崖の上に巨大で陰気なガーゴイルのようにうずくまっている。

イザベラは私道にミニ・クーパーを停めて風雨にさらされた屋敷を見つめた。なぜどうしてもこの依頼を受けたいと感じたのか、その理由はいまもわからない。ファロンは正しい。〈J＆J〉は本物の超能力調査会社だ。彼が執念を燃やしている夜陰の奇怪な陰謀に対処するだけでも大変なのに、アーケイン・ソサエティのメンバーに依頼される通常の仕事もこなしている。〝迷子犬と幽霊屋敷〟に分類される依頼まで引き受ける必要はない。

それでもノーマ・スポルディングと電話で話したあと、直感が激しく反応した。この二十四時間、認識がもたらす例の身震いと、隠されているものを見きわめたいという強い衝動は強まるばかりだ。こうして実際に目にすると、この屋敷のなかに大事なものがあるのがはっきりわかる。見つけなければいけないものが。

認識の身震いが幽霊のように神経につきまとい、気分が落ち着かない。もう一つの感覚を高めると、屋敷を覆う凍えそうな霧が見えた。霧のなかで氷の結晶がきらめいている。

屋敷の周囲で渦巻くこの世ならぬ光は、一カ月前の雨の深夜、スカーギル・コーブへやってきたときに見た霧とは似ても似つかない。ポイント・アリーナの郊外で拾ってくれたトラック運転手は、高速一号線をたどってメンドシノ岬を通過し、一軒のガソリンスタンドでイザベラをおろした。そこからスカーギル・コーブまでは、かすかに光るエネルギーをたどって徒歩でやってきた。

かなりの距離を歩いたが、世間から忘れられた小さな入り江の奥に隠れた田舎町に近づくにつれて、不思議な霧は輝きを増した。それは正しい方向へ向かっている証拠だった。ようやく町の中心部にたどり着いたときは、零時をまわっていた。

スカーギル・コーブは、べつの霧に包まれていた——海から押し寄せる湿っぽい灰色の霧。家々の窓は一つをのぞいてすべて真っ暗だった。明かりが灯っているのは、カフェの真向かいにある建物の二階だけだった。その窓はパソコン画面が放つ明るいオーラで輝いていた。二階を取り巻くこの世ならぬ霧には、エネルギーのパワーと熱が吹きこまれていた。そこは秘密に満ちあふれていた。

イザベラは建物に近づき、入り口の表示に懐中電灯を向けた。〈ジョーンズ&ジョーンズ〉。

懐中電灯を消し、濃い霧に包まれた通りにしばらくたたずんでノックしようか迷っていた。心を決めかねているうちに、細い路地の暗がりからやせこけた男がつかつか近づいてきた。懐中電灯を持っていないのに、暗闇のなかでも目が見えるような歩き方だった。髪もひげも伸び放題で、厚手の黒い全天候型コートとハイキングブーツという格好をしていた。どこから見てもホームレスなのに、コートとブーツはなぜか新品に見えた。

感覚を高めたままでいたイザベラは、男が濃い霧に包まれているのはわかったが、危険は感じなかった。

「あ、あんた、新入りだな」男の声はしわがれていて、話し慣れていないようにつかえがちだった。「宿がいるだろう。あ、空き部屋があるはずだ。ついてこい。あ、案内する」

「ありがとう」

男に案内されて明かりが消えたモーテルへ向かった。ベルを鳴らすとホールで明かりがつき、間もなく五十代なかばの女性が二人、寝巻とスリッパ姿でドアをあけた。そしてポーチに立つイザベラを見てにっこり微笑んだ。

「ええ、もちろん部屋は空《あ》いてるわ」女性の一人が言った。

「一月だもの」もう一人が説明する。「この時期はほとんどお客さんが来ないの。どうぞ入って」

黒いコートを着た見知らぬ男に礼を言おうと振り向くと、すでに姿はなかった。

「どうかした？」イザベラをホールへ招き入れながら、一人めの女性が尋ねた。

「男の人がいたんです」イザベラは言った。「ここへ案内してくれた人が」

「ああ、きっとウォーカーよ。この町の夜警みたいな存在なの。ちなみにわたしはバイオレット。こっちはパティ。二階へ行きましょう。部屋へ案内するわ。疲れているでしょう」

「チェックインの手続きをしなくていいんですか?」

「この町では正式な手続きにさほどこだわらないの」パティが説明する。「チェックインは朝でいいわ」

三十分後、イザベラは寝心地のいいベッドにもぐりこみ、喉元まで上掛けを引きあげていた。朝までぐっすり眠ったのは久しぶりだった。

翌日、宿泊客としてチェックインの手続きをするようにイザベラに頼むのを覚えている者は一人もいなかった。イザベラは一週間分以上の料金を現金で手渡し、そのあとパティのアドバイスに従って〈サンシャイン・カフェ〉でアルバイトを募集していないか尋ねに行った。小さなカフェを経営するマージ・フラーは、その場でウェイトレス兼厨房の手伝いとして雇ってくれた。記入が厄介な申請書も納税申告用紙もなかった。スカーギル・コーブはそういう町なのだと、そのときわかった。

その日の朝、ファロン・ジョーンズがカフェの入り口を入ってきてカウンターに座り、コーヒーを注文した。厨房を出たとき、マージ・フラーと話している彼が目に入った。全身がぞくりとし、あらゆる感覚に火がついた。

ファロン・ジョーンズのすべてからパワーがあふれていた。黒いマントのように強烈なエネルギーをまとっているのに、彼を取り巻くなにかがへたばる寸前だと訴えていた。

暗く冷え冷えした感情が彼のなかで燃え盛っていた。感覚を高めると、瞳の奥に凍えそうな炎が見て取れた。周囲で渦巻くこの世ならぬ霧が、底知れぬ秘密と謎を示していた。

自分なりのやり方で生きてきた男が持つ、頑固で一筋縄ではいかない顔をしていた。長身で肩幅が広く、岩のようにがっしりしていた。これまで体の大きい男性に魅力を感じたことはなかった。イザベラは身長一六二センチで、見おろされるほど背が高い男性は好きではない。ファロンぐらいの体格の男性がそばにいると、片手で身動きを封じられかねない存在と自分のあいだに本能的に一定の距離を置いてきた。

けれどファロンが相手だと、いつもの警戒心を感じない。それどころか彼のそばにいると、なぜか向こう見ずで放縦な女になった気がする。心のどこかで挑発したいと思っているのは、おそらく彼から波のようにあふれだしている自制が原因だろう。並々ならぬ自制は、同じぐらい並々ならぬ能力をコントロールする彼なりのやり方なのだろう。

あらゆる証拠が謹厳で禁欲的とも言える生活を物語っているが、修道士でないのは間違いない。ひと皮むけば、その下で紅蓮《ぐれん》の炎が燃え盛っている。ファロンはイザベラの感覚をありきたりのものもそうでないものも刺激したが、昔からの習慣はなかなか消えなかった。紅蓮の炎に飛びこむ前に、あの炎に油を注いでいるものを突きとめる必要がある。

イザベラはファロン・ジョーンズのことを考えるのをやめ、じっと運転席に座ったまま雨が流れ落ちるウィンドー越しにザンダー邸をうかがった。屋敷のまわりには庭があったのかもしれないが、一世紀以上太平洋の嵐にさらされていたせいで、とうに消滅している。窓ガラスは汚れて曇り、晴れた日でも室内に差しこむ日差しはかぎられそうだ。

ファロンの言ったことにも一理ある。ザンダー邸に幽霊は出ないと宣言しようが、まともな人間ならこんな巨大な金食い虫を買う気にはならないだろう。でもいまさらあとには引けない。〈J&J〉がこの仕事を引き受けるとノーマ・スポルディングに約束してしまったのだから。

イザベラはほかの感覚を封印して車のドアをあけ、一方の肩にバックパックをかけて傘を差した。突風にあおられた雨がまともに顔に吹きつけてくる。

嵐をついて私道を進み、ひび割れた石段をのぼった。風をさえぎる広いポーチに着くと、傘をたたんで鍵箱に暗証番号を入力した。手袋をはめた手に鍵がこぼれだした。

錆《さ》びた蝶番《ちょうつがい》がいかにもそれらしく不気味にきしんで玄関がひらいた。薄暗い玄関ホールに踏みこみ、バックパックから小型の懐中電灯を出す。電気はとっくにとめられているとノーマに注意されていた。

雫《しずく》がしたたる傘を隅に立てかけ、あらためて能力を研ぎ澄ませた。古い屋敷に立ちこめるエネルギーの量からして、きっとなにか大事なものがあるに違いないと思っていた。おそらく古い遺書、あるいは忘れ去られた株券が詰まった封筒が。それどころか高価な宝石が数点あるのかもしれないと。でも、まさか黒曜石のように黒光りする霧の激流がごうごうと流れているのを目にするとは思っていなかった。霧のなかで黒い氷の破片が蛍光を放っている。

イザベラは心を落ち着けて深く息を吸いこみ、不気味に光る流れをたどって薄暗いホールの奥へ向かった。ドアの下に霧がもぐりこんでいる。ドアをあけると、下へ続く石の階段があった。地下室一面がエネルギーのおぞましい海になっている。

イザベラはあわてて玄関に駆け戻り、傘をつかんで外に出た。勤務初日にファロンにもらった携帯電話をひらく。電話帳の中身はごくわずかだ。登録されている番号は一つしかない。最初の呼び出し音が鳴り終わらないうちにファロンが出た。

「どうした？　パンクでもしたのか？　ガス欠か？　こんな天気のとき車で行かせたのは、やはり間違いだったな」

「応援がいるの」

「まさか幽霊が出たと言うんじゃないだろうな」

「この家にはなにかあるわ」イザベラは言った。「なにかはまだわからない。でもいいものじゃないと思う」

「なぜそう思う？」

「地下室がからんでいるのよ」

3

イザベラは車内でファロンを待った。ドアをすべてロックし、キーはイグニッションに差してあるから、いざとなればすぐ逃げられる。でも誰も肉切り包丁を振りまわして玄関を飛びだしてはこなかった。陰気にそびえたつ屋敷が薄気味悪いエネルギーに包まれている。

黒いSUVが私道に入ってきたときも、まだどきどきしてうなじの産毛が逆立っていた。ちらりと腕時計に目をやった。ファロンは土砂降りのなか、くねくね曲がる狭い道を運転して十分もしないうちにここまでやってきたのだ。

彼が大きな車を降りて近づいてきた。黒いレインジャケットのフードをかぶっているのでよく見えないが、普段以上に怖い顔をしているのがわかる。感覚を高めると、目の奥で燃え盛る炎が見て取れた。

イザベラはドアをあけて運転席を離れ、さっきのように傘を差してバックパックを肩にかけようとした。その傘をファロンが取り、すばやく広げて用意が整うまで暴風雨をさえぎってくれた。

「幽霊屋敷にびくつくなんて、〈J&J〉の沽券《こけん》にかかわるぞ?」

「血しぶきが飛ぶホラー映画を見たことがある?」イザベラは言った。「頭が空っぽなくせに元気だけはいいブロンドのティーンエイジャーが、真っ暗な地下室へおりていって、マスクをつけた連続殺人犯にめった切りにされるような映画」

「見た覚えはない」

二人で正面の石段へ向かった。傘を差すファロンに大きな体で雨風をふせいでもらっていると、ポーチまで歩くのははるかに楽だった。体格が役に立つこともあるわね――イザベラはひとりごちた。

「とにかく、元気がいいだけのブロンドのティーンエイジャーにはなりたくなかったのよ」

「きみはブロンドじゃない」とファロン。「それにティーンエイジャーでもない」

「でも元気はいいわ、そうでしょう?」

ファロンが考えこむ顔をした。「それは正しい表現じゃないと思う」

「石頭の傾向があるって言われたことはある?」

「ある」ファロンが答える。「たいがいは、同時にユーモアのセンスがないとも言われる」

「ばかばかしい。ユーモアのセンスならあるわ」

「そうか?」本気で驚いている。

「少し変わっているだけよ」

「わたしの能力のように?」声から感情が消えた。

「あなたの能力のように」と認める。「わたしだって普通とは言えないわ。たぶんだから

〈J&J〉で働いているのよ」

　玄関をあける。ファロンが傘をたたみ、つかのまじっとたたずんで暗いホールをのぞきこんだ。彼の周囲でエネルギーが揺らぎ、能力を高めたのがわかった。イザベラもそれにならうと、今回も冷え冷えした霧がホールで激しく渦巻いていた。

「なにが見える？」ファロンが訊いた。

「とてつもなく陰気なウルトラライトが染みこんだエネルギーがたっぷり。霧みたい」

「ふむ」

「説明がむずかしいの」と言葉を継ぐ。「別次元の世界に入ると、隠しごとをしている人が残したエネルギーの残滓《ざんし》が見えるとしか言いようがないわ。たいていは無視するの、誰にだって隠しごとはあるから。でもたまに、見つけなければいけない秘密があると訴えてくる流れを感知することがある。訊かれる前に言っておくけれど、これも説明はできないわ。昔から言うように、見ればわかるのよ」

　ファロンが納得したようにこくりとうなずいた。「きみは発見能力者なんだな」

「ええ」

「ここの霧がなにを訴えているかわかるか？」

「いいえ」あらためて認識の身震いが走った。「でもさっきも言ったように、答えは地下室にある。そしていいこととは思えない」

「ほかに誰かいる感じはしない」

「わたしもよ」それはすぐわかる。空き家は独特の雰囲気を放つのだ。「でもなにか変よ」

「地下室を見てみよう」

「そうね」懐中電灯を出してスイッチを入れる。「電気がとめられているの」

「当然だ」

ファロンが玄関ホールに踏みこんでジャケットの内側に手を入れた。ふたたび現われた手に拳銃が握られているのを見て、イザベラはぎょっとした。

「銃を持ってきたの？」

「電話で応援がいると言われて警戒した」

「ごめんなさい。差し迫った危険があるとは思わない。あなたが言うとおり、この家は無人みたいだもの。でも一人で死体を見つけるのはいやだったの」

「そうなると思ってるのか？」

「こういう霧は以前も見たことがあるのよ」

イザベラは感覚を研ぎ澄ませ、ファロンに続いて玄関ホールに踏みこんだ。

ファロンがジャケットのポケットから懐中電灯を出してスイッチを入れた。「どっちだ？」

「あなたにはエネルギーが見えないのよね。うっかりしていたわ」相手の正面を懐中電灯で照らす。「左よ。ホールの真ん中あたりに地下室のドアがある」

彼がちらりと床を見た。「埃のなかに足跡がたくさんついている」

「思いだして。ノーマ・スポルディングが来てるのよ。それにノーマは、たまによそから流れてきた労働者が寝泊まりしていた形跡があると話していたわ」

「たぶんそれが幽霊が出るという噂のもとだろう」地下室のドアの前で立ちどまる。「これがそうか？」

「ええ」

ファロンがドアをあけた。二人そろってコンクリートの階段を見おろす。

「ここも人がいる印象は受けない」

イザベラは戸口に近づき、階段のふもとでうねうねと渦巻く冷たい光を観察した。いてもたってもいられない切迫感が高まっていく。

「この下で見つけてもらうのを待っているものを早く見つけないと」観念して言う。「ああ、この段階がいちばん嫌い」

ファロンはしげしげと地下室を見つめている。「おもしろい」

イザベラは彼に鋭い目を向けた。「なにが？」

「木の床だ」

「それがどうかした？」

「まだ新しい」

「きっと以前のオーナーの誰かが張り替えたのよ」

「きみが出発したあと、ここの登記をざっと調べてみた。この家は四十年以上誰も住んでいない。あの床は最近張られたものだ」

「そうね、異論はないわ」イザベラは自分が震えていることに気づかないふりをした。「少なくとも死体はなさそうでほっとしたわ」

「ここにいろ。わたしが一人で確認してくる」

「だめよ、一緒に行く」

ファロンが振り向いた。「本気なのか？」

これまでも、不愉快な終点まで霧をたどったことはある。

「ここまで来たら、答えを見つけずにはいられないわ」

ファロンがにっこりした。「わたしもだ」

「似た者同士ね」軽い口調を保つ。

ファロンがつかのま驚いた顔をした。まるでほかの人間と共通点があるとは思ってもいなかったかのように。ただ、言葉にはしなかった。

イザベラは彼のあとを追って階段をおりた。おりきったところで、膝まで届く霧のなかに二人でたたずむ。異常な寒さは骨まで凍りそうに強くなっていて、ファロンも感じ取れるほどになっていた。

「きみの言うとおりだ」彼が言った。「いやなエネルギーがあふれている」

イザベラは地下室の中央にある底冷えする渦巻きを見つめた。「ほんとうにおぞましいものの大半は、床板の下から出ているみたい」

ファロンが窓のない地下室に懐中電灯の光を走らせた。「隅にある、あの大きな衣装だんすをどう思う？」

　イザベラは古風な大きな家具を見つめた。扉は閉まっているが、周囲で濃い霧が揺らめいている。「なかに何かあるわ。でも床下から出ているものとは違う」

　ファロンが懐中電灯で地下室をくまなく調べはじめた。「ここには埃が積もっていない。掃除をしている人間がいるんだ」

　イザベラはあたりの空気を嗅いでみた。「強力な洗剤か消毒薬の臭いがする。ああ、もう。思ったとおりだわ。やっぱり〝地下室の死体〟パターンになるのよ」

「どうやらそうらしい」イザベラを見る。「これが初めてじゃなさそうだな」

「ええ。不運なことに、わたしみたいな能力があると、たまにこういうことがあるの。いやだけれど、どうしようもない。地元警察へはいつ通報するの？」

「通報すべきものがあると確認できしだい」ファロンが答えた。「確証がなければ、厄介なことになるだけだ」

「〈J&J〉としては、地元警察に電話をかけて、社員の一人が荒れ果てたザンダー邸に死体があるのを霊視したと言うだけじゃすまない。そう言いたいのね？」

「普通の警察は、超能力があると主張する人間に批判的な傾向がある。無理もない。偽の霊媒師や超能力者を騙《かた》るやからが大勢いるからな。彼らのせいで、うちの調査仕事の評価が下がっている」

「そうね」

「手始めに、あの衣装だんすを調べよう」たんすのほうへ歩いていく。

「ファロン」イザベラは声をかけた。「待って」

足をとめて振り返っている。

「時計の音がしない？」

彼が耳を澄ませた。年代物の時計が厳かに時を刻む音に二人で耳を傾ける。

「たんすのなかから聞こえる」ファロンが言った。「さっきまでは聞こえなかった。動きはじめたばかりだ」

「オフィスのあなたのデスクにある時計みたいな音よ。ヴィクトリア時代のアンティークだとあなたが言っていた時計」

「ああ。たしかに」

彼が衣装だんすの扉をあけ、内側に懐中電灯を向けた。イザベラは死体が転がりだしてくるのをなかば覚悟して息を詰めた。

けれど、見えるのは凝った装飾が施された大きな置時計だけだった。棚に載っている。懐中電灯の光を浴びて、真鍮《しんちゅう》の振り子と金色の装飾がきらめいていた。

イザベラは凍りついた。「青いコードと赤いコードのどっちを切るか決めなきゃいけないなんて言わないで」

「言わない」時計とたんすの内側を懐中電灯で調べている。「コードは見あたらない。どこにもつながっていない。ただの時計だ。ヴィクトリア時代のものらしい。わたしの時計のように」

「そういう旧式の時計は、週に一度ぐらいぜんまいを巻く必要があるのよ。動いているということは、誰かが定期的にここへ来ているんだわ」

「でも地下室に入ったときは音がしなかった」興味津々のようすで時計の裏に光を向けている。「なんと。こいつはミセス・ブライドウェルの発明品の一つだ。署名がわりに使っていた錬金術の記号がついている。どうしてここに？」

「ミセス・ブライドウェルって誰なの？　いいえ、説明はあとでいいわ。どうして動きはじめたの？」

「わたしたちが来たからだ。だとすると、やはり赤と青のコードの筋書きになる」イザベラに駆け寄り、大きな力強い手で腕をつかむ。「すぐここを出よう」

「なにが起きるの？」

「わからない。でも楽しい展開にはならないはずだ」

階段のふもとにたどり着かないうちに、懐中電灯が消えて地下室が漆黒の闇に閉ざされた。階段の上の戸口を満たす薄明りがみるみる暗くなっていく。

「どういうこと？」イザベラはつぶやいた。

「あの時計だ」ファロンが階段の途中でイザベラを引きとめ、声を落とした。「あれのしわざだ。一種のエネルギーを出して、この家にある普通の光を呑みこんで闇で満たしている」

容赦なく時を刻む音はまだ続いている。

「よくわからないけれど、ここを出たほうがいいという意見に賛成だわ」

「もう遅い」ささやき声で言った彼が、続いて耳元でささやいた。「下へおりるぞ。手すりにつかまれ。足を踏み外したら首の骨を折りかねない」

イザベラは金属の手すりをしっかりつかみ、つま先で慎重にコンクリートの階段の端を探りながら一段ずつおりていった。同時に能力を少し高めた。超自然的な霧は普通の光のように物を照らしてはくれないが、地下室の中央で渦巻くエネルギーと衣装だんすを取り巻く灰色の光がはっきり見えた。その光でだいたいの方向はわかった。

ファロンも能力を高めているが、この地下室は彼にどう見えているのだろう。階段をおりる足取りはかなりしっかりしている。きっと持ち前の並はずれた能力で、周囲の状況をそうとうはっきり把握しているに違いない。

「どうして下に戻るの?」小声で尋ねる。

「この家にいるのが、わたしたちだけではなくなったからだ」

頭上で床板がきしんだ。ファロンは正しい。この家はもう空き家の雰囲気を放っていない。

「買い手候補じゃなさそうだ」とファロン。

「でもこの闇は上の階まで広がっているわ。廊下にもあふれているのを見たもの。きっといまは真夜中みたいになっているはずよ。どうやって真っ暗闇のなかを歩いてるの?」

「なんらかの超能力があるんだろう」

そのとき、ファロンの目の奥で燃える薄暗い炎が感じ取れ、彼がイザベラのほうへ顔を向けたのがわかった。

「暗闇でも見えるのね？」とささやく。

「ハンター能力者が大勢いる家系の出身だからな。夜目が利くのは血筋だ。これからなにがあろうと口をつぐんでいろ。すべてわたしに任せるんだ」

階段のふもとに着いた。ファロンに引っ張られるまま冷たいエネルギーの海に入り、とまるように促された。真っ暗で方向感覚が麻痺《まひ》していたが、片手を伸ばすと階段の下に立っているのがわかった。

二人で頭上の足音に耳をそばだてた。ゆっくりした確実な足取りは男性のものだ。暗闇でも目が見えるように歩いている。

足音がホールを横切って地下室のドアへ向かってくる。その直後、階段の上のひらいた戸口に男が現われたのがわかった。微動だにしないファロンのようすで、彼も気づいているのがわかる。

男が階段をおりてきた。

「ぼくのささやかなゲームにようこそ」男が言った。虫唾《むしず》の走る陽気な口調。「これまで地元の住民をプレイヤーにしたことはないんだ。リスクが高すぎるからね。でも、新顔の間抜けな不動産業者が、ザンダー邸から幽霊を追いだすために探偵を雇ったと聞いて、今回の勝負ではルールを変えるしかなかった」

階段の途中で足音がとまった。

「でも、厳密に言えば、きみたちは地元の住民とは言えないな。〈J&J〉のオフィスはスカーギル・コーブにある。だからまんざらルールを変えたとも言えないわけだ。さて、隠れてるのは階段の下か衣装だんすのうしろだろ？　ほかに隠れる場所はないからね。ポイントを稼ぐのは簡単だ。まずは衣装だんすをチェックしてみるとするか」

イザベラは階段にいる男がふいに動いたのがわかった。最初は衣装だんすへ突進しているのだと思った。だが次の瞬間、目の前の床にスニーカーがドスンと着地する大きな音がした。男が階段の手すりを飛び越えたのだ。

「だまされただろ！」はずんだ声。「やっぱりこっちを先にしたんだ。ボーナスポイント、ゲット！　ちなみにぼくの名前はナイトマン。アバターだと思ってくれ」

二メートルも離れていない霧のなかに、狂気に燃える二つの目があった。ひしひしと感じられるエネルギーにくわえ、相手の動きに見られる不自然なスピードとバランス感覚と敏《びん》捷《しょう》性から考えて、生粋《きっすい》のハンター能力者に間違いない。

「これはこれは」ナイトマンが言った。「うっすらエネルギーを感じるぞ。どうやらきみたちは根っからのペテン師じゃないらしいな」

「違う」ファロンが言った。「わたしたちは本物だ」

「たまに少し超能力があるプレイヤーを選ぶこともあるんだ」とナイトマン。「ゲームにおもしろみがくわわるからね。じゃあ、始めようか。先攻はぼくだ、ミスター・私立探偵。レディはあとのお楽しみにしよう。きみとの勝負が終わったら、レディを上へ連れて行って逃がす。暗闇のなかでドアや窓を探しまわってるのを見るのは、最高におもしろいんだぜ」

「あの時計をどこで手に入れた？」さして関心がなさそうにファロンが尋ねた。

「なかなかの代物《しろもの》だろ？」くすくす笑っている。「数カ月前に、地下室の床下にある古い洞《どう》窟《くつ》で見つけたんだ。ゲームの格好の舞台になるんじゃないかと思って調べてたのさ。長年じめじめした場所にあったわりには、内部構造の状態はりっぱなものだった。妙なガラスケースに入ってたんだ。きれいにして動かしてみた。あの時計になにができるかわかったときの驚きがわかるかい？」

「夜をつくりだす」ファロンが言った。

「そのとおり」笑い声がはじけた。「こう言うのもなんだけど、おかげでぼくのちょっとした実写版ビデオゲームが参加者全員にとってかなりおもしろくなったよ」

「どうやればとまる？」あいかわらず学術的興味に基づいて訊いているような口ぶりだ。

「三時間ぐらいで勝手にとまる」ナイトマンが答えた。「そのあとはぜんまいを巻かなきゃならない。動きだすのは周囲の動きを感知したときだけどね。ゲームをしたくなると、オークランドやサンフランシスコの通りで麻薬中毒の娼婦を拾ってここへ連れてくるんだ。そして時計をセットして、ルールを説明してからプレイヤーを逃がす。ぼくが飽きるまで続けるんだ」

「死体はこの地下室の床下行きになるんだな？」

「洞窟があるんだ。たぶん昔密輸に使ったんだろう。このへんの海岸線には洞窟がいっぱいある」

　イザベラはもう黙っていられなかった。

「ノーマ・スポルディングがここを調べるために〈J&J〉を雇ったと知って、さぞあわてたでしょうね」

　ハンターの邪悪な瞳が鋭くイザベラへ向けられた。「あの女はどうにかするしかないだろうな。ここを売るのを黙って見ているわけにはいかないからね。せっかくぼくのゲームにあれこれ創意工夫をくわえたのに」

「わたしたちが行方不明になったことを、どう説明するつもりなの？」

「説明なんて必要ない」無関心な口調。「死体がないんだから。きみたちの車は道沿いの見晴らしがいい場所に乗り捨てておく。スカーギル・コーブから超能力探偵のカップルが消えたところで、誰も真剣に探そうとはしない。頭がいかれた人間や負け犬が集まる町だってことは、みんな知ってるからね」

「自分のアバターにナイトマンという名前をつけるなんて、そっちこそ頭がいかれた負け犬じゃない」イザベラはつっかかった。ファロンの小さなため息が聞こえた気がしたが、聞き流した。「それとも、十八世紀のイギリスで、汚物だめを掃除したり屋外トイレを空にする人を汲み取り人《ナイトマン》と呼んでいたのを知らないの？」

「嘘だ！」男が怒りの声を張りあげた。「ばかにしてるのもいまのうちだぞ。ぼくがナイフを使いはじめたら、笑ってはいられなくなる」

「今夜は新しいルールでやる」ファロンが言った。

不自然な暗闇のなかで、エネルギーがぱっと燃えあがった。苦しげなうめき声が聞こえる。ナイトマンだ。

ナイトマンが喉に詰まった悲鳴をあげた。両目がさっき以上に熱く燃え盛っているが、今回は死が迫っていると知って怯《おび》えているせいだ。

「やめろ」声がかすれている。「勝者はぼくだ。勝つのはいつもぼくなんだ。こんなまねは許さない。これはぼくのゲームだ」

ナイトマンがどさりと床に倒れる音がした。目に浮かぶ激しいエネルギーがじょじょに弱まり、やがて消えた。

「ファロン？」イザベラはかすれた声をしぼりだした。

「ゲームオーバーだ」まだ両目がらんらんと光っている。

ファロンが階段の下から出て行き、倒れた男の横にひざまずくのがわかった。

「死んだの？」

「生かしておくわけにはいかない」淡々としゃべっているが、その下に疲労困憊《ひろうこんぱい》が聞き取れる。

「かなり手ごわかった。一種のハンター能力者だろう。警察が逮捕しようとしても、五分もあれば逃げだして姿をくらませていたに違いない」

「誤解しないで、不満だったわけじゃないの。でもこれからどうするの？　警察にあの時計のことを説明しようとしても、きっとわかってもらえないわ」

「警察に説明するつもりはない。ここから運びだす。あれがなくても、警察は床下の死体を見つけてここでなにがあったか解明できる」

ごそごそなにかを探る音が聞こえ、ファロンが人殺しの服を調べているのがわかった。

「スカーギル・コーブへ持ち帰る前に、時計をとめる方法を見つけないと」イザベラは言った。「放出しているエネルギーが膨大だもの。この家いっぱいにあふれるほどの量よ。あなたは前が見えるかもしれないけれど、たまたま通りかかった車のドライバーは一時《いっとき》目が見えなくなってしまうわ」

「時計であることに変わりはない」ファロンが言う。「とめる方法があるはずだ。ミセス・ブライドウェルの作品には、どれも昔ながらの停止システムが組みこまれている」

ぞっと寒気が走った。「その人について、早くもっと知りたいわ」

「あとで教える。要するに、超自然的要素があろうと、あの時計はわたしのオフィスにある時計と似たようなものなんだ」

ファロンが立ちあがった。異様な闇を縫って移動する姿が、薄気味悪い霧のなかで黒いシルエットになっている。蝶番がきしむ音となにかをまわす音が聞こえ、ふいに時計の音がとまった。

二人の懐中電灯がつき、二本の明るい光線が地下室を切り裂いた。階段の上の戸口に自然な薄暗さが戻っている。

「うまくいったわ」

「ということは、やはりこれはミセス・ブライドウェルがつくったろくでもない装置なんだな、新種ではなく」とファロン。「朗報だ」

「なぜ朗報なの？」

「ブライドウェルの作品のハイテク・バージョンをつくろうと決意した、現代の発明家を追跡するのは気が進まなかった。オリジナル作品だけでも充分厄介なんだ。こうなると問題は、なぜこの時計がこの家にあったかだな。でも、それはあとで考えよう」

彼が懐中電灯で床の死体を照らした。イザベラは倒れたナイトマンに目を向けた。死に顔が戦慄《せんりつ》の表情で凍りついている。見たところ三十代なかばで、髪は砂色でしなやかな体格だ。ダークグリーンの作業ズボンにそろいのシャツを着ている。シャツのポケットに、ウィロー・クリークにある建設業者の名前が書かれたマークがついていた。

イザベラは目をそむけた。「あの時計はこの下にある洞窟で見つけたと話していたわ」

ファロンが床板のあちこちを懐中電灯で照らしている。「警察に通報する前に、洞窟に証拠があるのを確認しよう」

イザベラは渦を巻くエネルギーの中心の床に懐中電灯を向けた。「あそこを確かめて」

ファロンが光のなかに入り、しゃがんで手袋をはめた手で調べはじめた。

「あったぞ。跳ね上げ戸だ」

近づいたイザベラの前で、ファロンが床から大きな四角い板を持ちあげた。二人は暗闇に懐中電灯を向けた。金属のはしごが底へ向かって伸びている。はしごのふもとになにかあったので、イザベラはもっとよく見えるように少し前に乗りだした。

「あれはなに？」

「遺体袋らしい」

イザベラはぱっと体を起こした。「これでノーマ・スポルディングがこの家を売るのは不可能になったわね」

「カリフォルニアのこのあたりでは、不動産業はもともと厳しい商売だ」携帯電話を出している。

イザベラは咳払いした。「警察に通報する前にお願いがあるの」

「心配するな。警察が来るまでここにいる必要はない。いますぐ帰れ」

「そうさせてもらうわ、ありがとう」ゆっくり息を吐きだす。「でも、一つ問題がある。この家に幽霊がいないか確認するとノーマに約束したのは、わたしなのよ」

「ノーマ・スポルディングを含め、関係者全員に対しては、悪いことが起こりそうだと直感的にひらめいたわたしが、一人でザンダー邸の調査を担当することにしたと話す。きみは死体を見つける前に帰したと。早く行け。ここを出ろ」

「わかったわ」振り向いて階段を駆けあがる。戸口で足をとめ、振り向いた。

「悪いことが起こりそうだと直感的にひらめいた？」

「わたしは超能力者ということになっている、忘れたのか？」

「そうだったわね」

「ナイトマンの意味に関するどうでもいいトリビアをどこで覚えた？」

「いわゆる幅広い教育を受けたの」

「自宅学習か？」

「そう。それに本もたくさん読む」

「この件が片づいたら、なにから隠れているのか、あるいは誰から隠れているのか教えてもらおうか」

「超能力調査員のアシスタントになるなんて、わたしもばかなまねをしたものね」

4

「依然として手がかりはゼロです、ミスター・ルーカン」ジュリアン・ギャレットが言った。「フェニックスをくまなく捜索しました。まるであの店で働いていた短期間をのぞいて存在しなかったかのようです」

「もう一カ月になるぞ」マックス・ルーカンは言った。

「承知しています」

マックスはデスクから立ちあがってオフィスの窓辺へ行った。そばにある黒御影石の台座にぼんやり触れる。台座にはブロンズ製の猫の彫像が載っていた。一方の耳に金の輪をつけている。

エジプトの彫像。オフィスに飾られたほかの遺物と同じく、これも本物だ。紀元前六百年ごろつくられた。だがマックスの興味をかきたてるのは、古さではなかった。なんらかの方法で作者が金属に吹きこんだパワーだ。数世紀の時を経ても、彫像が持つエネルギーがささやきかけてくる。

「たかだか発見能力者が、どうしていとも簡単にレーダーから消えるんだ？」

「お怒りはごもっともです」

「ローリングズとバーリーの記憶はまだ戻らないのか？」

「はい。そして今後も戻らないと思われます。どうやらあの発見能力者に一種の解離性遁走《とんそう》状態にされたようです。ショッピングモールであの女を見つけたことは覚えていますが、そのあとは二人とも五キロ離れたレストランの前でわれに返ったことしか覚えていません」

マックスはうなじの産毛が逆立つのを感じた。パズルの大事なピースを見落としている証拠だ。

「ローリングズもバーリーも車に轢《ひ》かれなかったとは奇妙な話だ。夜のフェニックスの通りを放心状態で歩きまわったのに」

「それについても説明できずにいます」とジュリアン。「レストランまではいくつも通りを渡る必要がありましたから。たまたま運がよかったんでしょう」

「おそらくあの発見能力者について、われわれがまだ知らないことがあるんだろう」自分にあの女を責める権利はない――マックスは思った。特異な能力を秘密にしているのはおたがいさまだ。大半の人間には、あくまで盗まれた遺物の所在を突きとめたり、博物館の収蔵品を安全に守ったりするのがきわめて上手な人間にすぎないと思われている。「ここにいるあいだに、あの女はほかになにを隠していたんだろう」

「なんとしても見つける必要があります」

「言われなくてもわかっている」

マックスは港に浮かぶヨットに反射する日差しを見つめた。〈ルーカン・プロテクション・サービス〉は、カリフォルニアのゴールド・コーストでもっとも高級な一画に建ったばかりの光り輝くオフィスビルの二フロアを占有している。だが、ここのクライアントが本社の洗練された趣味のいい内装や眺望に感銘を受けることはない。この会社にサービスを依頼してくるコレクターの大半は、裕福で旅行経験が豊かだ。カリブ海からニューヨークやパリに至るまで、複数の家を所有しているのも珍しくない。彼らをうならせるには、眺望や豪華な内装以上のものが必要だ。それでも〈ルーカン・プロテクション・サービス〉のような会社を、通りに面したショッピングアーケードでやるわけにはいかない。この種のビジネスでは体裁も大切なのだ。

なにかを見落としている——マックスは思った。

「フェニックスでの不首尾をもう一度話せ」

ジュリアンがあらためて細かい顚末《てんまつ》を説明したが、新しい発見はなかった。

「女はショッピングモールでローリングズたちに見つかったことに気づいていたに違いありません」ジュリアンが話を結んだ。「二人があとで記憶の断片をつなぎあわせたところ、女は非常階段で逃げました。モールの駐車場にとめられていた車がなくなっています。その後、病院の救急の外にある駐車場で見つかりました。これらから考えて、泊まっていたホテルには戻っていないと思われます」

「つまり、当日仕事に行く時点で、万が一のときは逃げられる用意をしていた、ということだな」

「はい」

「彼女のパソコンで例のファイルが見つかったとき、うちから逃げだしたように」

「はい」

「行方をくらます達人とみえる」マックスはいっとき思案した。「ケイトリン・フィリップスに関して、なにかわかったか？」

「いいえ。フィリップスの所在もまだつかめていません。すでに死亡しているとみなすべきかと」

　黒御影石の台座をつかむマックスの指に力が入った。「何者かがA部門で一年近く超常武器を売買していたのが発覚したと思ったら、今度は二人の女の行方がわからなくなった。武器売買を仲介していたブローカーが射殺され、危険な工芸品が行方不明になったあげく、わたしには諜報機関がへばりついている。このままではわが社のイメージに傷がつく」

「わかっています。この件には昼夜を徹して取り組んでいます」

　マックスはくるりと振り向いて部下の目を見た。「わたしの会社の資産を闇市場で売買した者を許すわけにはいかない」

「はい」

「女たちと例の工芸品を見つけだせ」

5

〈サンシャイン・カフェ〉の裏路地に置かれたゴミバケツの蓋《ふた》に、テイクアウトの容器が載っていた。容器を手に取ったウォーカーは、中身のフライドチキンとマッシュポテトがまだ温かいと気づいて嬉しくなった。今夜はついている。

ゆうべもそうだった。昨夜も運に恵まれたのをウォーカーはぼんやり覚えていたが、どうでもいいことに関する彼の記憶はあまりあてにならない。どうかすると、役目を果たすために集中力を振り絞らなければならないときもある。

ウォーカーはカフェの木の壁にもたれてうずくまり、チキンの夕食をもぐもぐたいらげた。こんなふうになんの問題もない食べ物を捨てるなんて、じつにもったいない話だ。世界には飢えた子どもが大勢いるのに、スカーギル・コーブの住人はチキンやマッシュポテトやグリーンピースみたいに充分食べられるものを毎晩捨てている。毎朝捨てられているマフィンとコーヒーと同じだ。なんとけしからんことか。

食事を終えたウォーカーは立ちあがった。ゴミバケツのところへ戻り、蓋を持ちあげて空になったテイクアウト容器を捨てた。

丈の長い分厚いコートのフードを調節して顔に雨がかからないようにしてから、パトロールを再開した。頭のなかの切羽詰まった感覚が最近また強まっている。悪いことが起きる証拠だ。

いま身につけている防水加工が施されたコートとブーツは、町のべつの場所にあるゴミバケツの上で見つけた。あれはたしか調査会社の裏路地にあるゴミバケツだった。

あの調査員はスカーギル・コーブにとって大事な存在だが、なぜそうなのかウォーカーにはわからなかった。少なくともいまはまだわからない。彼にわかるのはわかっていることだけで、それで充分だった。イザベラ・バルディーズがスカーギル・コーブにやってきたときも、いまと同じようなかすかな確信があった。あの晩、徒歩でやってきたイザベラを見たとたん、この町にふさわしい人間だとわかった。ファロン・ジョーンズのように。

ウォーカーは明かりが消えた店の裏を抜け、角を右に曲がった。いつものルートをたどって〈スカー〉の前を通り過ぎる。時刻はまだ早く、七時にもなっていない。居酒屋は混雑していて、店内にいる常連客の声が聞こえた。エルビスの音楽が外までただよってくる。ウォーカーは無関心だった。このあたりはすべていつもどおりだ。彼の役目はおかしなことやいつもと違うものに目を光らせることだった。

今日はすでにかなり気になる展開が二つあった。数時間前、イザベラが車で町を出て行った。それから間もなくジョーンズも同じ方向へ向かった。イザベラが戻ったときは心底ほっとしたが、ジョーンズがまだ戻っていないことが気になってならない。

ウォーカーは書店のウィンドーをのぞきこんだ。この店はフィッチという名の経営者が亡くなったせいで最近たたまれたばかりだ。店主はある日地下室で倒れているのが見つかり、警察に心臓麻痺と判断された。だがウォーカーは最初から、フィッチが要注意人物だとわかっていた——スカーギル・コーブにそぐわないよそ者。損失にはならない。

さらに歩みを進め、〈トゥーミーの名品店〉の上にあるイザベラのアパートの窓をチェックした。カーテンが閉まっているが、明かりはついている。イザベラはなにごともなく部屋で過ごしている。なによりだ。こうでなければならない。

ジョーンズのSUVの低いエンジン音が聞こえた。帰ってきたのだ。ウォーカーの頭のなかの切羽詰まった感覚が弱まった。

ジョーンズが〈J&J〉が入っている建物の裏に車をとめた。ウォーカーはポケットに両手を入れて暗い戸口にたたずんでいた。二階にあるオフィスの窓を見つめ、明かりがつくのを待った。〈J&J〉の明かりが消えることはめったにない。

けれどその夜は明かりがつかなかった。かわりにファロン・ジョーンズが通りに出てきてイザベラのアパートへ歩きだした。片手にパソコンを持ち、反対の腕で毛布にくるまれた大きなものを抱えている。ジョーンズがウォーカーのいる戸口の前を通りかかった。並みの人間なら気づかなかっただろうが、どうやらジョーンズはいつもウォーカーの存在に気づくらしく、毎回挨拶してくる。

「やあ、ウォーカー」ジョーンズが言った。

ウォーカーは返事をしなかった。ショックで言葉が出なかった。ジョーンズが抱えている毛布の中身はわからなかったが、そこからかすかなエネルギーが湧きだしているのははっきりわかった。

頭を締めつける感覚がふいに強まり、耐えがたいほどになった。ウォーカーは必死で痛みを軽減しようとあがきながら巡回を再開し、たったいまスカーギル・コーブを襲った危難にどう対処すべきか考えあぐねた。

6

「名前はミリセント・ブライドウェル」ファロンは言った。「ヴィクトリア時代の非凡な発明家で、優秀な時計職人でもあった。同時に、ガラスの超自然的特性にアクセス可能な特殊能力を備えていた。彼女の発明品は、いずれもなんらかのかたちでガラスが使われている」

「あの時計の文字盤みたいに？」

「そうだ」イザベラのアパートの床に置いた毛布にくるまれた時計に目をやる。「アーケイン・ソサエティの専門家も、ガラスの謎を解明しきれていない。液体と固体という二面性自体、ほかに類を見ない特性だ。一般的に、ガラスを透過した超常エネルギーの効果は予測不可能だが、ブライドウェルはそれをコントロールする方法を探りあてた。自分の能力を生かして、本人が〝ぜんまい仕掛けの芸術品〟と呼んでいたものを大量に作製した。実体はいずれも凶器だ」

「いくつつくったの？」

「正確な数はわかっていない。ブライドウェルはぜんまい仕掛けの見事な芸術品を扱う合法的な店を経営していた。基本的に、作品は裕福なコレクター向けのしゃれたおもちゃだった。

だがほかの顧客の要求を満たす副業もやっていた」

「それはどんな顧客だったの？」

「都合が悪い配偶者やビジネスパートナーを永久に厄介払いしたいと思っている人間だ」

「なるほどね」とイザベラ。「要するに、ミセス・ブライドウェルは委託殺人を請け負っていたのね」

「まあ、公平を期して言えば、彼女は顧客自身が実際に手を下すべきだという自説にこだわっていた。自分はあくまで芸術家であり、プロの殺し屋ではないと考えていたんだ」

「でも人を殺せる凶器を提供していたんでしょう？」

「時計職人の技術の見事な実例を装っていた。被害者は手遅れになるまで気づかなかった」

ファロンはイザベラが注いでくれたウイスキーに口をつけ、へたったソファにどさりと腰をおろした。骨の髄まで疲れきっているのに、いま感じているけだるさは眠気ではない。ウイスキーはいくらか緊張をほぐしてくれたものの、深い場所までは届いていない。きっと今夜は眠れないだろう。かえって好都合だ——考える必要がある。

彼は半分閉じたまぶたのあいだからイザベラを見つめた。イザベラは狭苦しいキッチンを動きまわって食事の支度をしている。能率的で無駄のない優雅な動き。腹は減っていないが、おいしそうな香りが漂ってくる。

地元警察との話がすんだらアパートに夕食を食べにこないかと誘われたのは、予想外だった。おたがいに緊張を解く必要があると、イザベラは言った。誰かと一緒に緊張を解くことには慣れていなかったが、どういうわけか申し分ないアイデアのような気がした。

イザベラのアパートは、よく茂った観葉植物と不要になった家具であふれ、ぬくぬくと居心地がいい。前の住人はある晩引っ越し先も告げずに忽然と姿を消したが、この町ではよくあることだ。自分の店の上にみすぼらしい部屋を所有しているラルフ・トゥーミーからここを借りたとき、イザベラは前の住人の家具を使ってもかまわないと言われていた。

イザベラはアパート自体は借りることにしたが、家具は断わった。ファロンはトゥーミーを手伝って傷だらけのテーブルと脚がぐらつく二客の椅子、汚らしい染みがいっぱいついたマットレス、錆びたベッドスプリングを町のゴミ捨て場へ運んだ。

ゴミ捨て場へ向かう最後の遠征の途中で、ソファクッションのほころびからマリファナが詰まったビニール袋がこぼれ落ちた。

「どうやって家賃を払っているのか、ずっと不思議に思ってたんだ」トゥーミーがそう言ってビニール袋をポケットにしまった。「見たところ、生活費を稼ぐ手段をいっさい持っていなかった。どうやらドラッグを密売していたらしいな」

「あわてて姿をくらませたのも、それが原因だろう」ファロンは言った。

スカーギル・コーブは、カリフォルニア州北部の三郡からなるエメラルド・トライアングルの端に位置している。この地区でマリファナは、最大の換金作物として公然と認められている――園芸用品店からガソリンスタンドに至る、さまざまな産業の後ろ盾となる経済的原動力。

トゥーミーは町のゴミ捨て場になっている崖下へ投げ捨てた染みだらけのマットレスを見つめながら、こう言った。「イザベラはこの町にしっくり馴染《なじ》んでいると思わないか？　まるでおれたちの仲間って感じがする」

さまよえる魂が住民の大半を占める町に、もう一つさまよえる魂がくわわったというわけか——ファロンは思った。

アパートが空になると、イザベラは〈サンシャイン・カフェ〉のマージと〈ストークス食料雑貨店〉を経営するハリエット・ストークス、モーテルのオーナーのバイオレットとパティと一緒に室内を隅々まで磨きあげた。掃除のあとは明るい金色のペンキで壁が塗りなおされた。

ペンキが乾くと、何人かの住人が処分した家具やキッチン用品の代わりはいらないかと申し出た。イザベラは貴重な引っ越し祝いか高価なアンティークであるかのように、それらの中古品をすべて嬉々として受け取った。テーブルと椅子とぼってり厚い陶磁器はマージから譲られたものだ。中古のソファと脇テーブルはバイオレットとパティの好意。スタンドにプレスリーのフィギュアが立つランプは〈スカー〉のオーナーのオリバーとフラン・ヒッチコックからのプレゼント。

唯一新調した家具はベッドだ。その到着は住人全員が目撃した。新しいマットレスとボックススプリングが荷台からおろされるまで、マットレス安売り店のマークがついたトラックが通りを三十分間ふさいでいた。

ファロンはオフィスの窓から作業を見ていた。抜け目ない調査員の目は、マットレスが一般的なダブルサイズであることを見逃さなかった。あいにく、その情報はどうとでも取れるものだった。ほんとうに知りたいことは読み取りようがない。恋人がいなくてもダブルベッドを使う者もいる。

だがその反面、マットレスのサイズはイザベラの生活に男が存在することを示している可能性もある。そうだとしても、相手の男はまだ姿を見せていない。ただ全体的に見るかぎり、イザベラに恋人はいないようだった。

わたしと同じだ――ファロンは思った。

疲労感がいっそうつのり、彼に重くのしかかった。殺人犯を倒すために大量のエネルギーを消費した。どんなエネルギーだろうが、予備のものまで酷使すれば回復には時間がかかる。それでもいま身に沁《し》みて感じる根深い疲労が、超能力を最大限まで酷使した結果だけでないのはわかっていた。人を殺したことは以前もあるし、最後になるとも言いきれないのだから、心的ダメージが軽くないことに慣れるしかない。軽くなる日が来ないことぐらい察しがついている。

「もっと飲む?」イザベラがウイスキーのボトルを持って近づいてきた。

両手ではさんでいたグラスを置いたファロンは、それが空になっていることに気づいて驚いた。

「ああ」彼は言った。「ありがとう」

イザベラがたっぷりお代わりを注いでキッチンに戻り、自分のグラスにも少し酒を足した。それを勢いよくいっきにあおり、ゴホゴホむせている。

ファロンは立ちあがって部屋を横切り、肩甲骨のあいだを軽くたたいてやった。

「ありがとう」イザベラがどうにか礼を言って息をついた。「ふー。最悪の日だわ」

「だいじょうぶか？」

「ええ。〈J＆J〉の調査員だもの、ウイスキーぐらい飲める」

「ウイスキーを置いているとは思わなかった」ファロンは言った。「女性は白ワインやピンク色のカクテルが好きなものと思っていた」

「あなたの知識もその程度という証拠よ」

「ああ、そうだな」

ファロンはウイスキーのボトルに目をやった。ほとんど減っていない。さっき封を切る音がしたから、中身を注いだのは自分のグラスが最初だったはずだ。どうして自分が好きな銘柄を知っているのだろう。きっとデスクのいちばん下の引き出しにしまってあるボトルを見たに違いない。

イザベラが自分と同じ銘柄のウイスキーを飲んでいる確率がどのぐらいある？　わかっているかぎりの状況から判断して、ほぼゼロだ。だとすると、興味をかきたてられる可能性は一つしか残らない。彼女は自分に飲ませようという明確な目的でこのウイスキーを買ったのだ。そう思うと、胸の奥にぬくもりが広がった。

「イザベラ」

「え？」例のすてきな瞳を向けてくる。

「これからきみにキスしようと思う」

「アドバイスがほしい？」

「ああ」

「あれこれ考えないで」イザベラが言った。「ただすればいいの」

ファロンはグラスをカウンターに置き、イザベラの手からグラスを取ってそれもカウンターに置いた。そして両腕で抱き寄せ、唇を重ねた。

つかのまイザベラはされるがままになっていた。その直後、二人のまわりでエネルギーが燃えあがった。首に抱きついて激しくキスを返され、ファロンの感覚に火がついた。

人生のほとんどをそのなかで暮らしてきた水晶の牢獄を、イザベラに杭《くい》打《う》ちハンマーで粉々に砕かれたも同然だった。ファロンはふいに自由になり、かつて経験したどれとも違う情熱に焼きつくされていた。

「イザベラ」彼女の名前を口にするのがやっとだった。まるで呪文を唱えているような口調。ファロンは両手でイザベラの顔をはさんだ。胸の奥で驚きと感嘆の念が広がっていく。

「イザベラ」

イザベラの謎めいた瞳がかすかに広がった。あたかも彼女も起きたことに驚いているかのように。

「だいじょうぶよ」彼女が言った。「わたしは壊れたりしないわ」

「わたしは壊れるかもしれない」

イザベラがにっこり微笑み、ファロンの顎にキスをした。

「いいえ」声に確信がこもっている。「あなたは壊れたりしない。あなたを壊せるものなんかないわ、ファロン・ジョーンズ」

ファロンはうまく息ができない気がした。うなじの産毛がぞくぞくする。彼はイザベラを抱く腕に力をこめ、きつく抱きしめて唇から喉へとキスをした。イザベラが小さくあえぎ、狂おしいほどの情熱で応えてくる。しなやかで女らしくて、さわるだけで壊れてしまいそうだ。押しつぶしてしまいそうで怖い。

ファロンはイザベラを抱きあげた。

「待って」あわてている。「スープが」

ファロンはイザベラが手を伸ばしてコンロの火を消すのを待ってから、短い廊下を足早に進んで狭い寝室に入った。ベッドの横にイザベラを立たせ、服を脱がせはじめたが、手が震えてうまくできなかった。

「久しぶりなんだ」

「わたしもよ」とイザベラ。「でもおたがいにきっとなんとかなるわ」

自分の笑い声にファロンは驚かされた。イザベラの瞳が嬉しそうにきらめいている。彼女が髪をほどき、ファロンのベルトをはずした。

二人は身震いしそうな激しいときめきを感じながら、相手の服を脱がせた。やがて、ショーツだけを身につけたイザベラが目の前に立っていた。ファロンはじっと見入った。驚嘆の想いに圧倒されていた。やわらかい胸のふくらみを片手で包み、引き締まった乳首に親指を這《は》わせる。

「とてもきれいだ」

「いいえ」イザベラが言った。「でもあなたはわたしをきれいになった気分にさせてくれる」

ファロンのむきだしの胸に両手の手のひらをあて、それを上へ移動させて肩をつかむ。「ただ、あなたはゴージャスそのものよ」

自分が赤面したのがわかったが、どうでもよかった。

「相手を誉めたたえるような関係になっているようだな」

「でも、わたしには効果があるわ」

ファロンは自分が下になるように気をつけながらベッドに倒れこんだ。上になったイザベラが夢中でキスをしてくるようすがたまらない。温かい湿った唇が喉から肩へと移動し、さらに下へおりていく。

残り少ない自制をかき集め、ファロンは寝返りを打って自分の体でイザベラを押さえつけた。イザベラの瞳が明るくきらめいている。寝室のエネルギーレベルが数段あがったのがわかる。いまや寝室は狂おしいばかりに燃えあがり、いまにも本物の稲妻が走りそうだ。

ゆっくり時間をかけ、イザベラにとってすべてが完璧になるようにしたかった。けっして忘れられないように、イザベラの記憶に自分の存在を刻みつけたかった。だがおなかへ這わせた手をショーツのなかに入れると、太もものあいだが潤っているのがわかった。高まっている彼女の香りで理性が崖っぷちまで追いやられ、うめき声が漏れた。自分を求めてこれほどまでに熱く潤っているのだと思うと、残り少ない自制が危うくなる。強烈な情熱がファロンを捉えていたが、同時にこれほどまでに生きている実感があるのもはじめてだった。

そっとつつくとイザベラが小さくあえぎ、身をよじった。背中に爪が食いこんでいる。ファロンは顔をあげてイザベラを見た。

「きみがほしい」

激しい欲望で、そっけない乱暴な口調になっていた。怖がらせてしまったのではないかと不安になったが、イザベラはファロンの体に両腕を巻きつけ、あいだに彼が入れるように両脚を広げた。

ファロンは招きに応じて彼自身をうずめた。きつく締めつけてくるのがわかり、痛い思いをさせまいと必死になった。なんとしてもイザベラを悦ばせたいが、もっとも親密で原始的な方法で彼女とつながっていたい気持ちのほうが強い。最初、イザベラの奥にある小さな筋肉は抵抗していたが、じわじわと進んでいくうちに彼女が吐息を漏らしてファロンを包みこみ、あますところなく受け入れた。

ファロンはキスで二人のきずなを封印するように、イザベラの唇を唇で撫でた。

「わたしを忘れないでくれ」

「忘れないわ」

ファロンはイザベラのなかで動きはじめ、相手を悦ばせるリズムを探した。イザベラが肩にしがみついてくる。枕の上で頭をのけぞらせ、目をつぶっている。

締めつけが強まっていき、イザベラが腕のなかでわななきだした。彼女の下半身にかすかな痙攣《けいれん》が走ったのがわかる。

「ファロン」あえぎながら彼の名前を呼んでいる。

ファロンのなかにある、ありとあらゆるものが硬くこわばった。時間を超越した刹那《せつな》、彼はイザベラと一緒に深淵の縁に留まっていた。一つになったというそのときの感覚は、かつて経験したどれよりも心の底から湧きあがってくる感覚だった。

嵐が襲いかかってきた。次の瞬間、ファロンはイザベラと一緒にカオスの中心に油を注ぐまばゆいエネルギーに飛びこんでいた。

7

ファロンはしょうがスープの甘酸っぱい香りで目を覚ました。イザベラがキッチンで動きまわっている音がする。彼は顔の上まで腕を持ちあげて腕時計を見た。イザベラを寝室へ運んでこの世の未来がかかっているかのように愛し合ってから、一時間が経過していた。たぶん自分の未来もかかっていたのだろう――ファロンは思った。はっきりしていることが一つある。一時間前よりははるかに気分がいい。人間にほぼ戻った気分だ。

ベッドを出てバスルームに入った。鏡のなかの男を見たとたん、みるみる幸福感が薄れた。かわりに恐怖がこみあげた。イザベラはさっきのことについて話をしたがるだろう。その手の会話は苦手だ。

顔を洗って服を着こみ、表の部屋に戻ったときは男がやるべきことをしようと心に決めていた。イザベラが待っていた。洗い立てのパンツとシャツを着ている。かすかに顔が紅潮し、普段より目の輝きが増して見えたが、自分の寝室からファロンが出てきたことにはいっさい触れなかった。

「夕食の用意ができてるわ」それだけ言って、二つのボウルにスープをよそいはじめた。

「座って」

　二人のあいだに重要なことなどなにもなかったようにふるまっている。さっきまでイザベラと話すのを心配していたファロンは、買ったばかりのダブルベッドで起きたことについて彼女が話そうとしない状況にかえって不安を覚えた。一緒に緊張を解こうと言ったのは、セックスを意味していたのだろうか。イザベラにとって、あれがその程度のものだったとは考えたくない。

　ファロンは身構えたままテーブルについた。「いい匂いだ」

「祖母のレシピなの。わたしが風邪を引いたり具合が悪くなったりすると、いつもつくってくれたのよ。残った野菜にしょうが、にんにく、醤油、お酢、クワイ、豆腐、赤ピーマン、最後に溶き卵を少しずつ入れる。卵が細い麵《めん》みたいになるの」

　湯気があがるボウルを目の前に出されてみると、事情はどうあれ食欲があることに気づいた。それどころかふいに空腹を覚え、スプーンを取って食べはじめた。こんなにおいしいものを食べるのは久しぶりだった。いっきに幸福感が戻ってくる。世界を正すには、セックスと家庭料理にかぎる。

　イザベラが向かいに腰をおろした。スープをかきこむファロンを嬉しそうに見つめている。

「ミセス・ブライドウェルとかいう人が、ガラスの超自然的特性を操れたことはわかったわ。でも、いまあの時計からはエネルギーが出ていない」

「最初にぜんまいを巻く必要がある」

イザベラは唇をうっすらひらいてなにやら考えこんでいた。「でも時計のぜんまいを巻くのは機械的な動作よね。なぜそんなことでガラスの特性を稼働させる超常エネルギーが生まれるの？」

ファロンはイザベラの頭の働き方に好感を抱いた。

「いい質問だ。その点こそまさにブライドウェルが真の天才だった所以《ゆえん》だ。彼女は放っておけば静止状態にある超常エネルギーに、機械的エネルギーで点火する方法を突きとめた」

「機械的につくった火花でガス式暖炉に点火するのと同じこと？」

「そのとおり。〈J＆J〉に残っている資料によると、ミセス・ブライドウェルは自分の作品のスイッチを切る小さな鏡もクライアントに提供していた」

「クライアントがうっかり自分を殺したりしないように？」

「どうやらそうらしい。ただし、スイッチを切る装置はありふれた鏡じゃなかった。使用されていたガラスは、殺人装置に使われていたガラスと同じく、いまだに再現不可能な特性を備えていた。わたしが知るかぎり、解除に用いられた小さな鏡は一つも現存していない。アーケイン博物館にも標本がない」

「すごいのね。当時の記録を読んでみたいわ」

ソサエティの歴史に興味を見せたのははじめてだ。進歩と言えるだろう。

「ぜひ読んでみるといい」彼は言った。「明日念を押してくれ。あれを読めばきみもなにを相手にしているかわかるだろう」

「今夜じゃだめなの？」

「今夜は疲れて集中できない」

「わかったわ」

つかのま沈黙が流れた。

「じゃあ、別名ナイトマンことケビン・コナー・アンドリューズは、りっぱな市民だったことが判明したのね」しばらくのち、イザベラが口をひらいた。「建設会社における輝かしい職務記録。前科なし。誰からも普通のいいやつだと思われていた、などなど」

「よくある話だ。あいつが荒れ果てたザンダー邸の地下室を知っていたのも、地元に住んで建設会社に勤務していたことで説明がつく。床が張り替えられていたことも」

「そうね。スープのお代わりは？」

「もらおう」

イザベラが立ちあがり、ファロンのボウルにスープをよそって椅子に座りなおした。

「警察が〈J&J〉を聴取することはもうないと思う？」

「ほぼないだろう」ファロンは答えた。「ひょっとしたらあらためてわたしの供述を取りに刑事が来るかもしれないが、警察に話したことはすべて事実だ。少なくともある程度までは。われわれはノーマ・スポルディングからザンダー邸の幽霊の噂を調べてほしいと依頼された。わたしが現地を見に行った。地下室で遺体の廃棄場を発見し、屋敷を見張っていたと思われる犯人と対決するはめになった」

「地下室であなたを襲った犯人は、突然心停止を起こして死んだと言ったのね」

「ありえない話じゃない。たとえアンドリューズぐらいの年齢の男だろうと。検死が行なわれるかもしれないが、ほかの証拠は見つからないはずだ。それに警察がそこまでやるとも思えない。なにしろ物証が山ほどある」

「遺体だけじゃない。アンドリューズは写真を撮っていた。自宅の捜索で見つかった」

イザベラが彼を見た。「遺体のこと？」

「なんてこと」

「突然死は珍しくない。人殺しだろうがそれは同じだ。発砲がなかったことも、もみあった形跡がないことも警察は承知している。超能力を使った死がからむ犯罪という説を取るはずがないから、警察は心停止の線で行くはずだ」

「こういう状況に経験があるみたいね」

「いくらかは」ファロンは認めた。「心配しなくてもだいじょうぶだろう。担当刑事は現役生活最大の事件を解決したばかりなんだ。マスコミとの会見に応えるのに手いっぱいで、わが世の春を謳歌《おうか》した連続殺人犯が卒倒して地下室の階段を転げ落ちた理由をあれこれ考える暇はない。刑事にしてみれば、今回の出来事で裁判費用を節約できたからそれでよしとするだろう」

「でもあれはただの出来事じゃないわ」すかさずイザベラが言う。「あなたは人間を殺すはめになったのよ」

「ああ」

イザベラが、どういうことかわかっているという表情で見つめてきた。「ああいうことは、どれほど正当な理由があろうと、深刻なトラウマになるわ」

「アンドリューズが経験したトラウマほど深刻じゃない」

「あの男は自業自得よ。トラウマについて話したい？」

「こういう話は、きみを含めて誰にとっても、なんの役にも立たないと思う」

「そう」

「それで終わりか？　深刻なトラウマがもたらす影響を無視する危険について、あれこれ説教しないのか？」

「今夜はやめておくわ」


三十分後、スープ二杯とウイスキーをもう一杯胃袋に収めたあと、ファロン・ジョーンズはソファでぐっすり眠りこんだ。

イザベラは物音をたてないように明かりを消し、廊下の戸棚から予備の毛布を出した。ファロンに毛布をかけてやり、つかのま暗がりのなかにたたずんで彼を見ていた。ファロンはこのソファには大きすぎるし、狭いアパートにも大きすぎる。それでもなぜか、新しい隣人たちがプレゼントしてくれた観葉植物や大事な中古家具やランプや食器に囲まれた彼が自分の空間にいることが、しっくりくる気がした。

ファロン・ジョーンズと狭いアパートにあふれている中古の宝物が、いまはイザベラをつなぎとめる錨《いかり》になっていた。スカーギル・コーブが彼女の居場所になっていた。

8

ファロンは淹《い》れたてのコーヒーの香りと、キッチンで誰かが動きまわる聞き慣れない音で目を覚ました。体がしびれてこわばっている。またオフィスのソファで眠りこんでしまったに違いない。

まぶたをあけ、窓の外の霧がたちこめる冬の夜明けの暗い空に目をやった。雨が降っているのに、オフィスはいつになく暖かく感じられる。

なんとなく眺めがおかしい。おまえはやり手の調査員だろう、ジョーンズ。解明しろ。

自分のオフィスじゃない。自分のキッチンじゃない。自分のソファですらない。

いっきに記憶がよみがえった。イザベラと緊張を解くセックスをし、彼女がつくったスープを飲み、そのあと彼女のソファで眠ってしまったのだ。

女にいいところを見せるどころの話じゃない。

ぶざまな展開にもかかわらず、驚くほど気分がよくて休息を取れた気がした。テーブルへ視線を走らせる。例の時計はまだ毛布にくるまれたまま、静かにそこに載っていた。

「おはよう」

その声に振り向くと、イザベラが見えた。そしてたちまち硬くなった。キッチンにいるイザベラは、シャワーを浴びたばかりのようだった。バスローブに室内履きという格好で、髪をポニーテイルに結い、まだ化粧はしていない。それはかつて見たことがないほどセクシーな光景だった。

気が利いたことを言おうとしたが、なにも思いつかなかった。

「おはよう」かろうじて口に出す。

「ちゃんと眠れた？」イザベラがボウルに卵を割り入れた。「そのソファはあなたのサイズの男性には少し小さいもの。でもぐっすり眠っていたから、起こしたくなかったの」

動きがぎこちない巨大なマストドンになった気分で、ファロンはもそもそと立ちあがった。「すまない」ぶっきらぼうに言う。「なにがあったのかよく覚えていない」

イザベラがおもしろそうな顔をした。「あなたは疲れていたの。夕食のあと眠ってしまった。それだけよ。たいしたことじゃないわ」

「眠れるとは思っていなかった」

「ずっと無理をしていたし、能力を酷使しすぎたのよ。昨日アンドリューズを倒したとき、残っていたものも使いきってしまったんだわ。ゆうべ、あなたの体はもう限界だとサインを出した。ある意味、無理にでもあなたに回復の機会を与えたのよ」

それだけではないはずだ。暴力行為の後遺症なら以前も経験したことがあるし、そのときはまる二日間眠れなかった。ゆうべ求めてやまなかった休息を多少なりとも取れたのは、イザベラのいいエネルギーのおかげだ。でもなぜそう思うのかわからないし、ましてやイザベラにどう説明すればいいのか見当もつかない。

「もうすぐ朝食ができるから、バスルームを使ってくれれば？」

いまの状況にどう対処するか考える時間ができたことに感謝しつつ、ファロンは廊下を進んでバスルームへ向かった。そして鏡のなかから見つめ返してくる男の千年も生きていそうな瞳をあらためて見つめた。

もう取り返しがつかない。噂をとめるすべはない。

「大失態だぞ」ファロンは鏡のなかの男に言った。

十五分後にバスルームを出ると、イザベラに温かいマグカップを渡された。

ファロンはコーヒーを飲み、急速に明るくなっていく空をじっと眺めた。

「謝らなければならない」彼は言った。「でも謝ったところでしょうがない」

「なんの話？」

「ここは狭い町だ。わたしがここを出てオフィスに戻ったら、かならず誰かに見られる」

イザベラが年代物の冷蔵庫の扉をあけた。「だから？」

「そうなったら、昼にはわたしがここに泊まったことを住人全員が知っている」

イザベラが冷蔵庫を閉めてバターが載った皿をカウンターに置いた。「だから？」

ふだんは頼りになる脳みそが、どうやらサイバー攻撃を受けたコンピュータのようにロックしてしまったらしい。自分がいわゆる困惑という心理状態にあると気づくまで一瞬、間があった。困惑などありえない。能力をいくぶん高めて現状をもっと明確に把握しようとしたが、だめだった。その事実がなによりも彼をうろたえさせた。

「わたしがここに泊まったことをみんなに知られても気にならないのか？」

「ぜんぜん」クロムめっきの旧式のトースターにパンを二切れ入れている。「昨日はたいへんな一日だったもの。緊張をほぐすために二人で軽く飲みながら食事をしていたら、あなたはソファで眠りこんでしまった。べつに珍しいことじゃないわ」

「わたしは経験がない。こんなことは。それに軽く飲みながら食事をしただけじゃない。ベッドをともにした」

イザベラの眉があがった。「体面を心配してるの？」

「問題は」ふさわしい言葉を探す。「今日以降、この町の住人すべてにわたしたちが深い仲だと知られることだ」

「それがどうかした？」

ファロンはさらにもう少しコーヒーを飲み、判断力を鈍らせているおかしな困惑をカフェインの刺激で消そうとした。イザベラはふたりが一夜をともにしたことを知られようがかまわないと思っているらしい。それならなぜ自分は心配しているんだ？　そう自問してみたが、天啓はおりてこなかった。

「あなたが心配しているのは、わたしの体面なのね？」イザベラが言った。「気を遣ってくれるなんて、やさしいのね。そんな必要はないけれど、やさしいわ」

「ああ、それがわたしだ」マグカップに向かってつぶやく。「やさしい」

「いまどき本物の紳士なんてめったにいない」

「まあな」状況が急速に悪化しているのが感じられるのに、どうやってこの収束のつかない状態を止めればいいのかわからない。

小さなバネが動いてポンと音がし、遁走状態が破られた。キッチンで二枚のトーストが宙に飛びあがっている。

「たいへん」イザベラが叫んだ。

一枚はなんとか空中でキャッチしたが、もう一枚はカウンターに落ちた。

「よかった」にっこり微笑んでいる。「今回は床に落ちずにすんだわ。もちろんわたしたちみたいに深く飲食業に携わった人間には、こういう状況に適用する〝二秒ルール〟がある。落ちても二秒以内なら問題ないとするルールが。でもお客さんの前でやるのは避けたいもの」

「そのトースターは誰にもらったんだ?」

「ヘンリーとヴェラよ。〈シー・ブリーズ・モーター・ロッジ〉のキャビンの一つで見つけたんですって」

〈シー・ブリーズ・モーター・ロッジ〉は何十年も放置されているモーテルだ。数年前、無断居住者のいささかうさんくさい法的権利を利用して、ヘンリーとヴェラ・エマーソンはロッジに引っ越してそこに住みはじめた。これまで異議を申し立てる者は出ていない。敷地内で超大型犬を数頭放し飼いにしていることを考えると、まともな人間なら小規模の軍隊の援護なしにヘンリーとヴェラをあそこから追いだそうとは考えないだろう。いまのところ、軍隊を連れた人間は現われていない。

「もう定職があるんだから、新しいトースターを買うぐらいできるんじゃないか？」

「まあね」トーストにバターを塗っている。「でもこれが気に入ってるの。しゃれたヴィンテージ物みたいでしょう？」

「たぶん本当にヴィンテージだからだ。つくられてから五十年以上たっているに違いない。まだ動いているのが不思議なくらいだ」

「少し修理が必要だったけれど、ヘンリーがまた動くようにしてくれたの」

「そのようだな。二枚のパンを軌道に乗せるなんて、どんなトースターにもできることじゃない」

「そうよ」嬉しそうにしている。「わたしのは特別なの」

そのとき、ファロンはまだ引っ越し祝いをあげていないことに気づいた。

木のテーブルにつき、几帳面にセットされた二人分の食器をながめた。ナイフとフォークとスプーンが正しい順にならんでいる。ナプキンはきちんとたたんである。二枚のランチョンマットのあいだに、小花を挿した一輪挿しが置いてある。異次元に踏みこんでしまったようだ。

「それで」彼は言った。「スカーギル・コーブにたどり着いた経緯は、いつ話してくれるんだ?」

「あとで」イザベラが答えた。「朝食が先よ。一日でいちばん大事な食事だもの」

イザベラはリコッタチーズを混ぜた山盛りのスクランブルエッグと何枚ものトースト、新鮮でみずみずしい洋梨をファロンに食べさせ、男の心をつかむには胃袋に訴えるのがいちばんという、昔からの格言がほんとうであってほしいと願っていた。ファロン・ジョーンズぐらい大柄な男性にはそれなりの食べ物が必要だ。

コーヒーを三杯飲んだあと、ファロンは時計を持って帰って行った。イザベラは窓辺に立ち、霧――海から届く湿った霧――をついて〈J&J〉のオフィスへ戻っていくファロンを見ていた。

わたしは彼が人を殺すのを見た。並はずれて危険な男なら、これまでも遭遇したことがある。でも彼は違う。ファロン・ジョーンズは現代世界にはまれな存在だ――規則に従って生きる男、名誉や女性の体面みたいな時代遅れのものを気にかける男。

〈サンシャイン・カフェ〉はすでに開店している。きっとカウンターに常連が座り、マージのおいしい手作りマフィンを食べたりコーヒーを飲んだりしているのだろう。通りに出てきたファロンがオフィスに入っていくのにみんな気づくはずだ。昼には彼がわたしとひと晩過ごしたことが、町じゅうに知れわたっているだろう。

イザベラの頰がほころんだ。「べつにかまわないわ」

9

「ミ、ミスター・ジョーンズ？」

階段の上でオフィスのドアの錠前に鍵を差しこんでいたファロンは、手をとめてウォーカーを見おろした。

ウォーカーが自分の小屋以外の建物に入ることはめったにない。

「どうした、ウォーカー？」

ウォーカーに苗字があったとしても、それを知る住人は一人もいない。スカーギル・コーブでもっともホームレスに近い存在だが、厳密にはホームレスではない。町はずれの崖の上に日中仮眠を取る小屋がある。あまり眠る必要がないのはあらゆる証拠が裏づけていた。ウォーカーには果たすべき務めがあるのだ。スカーギル・コーブのパトロールは天職で、ウォーカーはその役目を忠実に果たしている。

町はずれの岬にある温泉につかり、服はぼろぼろになるまで着つづける。新しい服が必要になると、町の誰かがゴミバケツの上に置いておく。ウォーカーはゴミバケツの上で見つけたものしか自分のものにしない。あからさまなプレゼントは受け取らない。施しは受けないというのが信条の一つで、それを守って生きている。

食べるものには困らない。〈サンシャイン・カフェ〉のマージが夜は夕食を、朝は焼き立てマフィンとコーヒーを外に置いている。それ以外の時間は〈ストークス食料雑貨店〉の裏にあるゴミをあさればすむ。見たところ健康そうだが、太ったためしはない。たぶんほとんどつねに動きまわっているせいだろうと、ファロンは考えていた。天候にかかわらず、スカーギル・コーブの通りをひと晩じゅう歩きまわっている。

「は、な、話がある、ミスター・ジョーンズ」

ウォーカーはめったに口をきかない。話すときはいつもごく短く話す。住人の多くは、若いころ中毒性の高い麻薬をやっていたのだろうと考えている。恐ろしい幻覚を見て心がどこかへさまよってしまったまま、二度と戻って来られなくなっているのだと。ファロンはそこまで確信がなかった。ウォーカーにはなんらかの超能力がある気がしていた。昔スカーギル・コーブで起きたなにかによって、執拗《しつよう》なパトロールへ駆り立てられているのだ。

ファロンは鍵をまわしてドアをあけた。「入ってくれ。コーヒーを淹れよう」

ウォーカーから返事はなかったが、階段をのぼってオフィスに入ってきた。戸口でつかのま足をとめ、おずおずとあたりを見わたしている。

ファロンは毛布でくるんだ時計をテーブルに置いてジャケットを脱いだ。

「座ってくれ」イザベラの椅子を示す。自分の椅子以外でオフィスにある椅子はそれだけだ。これまでクライアント用の椅子を用意する必要に迫られたことはなかった。〈J&J〉には飛び込みの客はめったに来ない。もっぱら単一取引先の会社で、その取引先はアーケイン・ソサエティだ。ソサエティのメンバーは誰でも〈J&J〉のサービスを受けられるが、依頼が来たときはたいていソサエティの超能力者が経営するほかの調査会社に仕事をまわしている。

ウォーカーはちょっとためらってから、まるで椅子に座り慣れていないように恐る恐る腰をおろした。毛布でくるまれた時計を食い入るように見つめ、ただでさえ張りつめた顔の皮膚が、強い関心と恐れから骨のあたりでいっそう張りつめている。そして体を前後に揺すりはじめた。

ファロンはコーヒーメーカーに水を入れた。「なにかあったのか?」

「戻さないといけない」切羽詰まった口調でウォーカーが訴えた。「ここに、お、置いてはだめだ」

「なにを戻すんだ?」

「その、も、毛布の下にあるもの。戻さないといけない」

コーヒーの粉を機械に入れようとしていたファロンの手がとまり、テーブルに袋を置いてウォーカーを見つめた。

「毛布の下になにがあるか知っているのか、ウォーカー?」

ウォーカーが首を振った。体の揺れが激しくなっている。視線はいっときも毛布から離れていない。「知らない。も、戻さないといけないことしかわからない。ほかのものと一緒に蔵にしまっておかないといけない」

ファロンの頭からコーヒーのことが吹き飛んだ。わずかに能力を高めると、脳裏に多次元のクモの巣が現われた。いまのところ、糸の何本かはカオスのエネルギーの漆黒に閉ざされている。だがデータがふえるごとに少しずつ変化するはずだ。個々の情報がクモの巣のどこかに着地し、そこにぴったりくっついて輝きだす。間柄、関係、つながり、結びつき。それらがじょじょに微妙な構図をはっきりさせてくれるだろう。最後には探していた答えが見つかるはずだ。

彼はウォーカーを見た。

「ほかのものとは？」

ウォーカーがようやく時計からうつろな視線をはがした。「宇宙人の武器」

クモの巣の狭い一画が照らしだされた。

新しく光りだした糸をきちんと観察する間もなく、イザベラの軽い足音で物思いが破られた。ドアがひらく。

イザベラがプラスのエネルギーを翼のようにまとってオフィスに入ってきた。自分の椅子に座っているウォーカーに気づいてはっとしていたが、すぐに驚きを消してにっこり微笑みかけた。

「おはよう、ウォーカー」

ウォーカーの体から力が抜けたように見えた。前後の揺れがとまっている。「やあ、ミス・バルディーズ」

ファロンはイザベラを見た。「新しいクライアントだ」

イザベラはまばたき一つしなかった。コートのボタンをはずしはじめている。「どうかしたの、ウォーカー？」

ウォーカーがふたたび時計に目を向けた。「あれ。あれは危険だ。く、蔵に戻さないと」

イザベラがどういう意味かと表情で問いかけてきた。考えていることはわかる。もしウォーカーがあの時計に秘められたエネルギーを感じ取っているなら、かなりの超能力があると考えて間違いない。

イザベラがコートをラックにかけた。「最初から話してみたら、ウォーカー？」

頭が真っ白になったようにウォーカーの表情が崩れた。また体を激しく前後に揺らしはじめている。どこが最初かわからないのだ。

イザベラもすぐに察した。

「それよりも」と助け舟を出す。「蔵がどこにあるか教えてくれる？」

ファロンは今度も行き止まりになるのを覚悟した。だが意外にも、ウォーカーの表情に焦点が戻った。さっと立ちあがっている。

「ああ」ウォーカーが言った。「でも、よくよく、ちゅ、注意しないと。女王が見張っている」

10

ファロンが運転する車が〈シー・ブリーズ・モーター・ロッジ〉の雑草がはびこるひび割れた駐車場に入ると、イザベラは感覚を解き放った。母屋の前にありふれた量の超自然的な霧が見えるが、異常なものはない。

「とりあえず、ザンダー邸にあったようなエネルギーは見あたらないわ」

「それはよかった」ファロンが後部座席で小さく体を前後に揺すっているウォーカーを見た。

「ほんとうにここに蔵があるのか？」

「あ、ああ」体の揺れが激しくなっている。めったに車に乗らないから、いつも以上に落ち着かないのだ。

犬たちが狼の群れのようにひとかたまりになって霧のなかから現われた。激しく吠え立てながら車に突進してくる。三人は車内でじっとしていた。誰もドアをあけようとしなかった。スカーギル・コーブの人間なら誰でも正しい手順を心得ている。ヘンリーとヴェラを訪ねたときは、誰かが犬たちに攻撃をやめさせるまですべての窓をぴったり閉めた車内に留まっていなければならない。ごくまれに、ここがまだ営業していると勘違いした哀れな観光客がやってくると、ヘンリーとヴェラは相手があきらめて立ち去るまで家のなかにこもっている。

ファロンが明かりのついた事務室の窓へ目をやった。「ヘンリーとヴェラはいるようだな」

「たいていいるわ」イザベラは言った。「ときどき、あの二人はここで来る日も来る日も一日じゅうなにをしているのか、不思議になることがあるわ」

ファロンがにやりとした。「ということは、知らないのか？」

「知らないわ」鋭くにらむ。「知ってるの？」

「もちろん。わたしは調査員だぞ、忘れたのか？」

後部座席からウォーカーの声がした。「く、蔵を、ま、守ってる。それが二人の仕事だ。おれは夜パトロールする。二人は蔵を、ま、守る。日中はマージとほかの連中が目を光らせている」

イザベラはうしろを振り向いた。「マージたちも関わっているの？」

ウォーカーがこくりとうなずく。「最初にそう決めた。みんなそれを守ってる。でも、なにかま、まずいことになっている。元どおりにしないと。宇宙人のテクノロジーはとても、とても、危険だ」

事務室の扉が勢いよく開いた。デニムのオーバーオールに赤と黒のチェックのフランネルシャツを着た、顎鬚《あごひげ》のある体格のいい人物がのそりと霧のなかに出てきた。そして流行遅れの金縁眼鏡をかけた目で犬たちをにらみつけた。

「ポピー、オーキッド、クライド、サムソン、残りのおまえたち、もういい」ヘンリーが怒鳴った。「友だちだ」

たちどころに吠え声がやんだ。六頭の犬たちはじっと様子をうかがっている。耳をぴくぴくさせ、目つきは冷ややかで警戒怠りない。

最初にドアをあけたのはイザベラだった。

「こんにちは、ポピー」大きなシェパードの雑種に声をかける。「元気そうね」

大喜びしたポピーがだらしなく舌を垂らして駆け寄ってきた。耳をかいてもらってうっとりしている。オーキッドとクライドとサムソンとほかの二頭もわれ先に集まってきた。イザベラはみんなを撫でてやった。

ファロンが運転席からおりてきた。「ここの犬と仲良しとは知らなかった」

「犬が好きなの」イザベラは最後にもう一度ポピーを撫でた。「一匹飼おうかと思ってるの」

犬を飼えば本物になる。犬を飼うということは、スカーギル・コーブに根を下ろしたという意味だ。わが家を見つけたという意味。

ヘンリーの目がイザベラに向いた。「トースターの調子はどうだ？」

「文句なしよ。これまでで最高のトースターだわ」

視界の隅でファロンの眉があがったのを捉えたが、彼はなにも言わずにいた。

ヘンリーがひと声満足の声を漏らした。「最近のトースターはなっちゃないからな」ウォーカーとファロンを見る。「蔵の中身の件だな？」

「なぜわかった？」とファロン。

ヘンリーがウォーカーのほうへ首をかしげた。「あいつが車に乗る理由はそれしかない。なにがあった?」

ウォーカーが車から降りてきた。かすかに震えている。「この二人は、な、なにか見つけたんだ。蔵になきゃいけないものを。おれにはわかる」

ヘンリーはなにやら考えこんだ顔でしげしげとファロンを見ていた。「ザンダー邸で起きた騒動と関係があるのか?」

「察しがいいな」ファロンがSUVのうしろへまわり、リアドアをあけて毛布でくるんだ時計を出した。

「あの家の地下室の床下にいくつも遺体が埋まっていたと聞いた」ファロンに視線を注いだままヘンリーが言った。「ゆうべはそのニュースでもちきりだった。犯人の死体も見つかったそうだな。心臓麻痺」

「ああ」

「じつにすっきりしたあと腐れのない結末だ」とヘンリー。「ヴェラもおれもこういう結末は好きだ」ファロンが抱えているものをにらむ。「なにを見つけた?」

「時計よ」イザベラは言った。「でも普通の時計じゃない」

ウォーカーはぴくぴく引きつっている。「蔵にあった宇宙人の武器の一つだ」

ヘンリーの眉が寄った。「ヴェラとおれが見張りをするようになってから持ちだされたはずはない。おれたちが封鎖する前に持ちだされたに違いない」

「ザンダー邸の犯人は、地下室の下にある洞窟に隠されていたガラスケースのなかでこれを見つけたと話していた」とファロン。「かなり昔からそこに隠されていたんだろう」

ヘンリーの顔に興味が浮かぶ。「ぶっ倒れる前の犯人と話したのか？」

「ああいう連中は吹聴せずにはいられないものだ」ファロンが答えた。「すごい人間だと思わせたかったんだろう」

「ふうん」したり顔をしている。「そして自慢話をしたあと心臓麻痺を起こした。たいした偶然だな」

「そういうこともある」

「いいや」とヘンリー。「偶然であるものか。蔵にあったものなら偶然じゃない」

イザベラは前へ出てファロンの隣りに立った。「ウォーカーが彼だけに見えるプリズムをとおしてものを見ているのは知ってるわ。でも、あなたまでほかの銀河系から来た宇宙人がスカーギル・コーブになにかを置いて行ったと信じているわけじゃないでしょう？」

「宇宙人じゃない」ヘンリーが答えた。「小規模な研究機関の人間だと話していたが、それが表向きなのはみんな承知していた。人目を避けたい秘密機関は、内密の請負業者をどっさり利用する」

「そのとおりよ」イザベラは言った。「みんな知ってるわ」

ファロンが眉をしかめたが、口はつつしんでいる。

ヘンリーはしげしげとイザベラを見つめ、そのあとファロンをうかがっていた。肚《はら》を決めているのだ。

「あんたたちはもうこの土地の人間だ」やがてそう言った。「二十二年前にここで起きたことを知る権利がある。入れ、ヴェラがコーヒーを淹れる。あんたには紅茶をな、イザベラ。おれたちが知ってることを話そう。だがあらかじめ断わっておくが、話せることはたいしてないぞ」

11

ぞろぞろとロッジに入るみんなに続いてウォーカーも建物に入り、窓際のベンチに腰かけた。両腕を腰に巻きつけて体を前後に揺らしている。

イザベラが古ぼけた革張りのアームチェアから本の山をどけて腰をおろした。ファロンは小さなダイニングテーブルに寄せてある木の椅子を一つつかみ、逆向きにしてまたいだ。毛布でくるんだ時計を左足の横に置き、背もたれの上で腕を組む。

ロッジの内装は彼のオフィスを髣髴《ほうふつ》とさせた。少なくとも、涼しい顔で現われたイザベラが切り盛りする以前の状態に似ている。平らな場所はどこもかしこも本や雑誌やプリントアウトで散らかっていた。ダイニングルームのテーブルにパソコンとプリンターが載っている。

大きな暖炉で火が燃えていた。暖炉の上の壁に写真が入った額が二列にならんでいる。写っているのはいずれも若い男女だ。角帽とガウン姿の者もいるし、軍服姿の者もいる。女性の一人はレストランの前に立って誇らしげな笑みを浮かべている。店名と女性の名前が同じなのをファロンは知っていた。

数十年にわたって、スカーギル・コーブには家出したり住むところを失ったりした若者が大勢さまよいこんできた。ほとんどは長居しなかったが、残った者はそのままひっそりと受け入れられ、保護されて教育を受けた。ヴェラとヘンリーはスカーギル・コーブの非公認の教師なのだ。額《がく》に納められているのは、この町の卒業生の写真だ。

ファロンは視界の隅で、イザベラが自分が座っている椅子の肘掛けに分厚く積み重ねられた紙束のいちばん上の紙にちらりと目をやったのを捉えた。わずかに目を見開いて微笑んでいる。あの笑顔の意味は最近わかるようになった。ちょっとした謎が解けたのだ。

ファロンがウィンクすると、イザベラが明るく笑った。

ヴェラ――五十代半ばのがっしりと恰幅《かっぷく》のいい美人――が四つのマグカップの取っ手を持ってキッチンから現われた。白髪混じりの茶色い髪をきつくポニーテイルにまとめている。着ているのは、くるぶしまで届く緑と紫のゆったりしたワンピースだ。袖口から色褪《いろあ》せたタトゥーがのぞいていた。肌寒い日なのに、ビーチサンダルを履いている。

「よく来たね、イザベラ、ファロン」耳触りのいいハスキーな声でヴェラが声をかけてきた。「顔を見られて嬉しいよ。あんたも、ウォーカー」

家のなかにウォーカーがいる不自然さにはいっさい触れずにいる。

イザベラが肘掛けに載ったプリントアウトをこつこつと指でたたいた。「あなたはヴェラ・ヘイスティングズなのね。バンパイアと魔女が出てくるシリーズを書いている作家の。あのシリーズは大好きよ」

ヴェラがくすりと笑った。「ありがとう。正確には、ヘンリーとあたしがヴェラ・ヘイスティングズなんだ。バンパイアは彼の担当。あたしは魔女の担当」

「どの作品も最高だわ」意気ごんでいる。「なかでも、瀕死のバンパイアが魔女の血を飲まなければいけなくなって、魔女の血を飲むように迫られる場面がある作品がいちばん好き」

ファロンはこのあたりで口をはさんで会話の主導権を取り戻すことにした。「時計の話だ」

「時計？」ヴェラが訊き返す。

「毛布のなかにある」ファロンは言った。

ウォーカーがそわそわしている。「蔵にあったやつだ」

ヴェラがファロンの足元にある毛布に不安顔を向け、しげしげと見つめた。「あんたの言うとおりだ、ウォーカー。その毛布の中身がなにか知らないが、蔵にあったものに間違いない」

ウォーカーの体の揺すり方が激しくなった。「わかるんだな。おれみたいに」

「ああ」ヴェラがテーブルにマグカップを置く。「まあ、遅かれ早かれこうなると覚悟してたじゃないか。あそこにあるものが原因でまた厄介なことが起きるのは、最初からみんなわかってた」

ヘンリーがキッチンから出てきた。大きな片手にコーヒーポットを、反対の手にティーポットを持っている。「仕方ないさ。あのごたごたが起きたときは、どう対処すればいいか誰一人わからなかったんだからな」

「いいアイデアは一つも思いつかなかった」ヴェラがファロンを見た。「ほかの住人に話したのかい？　その、なんだか知らないが、毛布の中身のことを」

「いいや」とファロン。「オフィスへ持ってあがる途中でウォーカーが気づいた。すぐにあなたとヘンリーに話すべきだと言って聞かなかった。事態を理解しているようだった」

「ああ」ヴェラが言う。「あそこにあるもののことなら、ウォーカーは最低でもあたしたちと同じぐらいわかってる。ひょっとしたらそれ以上に」

ヘンリーがそれぞれのマグカップを満たした。それをヴェラが配る。ウォーカーは施しを受けない姿勢を貫いて受け取ろうとしなかったので、ヴェラが近くの窓枠にコーヒーを置いた。しばらくすると、ウォーカーはほかの生活必需品を手に入れるときのように、たまたまそこにあるのを見つけたようにカップを手に取った。

ファロンはかがんで毛布を持ちあげた。

ヴェラとヘンリーが時計に見入った。どちらも困惑している。

「普通の時計じゃないか」眉間に皺《しわ》を寄せてヘンリーが言った。

「実際には、可視スペクトル内の光波に干渉するエネルギーを生みだす、ぜんまい仕掛けの装置だ」ファロンは言った。「ぜんまいが巻かれて動きだすと、半径数メートル以内が暗くなる」

ヘンリーが小さく口笛を吹いた。「とんでもない代物だな」ふいに顔をあげた。目を細めている。「古そうだ」

「古い」とファロン。「十九世紀末」

ヴェラはじっと時計を見つめている。「ヴィクトリア時代につくられた物だと言ってるのかい？」

「そうだ」

ヘンリーが首を振った。「あんたが説明したのは最先端技術だ。こいつが蔵にあったものなら、ハイテク研究室でつくられたはずだ」不安げな視線をヴェラに送る。「ほかのものと同じようにな」

「違う」ファロンは言った。「これは、ヴィクトリア時代に生きていた、きわめて独創的かつ危険きわまりない発明家の工房でつくられたものだ。ミセス・ミリセント・ブライドウェル。間違いない」

「だがこんな装置を可能にするには、最先端技術を結集する必要があったはずだ」とヘンリー。「最先端どころじゃない。あんたが言うそのヴィクトリア時代の発明家がどれだけの天才だったか知らないが、可視光波を中和できる装置を設計製造するのに必要な、先端材料や高度なアルゴリズムを利用できたはずがない」

「ミセス・ブライドウェルが〝ぜんまい仕掛けの芸術品〟と呼んでいた品物は、ソフトウェア・プログラムや最先端の製造技術に頼ってつくられたものじゃない」

ヴェラが不安な顔をした。「なにが言いたいんだい？」

「この時計は、超物理学の原理でつくられている」

ヴェラとヘンリーが、目を見合わせた。ヘンリーがごほんと咳払いして、ファロンへ向き直った。

「この時計は超常エネルギーを生みだすと言ってるのか?」

「そうだ」ファロンは答えた。「どうやらヴェラとウォーカーはこの種のエネルギーをいくらか感じ取れるらしい。だから時計に吹きこまれているエネルギーを感じるんだ」

ヴェラの顔に警戒が浮かんだ。ちらりとウォーカーを見る。「ただの勘だよ」

「説明できないものを感じ取ったとき、みんなそう言うわ」イザベラが穏やかに言った。

「そのとおり」とファロン。「ほとんどの人間は、自分に超能力があるのを認めたがらない。だが、勘という概念には抵抗を感じないものだ。スカーギル・コーブはネクサスなんだ。超常エネルギーのホットスポット。ほかに蔵になにがあるか知らないが、それやこの時計がこの町にやってきたのも、おそらくそれが原因だろう」

全員がファロンを見つめていた。イザベラも例外ではない。

ヴェラが自分のマグカップの横を指先でたたいた。「スカーギル・コーブはボルテックスだと言いたいのかい? エネルギーが渦巻いているところ。そういう場所は世界じゅうにあると言われてる。セドナがいい例だ」

「原理は同じだ」ファロンは言った。「だがネクサスのほうがパワーが強い」

ヘンリーは不本意ながらも興味を引かれたようだった。「説明してくれないか?」

断わる——ファロンは思った。そんなことをしている余裕はない。けれど、ここで簡単に説明しておいたほうが話が早い気がした。

ているようなネクサスは、種々の強力な流れが自然に合流して出現する。ここの海岸線では、地球の磁場の流れと地下深くを流れる地熱のエネルギーが強い海流と合体し、偶然パワーを生みだしている」

「ネクサスにはいくつか種類がある」彼は口をひらいた。「スカーギル・コーブにあるよう

ヘンリーが眉をしかめた。「地熱だと？　おれたちの足元に火山なんかないぞ」

「岬にある洞窟に何カ所か温泉が湧いてるよ」ふいにヴェラが言う。「このあたりに地熱エネルギーがある証拠だわ」

ヘンリーがつかのま考えこんだ。「よし、このあたりに強い地球物理学的エネルギーがあるってことはわかった。だがなんでそれが超常エネルギーに変わるんだ？」

「超自然的なものと普通のものは、連続体の上に存在している」ファロンは説明した。「明確な境界線はない。光のスペクトルを考えてみろ。可視領域のすぐ外にもエネルギーはたくさんある。ある種の鳥や動物にはそれが見えるし、検知可能な装置もある」

「ああ、たしかに」ヘンリーの目が眼鏡の奥で細まった。「だが超常エネルギーだと？」

ファロンは軽いじれったさを感じはじめていた。だがイザベラがわずかに顔をしかめて抑えるように伝えてきたので、その合図に従うことにした。ヴェラとヘンリーの協力が欠かせない。

「いずれ超常エネルギーを検知できる装置もできるだろう」彼は言った。「でもわたしの判断に狂いはない。パワーはパワーで、地球にはおびただしいパワーがみなぎっている。スカ

ーギル・コーブのような場所、膨大な地球物理学的エネルギーがネクサスに流れこんでいる場所では、そのエネルギーがあまりに強いために人間の五感にも影響を及ぼす。この町へやって来る者全員がここでエネルギーが合流していることに気づいているわけじゃないが、大半は体の奥底で感知しているんだと思う。こういったエネルギーは多くの人間を落ち着かない気分にさせる」

「観光客が少ない原因はそれなんだね」にこりともせずにヴェラがつぶやく。

「そうだ」ファロンはまっすぐヴェラを見つめた。「要は、ネクサスに引き寄せられる人間がいるということだ。たとえ引力に気づいていなくても」

「あたしたちみたいな人間?」ヴェラが静かに尋ねた。

「ああ、きみたちみたいな人間だ」

イザベラがまたかすかに微笑んでいるのがわかる。

「そうよ」イザベラが言った。「わたしたちみたいな人間」

ヘンリーの表情が険しくなった。「そのネクサスがどうのという説で、秘密機関の連中がここに研究室をつくった理由も説明できると言うのか? この土地のエネルギーの流れを利用するつもりだったと?」

ファロンは答えに近づいたとき毎回感じるかすかなアドレナリンのうなりを感じ取った。グリッドの上で新たなセクターが輝いている。

「その秘密機関の研究室について話してくれ」

12

ヴェラとヘンリーが顔を見合わせた。ウォーカーは黙って体を揺すっている。

ヴェラが一つ大きく息をついた。「二十二年前、ここで奇妙奇天烈なことがあったんだ」

「うちのオフィスがロサンジェルスにあったころだな」ファロンが言う。

「当時〈ジョーンズ&ジョーンズ〉はなかった」とヘンリー。「間違いない。それを言うなら、ほとんどなにもなかった。だが一カ月ほどここで秘密兵器の研究をしているやつらがいたんだ。少なくともおれたちはそう思っていた。もしあの兵器が超自然的なものだったなら、謎のいくつかも説明がつく」

「政府が極秘で超常現象の実験をするのは、なにもそれがはじめてじゃないものね」イザベラが言う。

ヘンリーがふんと鼻を鳴らした。「成功したのははじめてだったかもな。結果に満足したとは思えないが。なんせ、事故のあと大あわてで逃げていったんだ。少なくとも生き残ったやつらは逃げた。そのまま誰一人兵器を回収しに来なかった」

ファロンはわずかに能力を高めた。「知っていることを教えてくれ、ヘンリー。大事なことなんだ」

「ああ、どうやらそうらしいな」

ヘンリーが暖炉の近くに置かれた大きな肘掛け椅子の一つに深々と身を沈めた。「最初から話したほうがいいだろう。二十二年前、ヴェラやおれやウォーカーやみんながここへ来たとき、スカーギル・コーブは建物の窓やドアに板が打ちつけられたゴーストタウンだった。このロッジを含め、町全体が放置されていた。最初は二十五人いた」ウォーカーに確認の視線を送る。「二十五人だったよな、ウォーカー？」

「二十五人」ウォーカーが真顔で答えた。体の揺すり方が激しくなっている。

ヘンリーがうなずいた。「おれたちは自分たちのことを〝探しびと《シーカー》〟と呼んでいた。みんな、ゴードン・ラッシャーという名のくそばか野郎の導師にのめりこんでいた。なんであんなやつを見識ある聡明な人間だと思いこんじまったのか、いまでもわからない。あえて取り柄を言えば、ものすごくカリスマ性のある男だった」

「あの男は無類のペテン師で、あたしたちはみんな若くて愚かだったのさ」ヴェラが言った。「ゴードンのほら話に乗せられて、全財産を貢《みつ》いだ。メンバーのなかにはかなりの金持ちもいたんだ。信託財産や遺産。あいつはすべて巻きあげた」

「最初の二、三カ月が過ぎると、真実を悟ったり飽きたりして、何人かが町を出て行った」ヘンリーが続ける。「つらい別れ方をした者も何人かいた」

「つらい別れ？」とイザベラ。

「サムはみずから命を絶った」ヴェラの目に陰りが浮かぶ。「ルーシーは泥酔して岬から車ごと海に落ちた」

イザベラが紅茶に口をつけた。「全員が生活共同体のメンバーだったの？」

ヘンリーが含み笑いを漏らした。「正しい言葉で言えば、計画的共同体だろうな。おれになにがわかる？　みんな若くて、啓蒙された人生の行路を見つけようと意気ごんでいたんだ」

「アメリカには計画的共同体の長い歴史がある」ファロンは言った。「古くはプリマスに船でやってきた連中までさかのぼる」

「ああ」ヘンリーが同意する。「おれたちはここで瞑想や自給自足のエコな生活、まじめな哲学的探究なんかをやっていた。それに、そう、フリーセックスも」

ヴェラがぐるりと目をまわした。「いま思えば、くそばか野郎と男たちにとっては、フリーセックスが最大の魅力だったのさ」

「それがきみたちの共同体を破綻《はたん》させたんだな？」ファロンは言った。

ウォーカー以外の全員が、意味不明のせりふを耳にしたようにぽかんと彼を見た。

ファロンは肩をすくめた。「どんな社会集団でもセックスは最強の力になる。ある程度コントロールして規制しないと、共同体の組織がばらばらになってしまう。生活共同体や計画的共同体が崩壊するときは、かならずセックスの力学が原因になっているものだ」

「続いているあいだは楽しかったがな」どこか懐かしそうにヘンリーがつぶやき、ヴェラにウィンクした。

「でも半年しか続かなかった」ヴェラがそっけなく言う。「シーカーのメンバーは、あらゆる計画的共同体が苦い経験を通して学ぶことを学ぶはめになった。人間の感情は、ユートピア的理想主義を例外なく打ち負かす」

「〝情熱と嫉妬と憎しみで心は満たされ〟」イザベラがシナトラの歌詞をつぶやいた。

「ああ」とヘンリー。「ファロンの言うとおりだ。フリーセックスなんてものは、現実世界じゃうまくいくはずがない興味深い概念の一つにすぎない。とにかく、おれたちが〝大実験〟と呼んでたものが半年めに入ったころ、メンバー全員が〈スカー〉に集合して正式に共同体を解散した。解散というほど残っていたわけじゃないがね。くそばか野郎はすでにいなくなっていた。女が一人一緒に出て行った」

ウォーカーが体をこわばらせた。「レイチェル」

ヴェラがうなずく。「そう、レイチェル・スチュワートが一緒に出て行った」

「蔵の話をしてくれ」ファロンは言った。

「そうだったな」とヘンリー。「蔵。まあ、すべて一連の話としてつながっているんだ。ゴードン・ラッシャーとレイチェルが姿を消す一カ月ほど前に、秘密機関の連中がやってきた。三人だったが、スカーギル・コーブには関心がなかった。目的はこのロッジだけ。当時は空き家だった」

「ここのなにに目をつけたの？」イザベラが訊く。

ウォーカーが体を揺すった。「蔵」

ヘンリーがマグカップを置いた。「ああ、連中の目的は蔵だった。来てくれ。案内する」

ファロンはカップを脇に置いて立ちあがった。イザベラも立ちあがる。ヴェラとウォーカーと一緒にヘンリーのあとに続き、キッチンを抜けて裏庭に出た。

ファロンはイザベラが能力を高めているのを感じ取った。隣りでふいに足をとめ、はっと息を呑んでいる。

「なにか見えたのか？」小声で尋ねる。

「ええ」イザベラがささやき返してきた。「どろっとした霧が見える。裏へまわったことがなかったから、いままで気づかなかった」

「裏にはあまり人を連れてこない」ヘンリーが説明した。

「なぜだ？」

ヘンリーが地面にはまった大きな円形の金属板を指差した。厚みが七、八センチありそうだ。頑丈な鎖と鍵でしっかり施錠されている。

「なんなの？」イザベラが言った。「大きなマンホールの蓋みたいに見えるわ」

「あたしたちが蔵と呼んでるものの入り口だよ」ヴェラが言う。「でも、実際には古い防壕だ。一九五〇年代末か六〇年代初めにつくられたんだろう。あのころはアメリカと旧ソ連のあいだでいつ全面核戦争が起きてもおかしくないと信じている人間が大勢いた」

「当時このロッジを所有していた男のような本物の誇大妄想者は、自宅の裏庭の地下に防空壕をつくっていた」ヘンリーが説明する。「一年は暮らせるぐらいの物資を蓄えていたんだ」

ファロンは金属板を観察した。「それほど古いものには見えない」

「古くない」とヘンリー。「二十二年前、秘密機関の連中が一時的にロッジを占拠していたあいだに古い蓋を撤去してこれと交換したんだ。おおかたもっとしっかりしたものにしたかったんだろう」

ファロンはそれについて考えてみた。「防空壕をつくる人間は、秘密にしておきたがるものだ。爆弾が落ちてきたとき、防空壕へ逃げこもうとする友人や隣人を追い払うはめになるのを避けたいと考える」

「ああ」ヘンリーがふたたび目をすがめた。「秘密機関の連中は、そもそもどうやってこの防空壕のことを知ったのかと思ってるんだな?」

「その疑問が浮かんだ」

「おれには答えようがない」ヘンリーが言った。「おれたちにわかるのは、連中はここにこれがあるのを明らかに知っていたことだけだ。持ち主みたいにここへ直行していた」

イザベラが目を細めた。「たしかに政府の極秘研究室につくられたって感じね」

「極秘研究室。たしかに」ファロンは認めた。「だが正規の秘密機関が関わっていたとは思えない。秘密の研究施設ならいくらでもあったはずだ。裏庭に防空壕がある古びたモーテルを買う必要などない」

イザベラの眉がさっとあがる。「わたしはそこまで断言できないわ。完璧な隠れ蓑《みの》に思えるもの。秘密機関のプロジェクトでいかにも利用されそうなものに。それに、このあたりの海岸線はネクサスだってあなたも言ってたじゃない。きっと彼らも知っていたのよ」

ファロンはイザベラを見た。「うちの陰謀論者はわたしのはずだぞ」

にっこりしている。「最高のものから学ぶのが、わたしのモットーなの」

いまは聞き流すしかなさそうだ。「ここでなにが行なわれていたにせよ、政府の極秘研究室じゃなかったことは九八・五パーセント断言できる」

「そうなの？」イザベラはつかのま考えていた。「ということは、民間の研究室？」

「おそらく」

「どこかの秘密機関から依頼を受けて？」期待をこめて促している。

「いいや」ファロンは警告のまなざしでイザベラを黙らせようとした。「なんらかの手段でミセス・ブライドウェルの芸術品を入手した民間の研究者だ」

「ああ」とイザベラ。「つまり頭のおかしい科学者ということね。資金はどうなるの？」

ファロンはこの会話に一定の論理を持ちこもうとする試みをあきらめた。「資金がどうした？」

「こんな小規模の民間研究室に、誰が資金を出したの？」やんわりと道理を説くようにイザベラが尋ねた。「研究にはお金がかかるわ。大金が」

「プロジェクトに誰が資金を提供していたのかはわからない」ファロンは認めた。「でも政府のはずがない」

イザベラはがっかりしていたが、今回は口をつぐんでいた。

ファロンはヘンリーに振り向いた。「約一カ月間しか稼働していなかったと言ったな?」

ヘンリーが耳を掻いた。「ああ。そうだな、ウォーカー?」

ウォーカーがいかにも彼らしくビクッとうなずく。「そのあと、この下で、ほ、ほんとにまずいことが起きた」

「その話をしてくれ」

ヘンリーががっしりした肩をすくめた。「話そうにも話しようがない。なにがあったか知らないが、三人の研究者のうち一人が死んだ。二人は遺体を防空壕から引っ張りだし、ヴァンのうしろに放りこんで走り去った。さっき言ったとおり、そのまま誰も戻ってこなかった」

「遺体のほかになにか持ちだしたか?」

ヴェラとヘンリーがウォーカーを見た。

「本」ウォーカーの声は確信に満ちていた。不安そうに小刻みに震えている。「一人が本を持っていた。黒い表紙の」

「おそらく研究ノートだな」ファロンは言った。

「とにかくあわてて出て行ったんだ」とヘンリー。「あのときおれたちは、この町にいる人間はみんな一巻の終わりだと思ったもんだ」

イザベラが目を丸くして彼を見た。「みんな死ぬと思ったの?」

ヘンリーが渋い顔をする。「なにしろこっちは、秘密兵器の研究室でやばいことが起きたことしかわからなかったんだ。そうとしか考えられないだろう？　放射能に汚染されたか有害なものを浴びたかしたと考えた」

「当然よ」同感だと言わんばかりにうなずいている。「わたしも最初にその二つの可能性を考えたと思う」

ファロンはヘンリーを見た。「それでどうしたんだ？」

「おれにはエンジニアの経験があった。サンフランシスコまで車を飛ばして、放射能検出器と土壌と水と空気を調べる基本的な検査装置を買ってきた。思いつくかぎりの検査をやったが、放射性物質はまったく検出されなかった。地面の下から有毒ガスが漏れだしている兆候もなかった」

「それで下へおりて調べてみることにしたんだな？」

「ああ」首を振っている。「エンジニアの性《さが》とでも言うかな。なにを相手にしているのか調べずにはいられなかった」

「う、宇宙人のテクノロジー」しゃがれ声でウォーカーがつぶやいた。

「ヴェラとヘンリーが正しいと思うわ」イザベラがウォーカーに話しかけた。「どう考えても、これは超常兵器を研究していた秘密機関という感じだもの」

ウォーカーはなにやら考えこんでいる。「宇宙人の超常兵器」

「そうね、たしかにその可能性もあるわ」イザベラが認める。

ファロンは懸命に忍耐を振り絞った。「防空壕をあけたとき、なにがあった、ヘンリー？」

「説明がむずかしい」困惑顔で分厚い鋼鉄の蓋を見つめている。

ヴェラが話を引き継いだ。「ヘンリーは全員を数メートルさがらせてから、蓋をあけたんだ」

ヘンリーはじっと鋼鉄の蓋を見つめている。「なんらかのエネルギーがあふれだした。強風を浴びたように感じたが、なに一つ動いていなかった。木の葉一枚揺れなかったし、おれのシャツや髪もはためかなかった。でも強烈で、ものすごくいやな感じがした」

「みんな同じものを感じたよ」とヴェラ。「離れたところに立っていたのに」

「どうやら一種の超常エネルギーのようだな」ファロンは言った。

「なんであれ、おれの手に負えるものじゃなかった」ヘンリーが続ける。「だが、当時くそばか野郎はまだここにいた。あいつはなにも感じていないようだった。レイチェル・スチュワートもだ。ウォーカーも影響を受けていないように見えた。それで、その三人が防空壕へおりていった」

「どうなったの？」イザベラが訊いた。

「出てきたとき、ウォーカーは入る前と同じに見えた」

全員の視線を集めたウォーカーは、注目されてそれまで以上に激しく体を揺すりだした。

「当時もこんな感じだったのね？」

「そう」とヴェラ。「まったく同じ。でもはしごをあがってきたレイチェルとゴードン・ラッシャーは、すっかり興奮していた。とくにラッシャーが。身震いして、まともに口がきけなかった」

「落ち着きを取り戻したラッシャーは、下には研究用の器具がどっさりあったと話した」ヘンリーが説明する。「激しい爆発の痕跡があったが、なんらかのエネルギーでまだ高温になっているから、下へおりるのは危険だと」

「もう一度下へ降りるには、温度が下がるまで数週間か数カ月待つべきだと言ったんだ」とヴェラ。

「そのころのおれは、あの野郎に我慢できなくなっていた」ヘンリーが言い添える。「それでも言われたとおりにした」

「でも、いつまでたっても冷えなかったんだな？」ファロンは訊いた。「超常エネルギーはしばらく留まる傾向がある」

「ああ、そのうちおれも気づいた」とヘンリー。「二日後、くそばか野郎とレイチェルの姿が見えなくなった。それ以降二人の姿を見ていない。数週間後、おれはもう一度防空壕に入ってみることにした。なんとかはしごの下までたどり着いたが、そのあとのことは記憶にない」

「なにがあったの？」イザベラが訊く。

「知るもんか。気を失ったんだ」

ウォーカーが激しく体を揺らしている。「王」

「気づいたときは、地面に仰向けに寝そべっていた」ヘンリーが続ける。「ヴェラとウォーカーが横に立っておれを見おろしていた」

「どうやって外に出たんだ？」ファロンは訊いた。

「ヘンリーが蓋をあけたとき、ウォーカーもそばにいたんだ」ヴェラが答える。「一人でおりていったヘンリーの姿が見えなくなった。大声で呼んでも返事がなかったけれど、エネルギーの風が強すぎて、どんなに頑張ってもあたしじゃ突破できなかった。ウォーカーが下へおりて彼を運びだしてくれたんだ」

「どうやらウォーカーのおかげで命拾いしたらしい」ヘンリーが言う。

イザベラがウォーカーににっこりした。「ヒーローだったのね」

ウォーカーは戸惑った顔で体を揺すっている。

「ああ、ウォーカーはヒーローだった」ヴェラが認める。「そのあと、まだここに残っていた全員で、どうするか相談した。そして防空壕にあるものがなんであれ、悪の手に渡るようなことだけは阻止しなければならないという結論に達した。子どもやスリルを求めるやからが絶対に防空壕に入らないようにする必要もあった」

「たまに流れ者が町へやってくることがあるからな」とヘンリー。「そいつらが、ためしに下へおりてみようなんて気になられては困る」

ファロンはうなずいた。「それで鍵をかけたんだな」

「この下にあるものから責任を持って国民を守る気が政府にないなら、あたしたちでやるしかない」ヴェラが話を結ぶ。「だからみんなで二十二年間その務めを果たしてきたんだ」

「見事な作戦だ」ファロンは言った。「大量の超常エネルギーの影響は予測がつかない。それに、もしミセス・ブライドウェルのおぞましいおもちゃがほかにも防空壕にあるなら、われわれはきわめて危険な凶器を相手にしていることになる」鋼鉄の蓋についた頑丈な錠前をうかがう。「鍵は持っているんだろう?」

「もちろん」ヘンリーがオーバーオールのポケットに手を入れて、大きな鍵を出した。「つねに肌身離さず身につけている」

「わたしが下へおりる」ファロンは言った。「わたしならエネルギーの風を突破できるはずだ」イザベラを見る。「もしなにかあったら、すぐに蓋を閉めてしっかりロックしろ。そのあとザック・ジョーンズに連絡するんだ。番号はわかってるな」

「わたしも一緒に行くわ」

ファロンは真っ先に頭に浮かんだことを口に出した。「だめだ」

「やることに筋がとおってないわ、ファロン」冷静な口調。「この下でなにに遭遇するかわからないのよ。昨日のわたしみたいに応援が必要になるかもしれない。昨日のことを忘れたの?」

「忘れられるようなことじゃない」

「わたしは探し物が上手なのよ」イザベラが食いさがった。「それに、この下には見つけなければいけないものがあるわ」

ファロンはイザベラに言われたことを三分ほど考えていたが、結論に達するには一秒の数分の一あれば充分だった。イザベラの言うとおりだ。彼女の能力が役に立つかもしれない。彼はポケットから名刺を出してヘンリーに差しだした。

「まずわたしがひとりで下へおりて調べてみる。安全を確認したらイザベラを呼ぶ。もしなにかあったら、ここを封印してこの番号に連絡してくれ。大急ぎでたのむ」

ヘンリーが名刺を見つめた。「誰に連絡すればいいんだ?」

「ザック・ジョーンズ。アーケイン・ソサエティの首長。うちの最大のクライアントだ。心配ない、ザックが万事仕切る。いつものことだ。毎回腹立たしい思いをさせられるがね」

13

イザベラはウォーカーとヴェラとならんで立っていた。目の前でファロンとヘンリーが防空壕の蓋をあけている。鍵はすぐはずれたが、分厚い蓋を持ちあげるにはバールを二つ使わなければならなかった。

「なんでできているか知らんが」ヘンリーが言った。「一種のハイテクスチールだ。でも時間がたてば、ここの天候でどんなものでもいずれ腐食してしまう」

甲高いきしみとこもったギギッという音をたてて重たい蓋が持ちあがった。エネルギーが漏れだしてくる。イザベラのうなじの産毛がうごめいた。あらゆる感覚を貫いて、凍えそうな認識の身震いが警報を鳴らしている。

鋼鉄の蓋がさらにあがった。真っ黒な穴からこの世ならぬ風が轟々《ごうごう》とあふれだしてくる。それはイザベラが経験したことのないものだった。ハリケーンに逆らって立っているようなのに、周囲にあるものは得体の知れない突風の影響をまったく受けていない。うなりをあげるエネルギーを浴びているのに草が倒れていない。葉っぱ一枚そよいでいない。イザベラの髪や服もはためいていなかった。

だがイザベラの感覚は桁違《けたちが》いの認識で反応していた。血管をアドレナリンが駆け巡っている。たぎるような感情が湧きあがってくる。イザベラは瞬時に奮い立っていた。ファロンを見ると、燃えあがる瞳で彼も同じように反応しているのがわかった。

「くそっ」ヘンリーがバールを落としてうしろへよろめいた。「おれが話したとおりだろう?」

「ああ」ファロンが穴に懐中電灯を向けた。真剣に考えをめぐらせているときの表情になっている。「たしかに下はものすごいエネルギーだ。なにかが爆発したに違いない。このあたりのネクサスのエネルギーでその影響が強まっているんだろう」

ヴェラがじりじりあとずさった。犬たちは頭を低くして尻込みし、ポピーがうなっている。ウォーカーはその場から動かずにいるが、いちだんと動揺を強めているのは明らかだ。激しく体を前後に揺らし、両腕を体に巻きつけている。

「宇宙人の武器」ウォーカーが言った。「女王が、ま、守ってる」

イザベラは気持ちを引き締め、なんとか能力に集中した。すると、防空壕から轟々とあふれだす濃い霧が見えた。

「ラッシャーとレイチェルには、そうとう高い能力があったに違いないわ」小声でファロンに告げる。「だから下へおりて行けたのよ」

「そもそもラッシャーがシーカーの共同体をスカーギル・コーブで設立したのも、それが原因だったんだろう。気づいていたのか無意識だったのかわからないが、ここのネクサスのエネルギーを感じ取って引き寄せられたんだ」

懐中電灯の光で暗闇を探っている。はしごが下へ伸びていた。錆びた金属製の作業台の角に光があたり、きらりと反射した。穴の底で割れたガラスの破片がきらめいている。黄ばんだ書類やノートらしきものも散乱していた。

「大あわてで逃げたのね」イザベラは言った。「なにが残っているか、わかったものじゃないわ」

「女王」ウォーカーがつぶやいた。「女王に気をつけろ」

「気をつけよう」

ファロンがそう請け合って縁を越え、暗闇のなかへおりていった。いつものことだが、大柄な男性のわりには軽々とした身のこなしに力とコントロールがうかがえる。

「はしごの状態はいい」間もなく下から叫ぶ声が聞こえた。「それに下のエネルギーのレベルは上と変わらない。おりてこい、イザベラ」

イザベラはジャケットのポケットに懐中電灯をしまい、縁を乗り越えてはしごに足をかけ、慎重におりていった。見えない渦のなかへおりていくようだった。周囲でエネルギーが激しく波打ちひるがえっている。

いちばん下の横木に足が触れ、ファロンのたくましい手に腕をつかまれた。

「だいじょうぶか?」

「ええ。でも正直言って、こんな経験ははじめてよ。ウォーカーが言っていた女王はいた？」

「まだわからない」

「あなたの専売特許ね。なにかが起きるのはいつも最後なのよ」ポケットから懐中電灯を出してスイッチを入れる。「ウォーカーがなんの話をしていたのかわかれば助かるんだけれど」

「なんであれ、彼は深刻にとらえていたから、われわれもそうしよう」ファロンが言った。

「足元に気をつけろ。ガラスの破片がいっぱいある」

イザベラはかがんで大きな破片を一つ拾いあげた。「すごく厚いわ」

ファロンが破片を受け取って懐中電灯で照らす。「銀行で使われているガラスに似ているな。防弾ガラス。超物理学に通じている研究者が、ブライドウェルの作品が生みだすエネルギーに対処するためにいかにも使いそうなガラスだ。ガラスに吹きこまれたエネルギーを防ぐには、ガラスのバリアを使うのがいちばんいい」

二人でコンクリートの空間に懐中電灯の光を走らせた。壊れた研究機器やひっくり返った複数の金属製の作業台や紙屑が、二十二年前にこの防空壕で起きたことの激しさを無言で物語っている。

「思っていたより広いのね」イザベラは言った。「倍はあるわ。奥にもう一つ部屋まである。てっきり狭苦しい場所だと思っていた」

「防空壕をつくった連中は、地表の放射線レベルが下がるまで、数カ月か一年でもこもっているつもりだった。住み心地をよくするために手を尽くした」

身震いが走る。「友だちや近所の人たちが放射能汚染で死にかけているときに、自分だけここにこもっているなんて想像できないわ」

「当時の人間でなければわからない考え方だったんだろう」

「そうね。とりあえず、ここで大混乱があったのは確かだわ。でも普通の爆発を示す兆候は割れたガラスだけよ。焼けた跡がないわ。書類やノートは焦げてもいない」

「膨大なエネルギーが放出されたんだ。でもすべてスペクトルの超自然的領域から生まれたものだった」そこでふいに口をつぐむ。「ん？」

不審に思って目を向けると、ファロンが奥の部屋へ続く戸口に懐中電灯を向けていた。

「どうしたの？」

返事もせずに戸口へ近づいていく。

あわてて追いかけたとき、暗い片隅でなにかをひっかくかすかな音がした。ぎょっとして音がしたほうへ光をあてた。暗がりのなかでなにか動いている。

「いやだ。ネズミがいる」

「いてもおかしくない」ファロンは振り向きもしない。「ここは地下だし、長いあいだ放置されていた」

「論理的な説明なんかどうでもいいわ、ボス。ネズミがいるのよ」

「光に驚いて逃げるさ」

「あらそう？　逃げる気配なんてないけど」

「どこから入ってきたんだろう」不思議がっている。「出入り口はないはずなのに」

「ネズミはどこにだって入りこむのよ」

ひっかく音が大きくなっている。暗闇のなかから、古めかしいぜんまい仕掛けの人形がよちよち歩いてきた。イザベラのなかで悪い予感が芽生えた。人形は一メートル近い大きさで、ヴィクトリア時代後期に流行した刺繍《ししゅう》のある喪服を着ている。喪服はぼろぼろになっているものの、使われている素材も飾りも明らかに高価なものだ。

髪の毛はほとんど抜け落ちてしまっているが、残った髪は中央で分けられてうしろできついシニョンに結ってある。磁器でつくられた頭部には、不気味な小粒の水晶をちりばめた小さな王冠が載っていた。

「女王のご登場みたいね」イザベラはささやいた。「ヴィクトリア女王だわ。全身黒ずくめだもの。アルバート公が亡くなったあと、ヴィクトリア女王は生涯喪服しか着なかったと言われているのよ」

「動きを感知する仕組みになっているんだ、あの時計のように」ファロンが言った。「ブライドウェルの作品の特徴だ」

「こんなに時間がたっているのに、どうしてまだ動いているの?」

「それを考えるのはあとだ」

だしぬけに周囲のエネルギーが強まった。人形がぞっとするほど正確にイザベラ目指してよちよち歩いてくる。

「きみに狙いをつけたらしい」

「そのようね。なんらかのエネルギーを放ちはじめている。真っ暗になる直前にあの時計が発したエネルギーに似てるわ」

「逃げろ」ファロンが指示した。「急げ。狙いをつけなおさせるんだ」

イザベラは女王が進む方向からよけようとしたが、足が言うことを聞かなかった。動けないとファロンに伝えようとしたが、しゃべれないことに気づいただけだった。頭がぼんやりしていく。背筋が凍るようなしびれた感覚が全身に広がった。

必死で能力に意識を集中した。人間のエネルギーを混乱させる方法ならわかるけれど、相手は人形だ。ぜんまい仕掛けのロボット。でもこの人形に吹きこまれたエネルギーも、もとを正せば人間のものだ。

自分にそう言い聞かせ、人形の冷たいガラスの瞳から発せられる超常エネルギーの波長を捉えてそれを相殺《そうさい》する波長を送った。しびれた感覚が薄れていく。イザベラは深呼吸して、なんとか脇へ寄った。

暗がりでカチカチと不気味な音が響いた。人形の眼窩《がんか》で眼球が動き、狙いを調整している。

ファロンがすばやく女王のうしろにまわりこんだ。

その動きを察知した人形が、新たな標的を求めてボタンのついたブーツをきしませて振り向いた。

ファロンが人形の頭に頑丈な懐中電灯を力任せに振りおろした。磁器にひびが入り、女王がどさりと仰向けに倒れた。顔がコンクリートの天井を向いている。ガラスの瞳が眼窩で激しく動き、標的を探しつづけている。木でできた手足がぴくぴくひきつっているが、正常な動きではない。

防空壕の入り口で光が動いた。

「二人とも無事か？」ヘンリーが怒鳴っている。「大きな音がしたぞ」

「女王に遭遇しただけだ」ファロンが怒鳴り返す。「でも問題ない」

ロボットの視界を慎重に避けながら、ファロンがぜんまい仕掛けの人形をうつぶせにひっくり返した。瞳から放たれるエネルギーが床に向くようになったのでもうだいじょうぶだ。頭と手足はまだカタカタひきつっている。

ファロンが人形の背中を開きはじめた――ドレス、小さなコルセット、木の胴体。懐中電灯の光のなかで、精巧に組み合わされたぜんまいが動きつづけていた。

「思っていたより腐食が進んでいない」ファロンがつぶやいた。「ガラスの目に吹きこまれた超常エネルギーがずっと保たれていたのは理解できる。一度なにかに吹きこまれた大量のエネルギーは、数世紀にわたって放出しつづける。だがヘンリーも言ったように、金属はいずれ腐食するものだ。ここみたいな環境ならなおさら」

「あの時計もそうよ」イザベラは言った。「犯人は、少し油を差してぜんまいを巻くだけでよかったと話していたわ」

ファロンが人形の胴体に手を入れてぜんまいの一つをいじった。女王の手足がぴたりととまった。

イザベラは動かなくなったロボットを見おろした。「〃朕《ちん》はおもしろうないぞ〃」ヴィクトリア女王がよく言ったとされるせりふを口に出す。

ファロンがにやりとした。「こうするしかなかったんだ。きみも同じことをしていただろう?」

「そうね。そういう装置を扱う機会がよくあるの?」

「めったにない」人形の胴体のなかを真剣にのぞきこんでいる。「ほとんどの仕組みは十九世紀末のものだが、誰かが修理して現代の部品と交換している」

「最近?」

「いや。修理されたのは二十二年前だと思う」

「あの時計のように?」

「ああ」

「そういうことだったのね。三人の男はミセス・ブライドウェルの発明品をスカーギル・コーブへ持ちこんで、ふたたび動かそうとしたんだわ」

「ああ、だがもっとも興味深い点はそれじゃない」片手を見おろしている。光を浴びた指がうっすら光っていた。

「最近油を差されているの?」

「ああ」ファロンが立ちあがり、コンクリートの床についた足跡を照らした。「この足跡をつけたやつが保守係に違いない」

「でも、どこから出入りしてるの？　ここはずっと閉鎖されていたと言ったヘンリーとヴェラの話が嘘なら別だけれど」

「嘘とは思えない」とファロン。「ほかに考えられる可能性が一つある。奥からかすかに風が来ている気がする。調べてみよう」

隣りの部屋へ踏みこんだ瞬間、イザベラは凍りついた。

「そんな」か細い声が漏れた。

懐中電灯から延びる二本の光線のなか、金属の台に載った小さな棺《ひつぎ》のようなものがずらりと並んでいる。

「落ち着け」ファロンの声がする。「棺じゃない」

イザベラの肺に空気が入ってきた。「言われなくてもわかってるわ。一瞬、ぞっとしただけよ」

「ぞっとしたいのか？」ファロンの懐中電灯の光がごみの山のようなものに向けられた。

「あれでどうだ？」

まず頭蓋骨《ずがいこつ》が見えた。人間だ。ぼろぼろになった服とブーツのなかに残りの骨もある。一本の指の骨で指輪が光っていた。

「いやだ」思わず声が漏れた。「また死体だわ」

ファロンが骸骨に近づいてひざまずいた。ちらばった骨のなかに手を入れ、財布を取りだして開く。

「ゴードン・ラッシャー。くそばか野郎になにがあったか、これでわかったな」

「みんなには町を出ると言っておいて、こっそり戻ってきたのね。ぜんまい仕掛けのからくり装置にエネルギーを感じて、盗むつもりだったんだわ。どうやら女王にやられたようね。自業自得よ」

「女王のしわざとは思えない」彼が頭蓋骨の横の床にあるものに懐中電灯を向けた。「死因は超常的なものじゃない。もっと昔ながらの、鈍器による外傷が原因らしい」

「転んだの？」

「いいや」床からバールを拾いあげる。「これで後頭部を殴られたんだ」

「どうしてわかるの？」

「頭蓋骨にひびが入っているし、遺体はうつぶせだ」こともなげに話している。「ロケット工学は必要ない」

「なるほどね。でもだとすると、ラッシャーは誰かと一緒だったことになるわ」

「ああ。たしかにそういうことになる」

「ヘンリーとヴェラの話だと、ラッシャーはレイチェル・スチュワートという女性と逃げたのよ。二人ともここにあるエネルギーに耐えられた。きっと二人で盗みに戻ってきたんだわ。たぶんレイチェルはラッシャーがやっぱりくそばか野郎だと気づいて、もう必要ないと思ったのよ。だからそのバールで頭を殴った」

「そのシナリオが正しい確率は七五パーセントぐらいだな」

「たった七五パーセント？」

「ああ」懐中電灯で周囲を照らしている。「あったぞ。もう一つの入り口だ」

イザベラは、コンクリートの壁につくられた鋼鉄のドアを見つめた。「たしかにドアだけれど、地面にはあがれないわ」

ファロンが前へ出て、取っ手をつかんで引っぱった。蝶番《ちょうつがい》が小さくきしんでドアがあいた。真っ暗闇が広がっている。湿った冷たい空気が漂ってきた。遠くで鈍い波の音がしている。

「洞窟だ」ファロンが言った。「入り江か浜辺に続いているんだ」

「このドアは簡単にあいたわ。潮風でもっとダメージを受けていて当然なのに」

「女王がちゃんと動くようにずっと管理していた人間は、この入り口を使っていたんだ」

「最初の所有者はもう一つ入り口をつくったはずだって、なぜわかったの？」

「考えてもみろ。上でなにが起きているのかもわからずに、ここで爆弾が落ちてくるのを待っているとしたら、万が一、一つめの出口が使えなくなったときのために、もう一つつくっておこうと思わないか？」

「たしかにそうね」

ファロンが洞窟に続くドアを閉め、手前にある細長いガラスケースに歩み寄って手袋をはめた手で表面の埃《ほこり》をぬぐった。

「これも防弾ガラスだ。ブライドウェルの作品を保管するために使われていたんだ」

イザベラは彼の隣りに行った。ケースは空っぽだ。

「女王にぴったりの大きさね」ずらりとならぶほかのケースに目をやる。「ガラスケースが載っていない台が一つある。きっと時計が入っていたケースはあそこにあったんだわ。犯人は、ザンダー邸の地下室の下にある洞窟で見つけたとき、時計はガラスケースに入っていたと話していたもの」

二人は三つめのケースに歩み寄った。ファロンが埃をぬぐう。

木とブロンズでできたぜんまい仕掛けの竜だ。薄気味悪いガラスの目がついている。隣りのケースには、凝った装飾が施されたミニチュアの四輪馬車と二頭の木製の小さな馬が入っていた。馬車のガラスの窓がぼんやり光っている。その隣りのケースの中身は、小さな神話の生き物で飾りたてられたおもちゃのメリーゴーランドだった。最後のケースにはヴィクトリア時代のカメラが入っている。

「空のケースには女王が入っていて、時計がケースごと盗まれたとすると、最初にここにあったものはすべて確認できたことになる」

「ほっとしているようね」

「ああ、ほっとした」

「でも、女王がちゃんと動くように定期的にここへ来ていたのは誰なの？」

「ここにあるエネルギーに耐えられて、ここにあるものを守らなければいけないと感じている人間だ」

「ウォーカーね」しんみりと言う。「でもだとすると、彼は二つめの入り口の存在も知っていたことになるわ。どうして言わなかったの？」

「ウォーカーは自分の世界で生きていて、自分なりの理屈を持っている。落ち度はこちらにある。正しい訊き方をしなかった」

「ウォーカーは、発明品を守る責任を、心のなかでは〈J＆J〉にゆだねたんじゃないかしら。自分が知っていることはあなたもわかっていると思ったのよ、きっと」

「ああ」

イザベラは骸骨に目を向けた。「あれをどうするの？」

「ここから発明品を持ちだすまでなにもしない。ゴードン・ラッシャーは二十二年間ここにいたんだ。もうしばらくこのままでも気にしないだろう」

14

ほどなく防空壕を出た二人は、蓋を閉めて不穏なエネルギーの風を遮断した。イザベラが犬たちを撫でているあいだに、ファロンは地下でなにを発見したかヘンリーとヴェラに話し、残っているものを運びだすためにアーケイン・ソサエティのスタッフを呼ぶつもりだと説明した。

ヘンリーが横目でウォーカーをにらんだ。「ちゃんと理解できたか確認させてくれ。ヴェラとおれが二十二年間この入り口を守っているあいだ、おまえは裏口から出入りしてたってことか？」

ウォーカーはどぎまぎしている。「女王が、ちゃ、ちゃんと動くようにしておかなきゃいけなかった。油を差して」

「なんでほかにも入り口があると言わなかったんだい？」ヴェラが穏やかに尋ねた。

ウォーカーは、どうすればいいかわからないらしい。「誰も知らなかった」

「おまえとレイチェルとくそばか野郎以外はな」憤然とヘンリーが言う。

「い、いまはおれだけだ」むきになっている。「ゴードン・ラッシャーは死んだ。レイチェルは戻ってこなかった。おれは秘密を守った」

ヘンリーの顔がゆがんだ。「二十二年のあいだに、もう一つの入り口を見つけたやつが何人いたかわかったもんじゃない」

「知っている人間がいるとは思えない」ファロンは言った。「見たところ、発明品はすべてそろっていた。新しい足跡はウォーカーのものしかなかった」

ウォーカーが体を前後に揺すりだした。「洞窟の、ド、ドアのことは誰も知らない。おれだけだ。それとレイチェル。でもレイチェルは戻ってこなかった」

「あのドアはどこへ通じているの？」イザベラがやさしく訊く。

ウォーカーがじっくり考えてから答えた。「お、温泉の洞窟に出る」

「岬の先だね」とヴェラ。「なるほど、それで説明がつく。あの温泉のことを知ってるのは、スカーギル・コーブの住人だけだ」

「温泉の洞窟には何度か入ったことがある」ファロンは言った。「まだきちんと調べられていない横穴が無数に延びていた。その一つが防空壕につながっているんだろう」

「ウォーカーとラッシャーとレイチェルは、防空壕へおりたとき二つめのドアに気づいたのね」とイザベラ。「でも、温泉の洞窟側の入り口はどうやって見つけたの？　迷路みたいな横穴をくわしく調べなければ無理だったはずよ。それには最低でも数週間かかる。でもこれまで聞いた話だと、ラッシャーはレイチェルと町を出たあと間もなく防空壕に入ってるわ」

「レイチェル」だしぬけにウォーカーが口をひらいた。「レイチェルが防空壕につながる横穴を、み、見つけた。ラッシャーに教えた」

ファロンはイザベラを見た。「どうやらレイチェル・スチュワートにはなんらかの強い能力があったようだな」


ウォーカーは歩いて町へ帰ると言い張った。イザベラは大きなSUVのドアのすぐ内側にある握りをつかんでぴょんと飛び乗った。ファロンが女王の残骸と時計をうしろに積みこみ、運転席に乗りこんでくる。

ロッジの駐車場を出たところで、イザベラの携帯電話が鳴った。見覚えのある番号が表示されている。

「ノーマ・スポルディングだわ。悪い予感がする」

「クライアントはつねに厄介のもとだ」ファロンが言った。「〈J＆J〉としては、できればクライアントなんてものはごめんこうむりたい」

「たしかに興味をそそるビジネスモデルではあるわね」電話をひらいて精一杯のビジネス口調で言う。「はい、ノーマ？」

「ザンダー邸を買いそうだったお客から、たったいま連絡があったわ」こわばった声が聞こえた。「例の幽霊屋敷の殺人事件のニュースを見たそうよ。もう買う気はないと言われたわ」

イザベラは怯《ひる》んだ。「残念だったわね」

「〈ジョーンズ＆ジョーンズ〉に調査を依頼したのは、取引をつぶすためじゃないのよ」

「ねえ、あれは偶然そうなっただけなのよ」

「地下室で三人の遺体を見つけたのが偶然？」声がうわずっている。「あの家で連続殺人犯が急死したのが偶然？　あそこは犯罪現場になってしまった。マスコミはこのニュースで大騒ぎしているわ」

「マスコミの関心が冷めるまでしばらくかかるかもしれないけど、二、三カ月もすれば、ザンダー邸でなにがあったかなんてみんな忘れてしまうわ」となだめる。

「とんでもない。あの家はもう絶対に売り物にならない。電話をしたのは、請求書を送っていただくには及ばないと伝えるためよ。大損したんだから、小切手を切るつもりはありませんからね」

イザベラはかっとした。「でも〈J＆J〉は問題を解決したのよ」

「問題なんて最初からないわ」歯を食いしばっているようなしゃべり方になっている。「あの家に幽霊が出るとかいうばかげた噂《うわさ》を消してほしくてあなたを雇ったの。超能力調査会社が幽霊なんかいないと断言すれば売れると思ったから。それなのに、あなたのおかげで取引が台なしよ」

「あそこが連続殺人犯のゴミ捨て場になったのは、〈J＆J〉のせいじゃないわ」

「たとえそうだとしても、取引がだめになった責任が〈J＆J〉にあるというわたしの考えに変わりはないから、請求書は送ってくれなくて結構よ」

電話が切れた。イザベラは携帯電話を閉じた。

「悪いニュースよ。ノーマ・スポルディングが支払いを断わってきた。ザンダー邸が売り物にならなくなったのは〈J&J〉のせいだと言うの」

「この仕事は時間の無駄だと言ったはずだ」ファロンが言った。「だからこういう依頼は受けないようにしている」

「あそこに死体があったのは、わたしたちのせいじゃないわ」

「望んだ結果が得られないと、クライアントはかならず調査員のせいにするものだ。それどころか、望んだ結果を得られても、さらに言えば期待どおりの結果を得られたときでさえ、たいていは調査員を責める。それがこの仕事の実態なんだ、イザベラ」

イザベラはぐったりとシートに身を沈め、むっつりしたまま窓の外を見つめた。「フェアじゃないわ」

「前へ進むための秘訣が一つある」

「なに？」

「つねに返金不可の料金を前払いで請求するんだ」

イザベラはアームレストをとんとんたたいた。「いいアイデアね。次回はかならずそうするわ」

ファロンがメインストリートをはずれて〈J&J〉のオフィスの裏へまわった。大きな張り出し屋根の下にとめた車から降りると、ファロンがうしろのドアをあけた。

「時計を持ってくれ。女王はわたしが持つ」

イザベラは毛布にくるんだ時計を腕の下に抱え、建物の裏口をあけた。二人で二階の踊り場まで荷物を運び、ファロンが鍵を出してドアをあける。

イザベラは先にオフィスに入り、明かりをつけて隅の床に時計を置いた。

「それで？」

ファロンがドアを閉めて人形を時計の隣りに置いた。「ヘンリーとヴェラとウォーカーに話したとおり、明日ソサエティの研究スタッフが発明品を回収してロサンジェルスにある中央研究室に運ぶ。専門家が徹底的に調べた結果を知りたい。二十年以上前に誰がこの装置をここへ持ちこんだのかも知りたい」

イザベラはオフィスについた狭いキッチンへ行き、やかんを手に取った。「新たな陰謀説が生まれつつあるようね」

背後が一瞬、しんと静まり返った。どうやら言いすぎてしまったらしい。

「わたしがやっているのは、それだと思っているのか？」ファロンの声にはぞっとするほど感情がなかった。「陰謀をでっちあげていると？」

感情のない冷ややかな響きにうろたえてくるりと振り向くと、ファロンが口調と同じ表情でイザベラを見つめていた。この表情は以前も見たことがある。出会ってから何度もこういう顔を見るたびに、その裏にある深い孤独感が伝わってきた。生涯のほとんどを、べつの次元に閉じこめられたまま過ごしてきたような顔。手を差し伸べてあげたくても、わたしもありきたりの次元では生きていない。

でも、わかっていることが一つある。ファロン・ジョーンズが相手のときは、急いではいけないのだ。彼はまだ完全にはわたしを信じていないし、その一線を彼が越えるまで手探りで進むしかない。

そもそも、わたしだってまだ秘密を打ち明けるほど彼を信じていない。おたがいさまだ。

「まさか」懸命に屈託のない口調を保つ。流しに向き直ってやかんに水をくんだ。「ただのジョークよ、ボス。あなたのいわゆる陰謀思考はぜんぜん気にならない。だって、たいていはあなたが正しいもの」水をとめて振り向く。「でしょう？」

ファロンの神経を張りつめたようすがいくぶん薄れたが、かわりに〈サンシャイン・カフェ〉に入ってくる彼をはじめて見たとき感じた根深い疲労が見て取れた。

「たいていはな」彼が言った。「つねにじゃない。それに、しくじったときは誰かが危険にさらされる」

「夜陰の話をしてるのね？」

「夜陰だけじゃない。昨日のザンダー邸。もしきみが電話をしてこなかったら……」

「でもわたしは電話をしたわ」と指摘する。「それに、一人で地下室におりていくほど無分別でもなかった。多少は認めてちょうだい。自分の面倒は自分でみられるの。ずっとそうしてきたんだもの」

周囲のエネルギーレベルが少し高まった。ファロンが能力を使っているのだ。

彼が業務用サイズのコーヒーメーカーが載ったカウンターに歩み寄り、コーヒーの袋を取って中身を入れはじめた。粉をスプーンで量《はか》ろうともしていない。

「具体的に、どうやって自分の面倒をみていたんだ？」

イザベラは流しにもたれて腕を組んだ。「あなたに感心させられる点の一つはそれよ、ミスター・ジョーンズ。それとなく問いただすテクニックは見事としか言いようがないわ」

ファロンがコーヒーメーカーに水を入れた。歯を食いしばっている。

「歯ぎしりはやめたほうがいいわよ」イザベラは言った。「歯冠にも根管にも悪いから」

「きみを問い詰めないようにしているんだ」

「知ってるわ。全体的に見れば、ずいぶん我慢しているわよね。ネットで調べても、わたしのことはなにもわからなかったでしょう？　絵に描いたように非の打ちどころがない経歴が見つかっただけ」誇らしさを隠せない。「〈ジョーンズ&ジョーンズ〉の優秀な責任者でも、わたしの調査では壁にぶつかった。たいしたものでしょう？」

ファロンが苦笑いを浮かべた。「ああ、たいしたものだ。生まれたときまでさかのぼる見事なストーリーを見つけたが、あれは全部嘘なんだな？」

「そうよ」

「最初から、きみがなにかから逃げているのはわかっていた」コーヒーメーカーのスイッチを入れる。「きみはスカーギル・コーブを隠れ場所に選んだ。たまたまここを選んだとは思えない」

「偶然とは思わないの？」

「〈J&J〉は、偶然に関して独特の考え方をすると説明したはずだ」

「そうね。好奇心から訊くけれど、飛びかかるまでどのぐらい待つつもりだったの？」

「飛びかかる？」戸惑っている。

「くわしく問い詰めるまでよ」イザベラは説明した。

ファロンがポットに落ちるコーヒーを見つめた。「もう少し待つつもりだった。だが最近あったことを考えると、いま話してもらうのがちょうどいいと思った」

イザベラは彼の言葉を嚙《か》みしめた。「わかったわ。でもブライドウェルの作品が見つかったことと、わたしがここにいることに関係があるのかはほんとうにわからない。もちろん、わたしになにかを見つける能力があることは別にしてよ。だって、それがわたしだもの。見つけたくなくても見つけてしまうのが」

「話してくれ、イザベラ」なにを考えているのかわからない陰りのある眼差しを向けてくる。

「答えを知りたいんだ」

「いいわ」イザベラは言った。「しばらく一緒に仕事をしてきたから、あなたが信用できるのはわかってる。それに、どうせほかに選択肢はないもの」

「なぜないんだ？」

「スカーギル・コーブに着いた夜、逃げられるのはここまでだとわかったの。データに残らない生き方は得意なのよ。生まれたときからそうしてきたんだもの。でも、もう見つかるのは時間の問題だわ」

二人はそれぞれのデスクについた。ファロンはコーヒーを飲みながら緑茶に口をつけるイザベラを見ていた。心を落ち着けて、どこから話すか考えているのだろう。ファロンは助け舟を出した。

「生まれたときからデータに残らない生き方をしてきたというのは、どういう意味だ？」

イザベラがカップの縁越しに彼を見あげた。「〈氷山〉というウェブサイトを知ってる？」

「自分を〝番人〟と呼ぶ変人がやっている、突飛な陰謀説を唱えるウェブサイトか？」顔をしかめる。「ああ、知っている。わたしも陰謀説にこりかたまっていると言われがちだが、番人に比べたらひよっこ同然だ。あの男は限度をはるかに超えてしまって、戻れなくなっている。おそらくずいぶん前から現実との接点を失っているに違いない」

「そう思う？」

「頭がおかしいのは明らかだ」

「じゃあどうしてあのサイトをチェックしてるの？」

ファロンは肩をすくめた。「たまに、調査データにくわえてもいい信頼できる情報を番人がつかむことがあるからだ。よく言われるように、とまった時計でも一日に二度は正しい時刻を示す。問題なのは、〈氷山〉でどんな情報を得ようと、裏の裏、そのまた裏があるような番人の複雑怪奇な妄想と、まともな情報がつねにごっちゃになっていることだ。事実だけを抜き取るには何時間もの調査が必要になる。番人の説には論理的根拠がないだけに、脈絡にも意味がない。典型的な被害妄想の陰謀説者だ」

イザベラが眉をあげた。「それにひきかえ、あなたには脈絡があると言いたいの？」

「雲泥《うんでい》の差だ」と断言する。「代表的な例をあげよう。番人が夜陰に関する確実な情報と思われるものを偶然つかみ、それを宇宙人による誘拐という妄想にふくらませたとする。妄想という脈絡のなかだと愚にもつかない話だから、誰も関心を払わない。だが、わたしにはしっかりした脈絡があるから、自分の調査にその情報をあてはめることもできる」そこでいったん言葉を切る。「そういえば、あそこはしばらく更新されていないな。おおかたついにあの男も病院送りになったんだろう。正直なところ、さびしくなりそうだ」

「違うわ」イザベラが冷ややかに言った。「番人は病院送りにはなっていない。殺されたのよ」一つ大きく息を吸いこむ。「たぶん」

「ああ、たしかにネット上でしばらくそんな噂が流れたことがあったが、そのうち噂も消えてしまった。それが番人なんだ。あの男にまつわる噂はなに一つ信用できない。あの男なら、新たな陰謀説を吹聴するために、自分が殺されたように見せかけることぐらいやりかねない」

「ほんとうにそのとおりだったらどんなにいいかって、心から思うわ」

ファロンの手がとまった。「なにか知ってるのか？」

「番人は女性よ。ネット上ではさらなる偽装のために男のふりをしていたの」

「なぜ知ってるんだ？」

「飛行機事故で両親が亡くなったあと、わたしを育ててくれたのが番人だからよ。祖母なの」

ファロンは斧《おの》で殴り倒された気分だった。がばっと前へ乗りだし、反射的に能力を高める。

「ほんとうなんだな」

「調べてもわたしの正体がわからなかったのは、生まれてからずっと偽名で生きてきたからよ」両手でマグカップを包みこんでいる。「母はわたしを生むとき病院には行かなかったの」

「じゃあ、社会保障番号もないのか？　出生証明書も？」

「社会保障番号ならいくつも持っていたわ。出生証明書やクレジットカードやパスポートも。祖母はわたしが生まれる前から身分証を偽造していたから、わたしが引っ越しや転職をするたびに新しいのをくれたの」壁の鉄のフックにかけたバックパックをちらりと見る。「いまもあそこに未使用の新品が二セット入ってる」

「どこで生まれた？」ファロンは夢中で問い詰めた。「どうやって表社会と関わらずにいられたんだ？」

「わたしが生まれたとき、両親は祖母と一緒に南太平洋の孤島で暮らしていたの。父は本名を明かさずにスリラー小説を書いていて、どれも父があばいた陰謀がベースになった作品だった。母は画家で、作品は複数の一流の美術館に展示されているわ。どの絵も署名は偽名になっている。わたしは自宅で生まれて、どこの役所にも届出が出されなかった。教育はずっと自宅で受けた。イザベラ・バルディーズをのぞいて、これまで使ってきた名前は全部捏造《ねつぞう》されたものよ」

ファロンは小さく口笛を吹いた。「驚いたな。誇大妄想の問題を抱えているのはわたしだと思われているのに。イザベラ・バルディーズが本名なのか？」

「ええ」イザベラが胸を張った。「ヒッチハイクでスカーギル・コーブへ来た晩に、本名を名乗ろうと決めたの」

「わたしがネットで見つけた経歴は？」

「もちろんまったくのでたらめよ。使ったのは今回がはじめて。こういうときのために取っておくように祖母に言われていたの」

「きみのおばあさんは、どこで偽の証明書を手に入れていたんだ？」

「昔から最高級品だけを扱っている同族会社からよ。代々商売を引き継いでいるの。祖母はいつも、〈J＆J〉が使うぐらい優秀なら、わたしたちが使ってもだいじょうぶだと言っていたわ」

「墓穴を掘るのを承知であえて言うが、どうやらハーパー一族を使っていたようだな」

イザベラがカップに向かって微笑んだ。「ご明察」

じわじわと得心がいった。「なぜスカーギル・コーブへ来たんだ？」

「あなたを見つけるためよ、もちろん」きっぱりと言う。「祖母には以前から、もし自分になにかあるか、わたし一人じゃどうしようもないトラブルに巻きこまれたときは、〈ジョーンズ＆ジョーンズ〉に連絡しろと言われていたの」

「どうしてこれまでほんとうのことを話さなかった？」

「あなたを信用してもだいじょうぶか確認する必要があった。誰でも幼いころの教育に大きく影響を受けるものでしょう。わたしは陰謀説者の家族に育てられた。筋金入りの変人なのよ」

「平たく言えば、家族しか信じないんだな」

「いまはあなたを信じてるわ。どういう人かわかったもの。でも確かめる必要があった。祖母の命が、まだ生きていたらだけれど、かかっていたから」

「もしもう生きていなかったら？」

イザベラの表情が曇った。「その場合は祖母の仇《かたき》を討つわ」

ファロンは両手の指先を合わせて考えをめぐらせた。「どうしておばあさんの命が狙われていると思うんだ？」

「祖母のウェブサイトで陰謀を暴かれては困る人間がいるからよ。でも祖母なら彼らの裏をかいたはずだと祈ってるの。そういうことがとっても得意だから。運がよければ、悪党は祖母が死んだと思いこんでいるはずよ」

裏のまた裏――ファロンは思った。典型的な陰謀説の論理だ。脈絡なし、確たる証拠なし、疑問なし。

「悪党はどうしておばあさんが死んだと考えるんだ？」

「死亡を証明する書類が山ほどあるもの」単純な話だとでも言うようにさっと手を振ってい

る。「地元の新聞に死亡広告が載った。死亡証明書もある。記録では火葬されたことになっている。すべてきちんと整ってるわ」

「でもきみは信じていないんだな？」

「悪党たちに見つかってしまった可能性もある」一歩ゆずって認めている。「でも祖母がまだ生きていて、どこかに隠れている可能性も大いにあるわ。わたしには連絡の取りようがない。これも計画の一部だったの。姿をくらますしかなくなったときは、徹底的にやらなくちゃいけないと祖母は話していた」

「その一方、〈J＆J〉に助けを求めろと？」

「ええ」イザベラが固い決意のこもる瞳でファロンを見た。「悪党たちは、わたしも狙っているの。一度は逃げたけれど、二度めはそこまで運に恵まれないかもしれない」

ファロンは凍りついた。「命を狙われたのか？」

「一カ月ほど前にフェニックスで。勤めていたショッピングセンターで見つかったの。そのときピンときたわ」ふいに言葉を切る。瞳で涙がきらめいていた。

「なににピンときたんだ？」

「やっぱり祖母は見つかってしまったのかもしれないって」デスクの引き出しをあけ、そこにしまってある小さなティッシュの箱を出して目をぬぐっている。「祖母は緊急時用の計画に沿って行動しているんだと、ずっと自分に言い聞かせていたの。隠れているだけだって。でも、わたしが見つかったのなら、祖母も見つかってしまったのかもしれない。ほんとうに死んでしまったのかもしれない」

すすり泣いている。ファロンはどうしていいかわからなかった。

「イザベラ」

「ごめんなさい」イザベラが洟《はな》をかんだ。「もしほんとうに祖母が亡くなっていたら、この世に存在すらしなかったみたいになってしまう。祖母はそうなるように手回ししていたの。唯一の遺産であるウェブサイトが、仮想空間の墓石みたいにオンライン上に残っているだけ。とうてい見る気になれないわ」

「イザベラ」ファロンはくり返した。そしてそれ以上かける言葉を思いつけずに口を閉ざした。

「もし祖母が亡くなっていたら、それはわたしのせいなの。陰謀のことを話したから」ティッシュに向かってイザベラが言った。

ファロンは無意識に立ちあがっていた。デスクをまわって、ポケットからきちんとたたんだ洗い立てのハンカチを出す。ハンカチを受け取ったイザベラは、初めて見るような顔で一瞬それを見てからハンカチを顔にあてて泣きだした。

ファロンはやさしくイザベラを立たせ、両腕を巻きつけてきつく抱きしめた。あたかもそうすれば彼女がつくりあげた陰惨な幻想から守ってやれるように。

イザベラが小さくしゃくりあげて湿ったハンカチをデスクに落とし、ファロンの黒いセーターに顔をうずめて本格的に泣きだした。

ファロンがそのままじっと立っているあいだに、海から漂ってくる霧が町とオフィスの窓を覆い、残りの世界から二人を切り離した。

15

しばらくすると、イザベラがようやく泣きやんだ。顔をあげておずおずと微笑んでいる。

「ごめんなさい。最近は、いきなりこうなってしまうの。直前までだいじょうぶだったのに、祖母はほんとにもうこの世にいなくて、自分をごまかしているだけなんだと思ったとたんに涙が出てくるの」

「気にするな」ほかにどう言えばいいのかわからない。イザベラが離れようとしていることに気づき、しぶしぶ手を放す。

イザベラが椅子に腰をおろし、濡れたハンカチを丁寧にたたんで差しだした。新しいティッシュを取ってもう一度洟をかむ。それをゴミ箱に放りこみ、お茶を飲んで落ち着きを取り戻している。

ファロンはどうしていいかわからずに、オフィスの真ん中に突っ立っていた。まともなことはなに一つ思いつかなかったので、自分のデスクに戻ってコーヒーに口をつけ、当面の問題に意識を集中しようとした。

「きみの論理でいくと」としゃべりだす。

イザベラがうっすら微笑んだ。「わたしを信じていないって、はっきり言ってもいいのよ」

どこからともなく激しい怒りがこみあげた。「そんなことは言ってない。事実だけをまとめようとしているだけだ」

イザベラがため息をついた。「そうね。ごめんなさい。最近、ちょっと情緒不安定なの」

「無理もない」むっつりと言う。

イザベラが真顔でうなずいた。「ええ、わたしもそう思う。ずっと大きなストレスにさらされているんだもの」

「まさにそのひとことに尽きる」と認める。「じゃあ、やりなおすぞ。きみは数週間前に、フェニックスで命を狙われたのか？」

「そうよ。とにかく二人の男に拉致されそうになった。殺すつもりだったに違いないわ」

「どうやって逃げた？」

イザベラが片手を曖昧《あいまい》に動かした。「わたしの能力にはいわば、B面があるの。物や人を見つけることができるけれど、同時に隠すこともできる。姿を消すように命令できる。文字どおり消えるようにね。彼らが送りこんできた二人の刺客にも、それをやったの」

ファロンは彼らという代名詞を聞き流した。陰謀好きな人間が好んで使う言葉だ。物事を陰で操る謎の彼らがつねに存在する、という。

「どうやるんだ？」ファロンは尋ねた。「なにを？」

イザベラが目をしばたたいた。

「きみの能力」

「ほかの能力と同じよ」軽く肩をすくめている。「じかに触れる必要があることしかわからない。ショッピングセンターの屋上で追い詰められたの。わたしは非常階段をおりて通りへ出るように命令した。そのあとあの二人がどうなったか知らない。われに返るまでしばらく歩きつづけたんじゃないかしら」

「あるいは車に轢《ひ》かれたか？」

「信号のあるところでしか道を渡っちゃいけないと言っておいたわ。わたしに消えるように暗示をかけられた相手は、すごく正確に命令に従う傾向があるの」

「催眠暗示に似ているな」

「たぶん」

「なぜ信号でしか渡ってはいけないと言ったんだ？」

「以前勤めていた会社の人間が二人フェニックスの通りで車に轢かれたら、厄介な問題がふえるだけだと思ったのよ。死体は厄介の種になりがちだもの」

だが死体がないということは、警察の記録も彼女の話に真実性を加えるものもないということだ。ウサギの穴に落ちたアリスの気持ちがわかる気がした。イザベラが番人と同じくらい妄想上の陰謀に捉われている可能性が高いことも考慮に入れておかなければならない。ただ、これだけは言える。イザベラは自分の話を本気で信じている。

「陰謀の話をしてくれ」

「わたしは〈ルーカン・プロテクション・サービス〉という会社で働いていたの。知ってる？」

マグカップを持つファロンの手が宙で止まった。あらゆる感覚がパチパチ音をたてて反応している。「もちろん。マックス・ルーカンはアーケイン・ソサエティのメンバーだ。高級芸術品やアンティークの警備会社を経営している」

「七カ月ぐらい前、その会社に雇われたの。そのときはすごくラッキーだと思った」

「どうして？」

「能力やら生い立ちやらで、就職にはいつも苦労していたのよ。おかげでふつうの人が靴下を変えるぐらい頻繁に転職をくり返したわ」いったん口をつぐんで続ける。「何度もクビになった」

「キャリアで苦労したというのは理解できる。公式に存在しない家族のなかで育つのはなまやさしいことじゃなかっただろう。でもなぜ能力が問題になるんだ？　なにかを見つける能力を備えたきみは、調査や警備の会社にうってつけだと思うが」

イザベラがお茶をひとくち飲んでマグカップをさげた。「問題は、わたしが見つけるものには偏りがあることなの」

「というと？」

「警備や調査の仕事の大半は、見つかりたくない人を探しだすことがからんでいる。行方がわからない人には、たいていそれなりの理由があるのよ。それに、死体に遭遇することもある。たまにならいいの。そういう仕事も必要なのはわかっているから」

「昨日のザンダー邸のように？」

「そう」話にすっかり熱が入っている。「つまりなにが言いたいかというと、殺人の被害者に正義が果たされて、遺族が心に区切りをつけられるようになるのは大賛成なの。大事な仕事だわ。りっぱな仕事。必要な仕事。でも、来る日も来る日も死んでいるか見つかりたくない人を探す仕事ばかりしていると、どうしようもなく気が滅入ってしまうの」

「考えたこともなかったな」ファロンは認めた。「そういう仕事をしていたのか？」

「たいがいはね。わたしが遺体や行方不明の人を見つけられるとわかったとたん、どの会社でもそういう仕事ばかりやらされるようになった。でも〈ルーカン・プロテクション・サービス〉は違ったの。わたしは専門家の一人だった。あそこでの仕事は楽しかったわ。死体を探せと要求されることは一度もなかった。探すのは美術品とアンティークだけだった」

「なにがあったんだ？」

「わたしはかなり優秀だったの。A部門に昇進した」

「A部門？」

「精鋭が集まる調査部門よ。ごくごく内密な部門」

ファロンはうめきそうになるのをこらえた。「なるほど。ごくごく内密ね」

「仕事はうまくいっていて、いいお給料ももらっていた。会社の退職金制度を受けようかとすら考えていた。いいアパートにも住んでいた。ほとんど人生を手に入れたような気分になっていたわ。ようやく」

「ルーカンで働く前は違ったのか？」

「ふつうの人生じゃなかったわ」イザベラが言った。「生まれてからずっと偽名で暮らすのがどんなものか想像できる？」

「いや」正直に答える。「でもそれが人をどうすり減らしていくかはわかる」

「しばらくすると、自分がほんとうに存在しているのかわからなくなるの。でもルーカンではだんだん気が楽になっていた。たぶんあそこではわたしみたいな人間が普通と思われていたせいだと思う。とくにA部門では」

「超能力者がいたのか？」

イザベラがうなずいた。「〈ルーカン・プロテクション・サービス〉は超能力者を大勢雇っているの。A部門ではとくに。超能力者のクライアントの要求を満たせるし、超常的な由来を持つアンティークも扱えるから。あれやこれやで、わたしにはぴったりの職場だった。そんなとき、実態に気づいてしまったのよ」

ふいにウサギの穴が真っ暗になった。おしまいだ——ファロンは思った——境界線を越えた女性を好きになってしまった。

「なにに出くわしたんだ？」運命を受け入れて尋ねる。

「A部門の主任調査員の一人、わたしの上司だったジュリアン・ギャレットは、陰で商売をしているの。武器の売買よ。でも扱っているのは普通の武器じゃない。超常武器を専門にしている」

そこで口を閉ざし、自分が落とした爆弾に対するファロンの反応をうかがっている。

「ふむ」ファロンは言った。

「それだけ？　アーケイン・ソサエティはこういうことには強い不快感を示すんだと思っていたわ」

「たしかに」ファロンは両手の指先を合わせてじっくり考えをめぐらせた。「だが、〈ルーカン・プロテクション・サービス〉の社内でそんなことがまかりとおるとは思えない。若いころのマックス・ルーカンが、うさんくさいアンティークの売買を何度か仲介したことは疑わないし、超常的な由来を持つ美術品やアンティークを専門に扱っていることも気づいていた。だがルーカンはばかじゃない。超能力を持つ悪党に超常武器を売っていることをソサエティに知られたら、〈J&J〉がただではおかないのはわかっているはずだ」

「マックス・ルーカンは社内で起きていることを知らなかったんだと思う。でもA部門に疑いを持つようになった。ジュリアン・ギャレットはそれを察知して、保身のためにわたしに罪をなすりつけた。そのせいで、マックス・ルーカンは超常武器を売買したのはわたしだと思っている。きっと彼はわたしを見つけて連れてくるようにジュリアンに命令したんだわ。でもジュリアンはわたしの口を封じるために殺そうとしているのよ」

「ちょっと確認させてくれ。どうしてジュリアン・ギャレットにはめられたとわかったんだ？」

「ある朝自分の仕事スペースに入ったら、デスクやパソコンのまわり一面がおぞましいエネルギーでいっぱいだったの。前日に帰るとき、そんなものはなかった。エネルギーの流れはまっすぐジュリアン・ギャレットのオフィスへ続いていたわ」

「それでどうしたんだ?」

「ジュリアンがわたしのデスクに来たのはわかったけれど、その理由がわからなかった。引き出しを調べてもなにも見つからなかったから、パソコン全体にウィルスチェックと検索をかけてみた」

「なにかあったのか?」

「隠しファイル」イザベラが答えた。「複数のアンティークの取引データが入っていた。ぱっと目には変わったところはないように見えたけれど、そんなファイルをなぜジュリアンがわたしのパソコンに入れるのか理解できなかった。だからそれぞれのアンティークについて調べてみたの」

「そうしたら?」

「すぐにすべてに共通点があるとわかったわ。お決まりの超常的な由来のほかに、一つ残らず会社の指針では凶器になりうる工芸品として分類されてもおかしくないものばかりだった」

「ほかには?」

「取引はすべて記録に残らないかたちで行なわれていた。会社のデータにはいっさい記録されていなかった。しかも、いずれも入手先が同じだった。オーヴィル・スローンというブローカー。闇市場の大物よ」

「ジュリアン・ギャレットを問い詰めたのか？」

「まさか、とんでもない」ぞっとしている。「彼がわたしに罪を着せようとしているのは明らかだったもの。わたしの言い分はどうせ彼とは食い違ってしまう。ジュリアンはマックス・ルーカンの下で何年も働いているの。マックスは彼を信頼している。それにマックスはきっと容赦しなかったはず。わたしを刑務所行きにするか、もっとひどい目に合わせていたに違いないわ」

「だから逃げた」

「そう。でも同時に祖母に電話して、事情を話した。ジュリアン・ギャレットに見つかったらきっと殺されると言ったのは祖母よ」

イザベラが作り話をしているとは思えなかった。起きたことに対する解釈はゆがんでいるかもしれないが、事実をありのままに話している。いったいこれはどういうことだ？

ファロンは体を起こしてパソコンのキーボードをたたき、すばやくいくつかの検索を行なった。すぐにあるものがヒットした。

「なにが見つかったの？」イザベラが訊く。

「オーヴィル・スローンという名の美術品ブローカーの死亡記事だ」画面上の記事に目をとおす。「一カ月前に射殺されている。容疑者は見つかっていない」

イザベラが唇を引き結んだ。「足がつかないようにジュリアンが殺したに違いないわ」

「武器商人には敵が大勢いる」

やんわりとそう言ったファロンは、イザベラが番人の孫だということを思いだした。陰謀説は彼女の習い性になっている。それでもファロンはみずからの本能的な反応を押しとどめることができなかった。するりと能力のホットゾーンにもぐりこむと、巨大なクモの巣が冷たい光で輝きだしていた。パターンができはじめている。なにかある、重要ななにかが。

「A部門で起きているときみが考えていることを証明できそうなものは、なにもないんだな?」

イザベラが言葉に詰まった。「そんなに簡単に証明できることじゃないのよ」

「だろうな」

「だから祖母はアーケイン・ソサエティに任せるべきだと考えたの。超能力を持つ悪党を取り締まるのがソサエティの仕事だと話していたわ」

ファロンはげんなりした気分で嘆息した。「われわれはできることをやるが、それが仕事ではない。あくまでも、昨日ザンダー邸にいたような頭のおかしい連中が相手の場合、普通の警察にできることはたいしてないからにすぎない」

「そのとおりよ」

「イザベラ――」

イザベラがつかのま目を閉じた。ふたたびあけたとき、そこには静かなあきらめしか浮かんでいなかった。

「こうなるんじゃないかと思っていたの」しんみりとイザベラが言った。「わたしが話したことなんか、ひとことも信じていないんでしょう？　わたしは頭がおかしいと思ってるのよ、番人のように」

「ばか言うな」

「時間をかけてわたしという人間を知ってもらえば、わたしの頭がおかしくないとわかってもらえると思っていたの。だからこれまで正体を明かさなかったのよ。もう少し待ってから打ち明けたほうがよかったのかもしれないけれど、誰かに話さずにはいられなかった。祖母の生死がわからないという事実だけでも心が折れそうなの。わたしにはもう祖母しかいないのに、もし死んでしまっていたら……」

「イザベラ」ファロンは立ちあがってデスクをまわり、イザベラの両肩をつかんだ。さっきやったように立ちあがらせる。「ジュリアン・ギャレットが超常武器の売買に関わっていたかどうか、正確に判断するだけの情報がまだないだけだ。ましてやきみのおばあさんがほんとうに殺されたのか、判断しようがない」

「ええ」

「だが」と続ける。「わたしに話した内容のすべてをきみが確信しているのはわかる。そしてきみが確信しているかぎり、わたしはきみが望んでいる答えを得られるようになんでもする。もしおばあさんが殺されたのなら、犯人を突きとめる」

「ファロン」イザベラがかすれ声でささやいた。瞳が涙できらめいている。彼女がファロンの顎に触れた。「なんて言ったらいいかわからないわ。ありがとうという言葉しか見つからない」つま先立ちになって、そっと唇を重ねる。

感謝のキス——ファロンは苦々しくひとりごちた。感謝だけはイザベラにしてほしくなかった。

16

その夜、〈スカー〉に集合がかかった。シーカー共同体の全盛期にスカーギル・コーブに住んでいた全員が顔をそろえていた。イザベラは、この町に複雑ないわくを持ちながら長年住みつづけてきたメンバーを心に刻んだ。ヘンリーとヴェラがいる。大家のラルフ・トゥーミーと〈サンシャイン・カフェ〉のマージも。モーテルのオーナーのバイオレットとパティもいる。二人と同じテーブルについているのは、ガソリンスタンドと自動車修理工場を経営しているバド・イェーガーだ。別のテーブルには食料雑貨店のハリエットとベン・ストークスが座っている。ウォーカーまで姿を見せ、少し落ち着かないようすで入り口の近くに立っていた。

〈スカー〉のオーナーのオリバーとフラン・ヒッチコックが、カウンターのなかで神妙な顔をしてビールを注いだ。ウォーカー以外の全員がグラスを受け取った。

イザベラは赤いビニール張りのスツールに座っていた。隣りのスツールに座っているファロンは真鍮《しんちゅう》の横木に片足をかけ、ノートパソコンが入ったレザーケースをカウンターに置いている。

その日あったことをヘンリーが手短に説明するあいだ、イザベラは集まったメンバーの顔を観察していた。すでにニュースはスカーギル・コーブ全体に広まっていた。古い防空壕でゴードン・ラッシャーの骨が見つかったところに話が及んでも、誰一人驚きを見せなかった。

バド・イェーガーが憎々しげにうめいた。「どうせ地下にあるものを盗みに戻ってきたんだろう。ラッシャーはちんけなペテン師以外の何者でもなかった。これだけたっても、あんなやつに引っかかったのが信じられない」

「巧妙だったのよ」マージがため息をつく。「すごく巧妙だった。それにわたしたちも若かったしね。自分たちは特別で、自分たちだけが経験できる悟りへ続く魔法の道があると思いたかった。ラッシャーといると、ほんとうにそうなりそうな気がしたわ」

「短いあいだだったけどね」むっつりとヴェラがつぶやいた。「いわゆる導師の魔力は、あっというまにしぼんじまった」

「ここへさまよいこんできた若い女の子を、片っ端から追いかけまわすつもりだとわかったとたんに」パティが苦々しげに言う。

バド・イェーガーがビールに口をつけてグラスを置いた。「誰が殺したんだろう？」

「誰だっていいわ」ハリエット・ストークスが言う。「天罰よ。あいつがどんなふうにわたしを利用したか、一生忘れない。両親が残してくれた財産をすべて巻きあげられたのよ」

ベン・ストークスがテーブル越しに妻の腕に触れた。「あいつはおれたち全員を利用したんだ。共同体をつくるつもりなど、もともとなかった。最初から金が目当てだったんだ」

「いい厄介払いよ」バイオレットがぶるっと身震いした。「その場にいてこの手で殺してやりたかったわ」

「みんなそう思ってる」とラルフ・トゥーミー。

ヘンリーが咳払いして、その場のかじを取り戻した。「あの古い防空壕には物騒なものがあるんだろうとずっと思っていた。そのとおりだったことがわかったわけだ。ファロンとイザベラの話だと、ヴィクトリア時代の本物のアンティークに見えるが、実際は危険きわまりない実験的な凶器らしい。専門家に動作を解除してもらう必要がある」

バド・イェーガーがバチンとテーブルをたたいた。「政府に渡したら解除される見込みはほとんどないぞ。そうに決まってる」

「そうよ」とマージ。「CIAはどんな仕組みになっているのか突きとめようとするだろうし、軍は似たようなものを無数につくる方法を探そうとするわ」

ファロンがかすかに身じろぎした。そのとたん全員が黙りこんだ。一人残らず彼を見つめている。

「あの凶器独特の性格を考えると、同じものをつくるのはほぼ不可能だ」ファロンが言った。「これはいい点。悪い点は、われわれが発見したぜんまい仕掛けの装置は単に危険なだけではすまないことだ。超物理学の法則に基づいたテクノロジーが使われているので、まったく予測がつかない」

今回も誰一人驚いていないことにイザベラは気づいた。

「ＣＩＡやＦＢＩが、昔っから得体の知れないものに手を出してるのはみんな知ってる」カウンターのうしろでオリバー・ヒッチコックが不機嫌につぶやいた。

イザベラのなかで心地よいぬくもりが広がった。ここにいるみんなは同類だ。スカーギル・コーブにいるとくつろげるのはそれが原因だったのだ。住民はわたしと同じ言葉をしゃべる――わたしが生まれたときから教わってきた〝陰謀語〟

「そのとおりよ」イザベラは勢いこんで言った。「何年も前に、ＣＩＡは透視実験をやっているとマスコミが暴露したことがあったわ」

「数十年前にデューク大学とスタンフォード大学で超能力の研究プロジェクトが進められていたことも忘れちゃいけないわ」マージが指摘する。

「あくまで公表したプロジェクトがあれだっただけだ」とヘンリー。「隠れてなにをやってたかわかったもんじゃない」

「あまりいい気になるのはやめておこう」ファロンが冷静に言った。「いまのところ、超常武器の分野で秘密機関はさしたる成果をあげていないようだ」

ヴェラが鼻先で笑った。「だからって努力してないわけじゃない。もし防空壕にあるのが本物なら、絶対に政府になんか渡せない」

「そんなことをしたら、確実にどこかの秘密機関の手に渡るのがおちだ」ヘンリーが警告する。

「じつはわたしも同じことを考えている」ファロンが説明をはじめた。「わたしもあの装置が間違った手に落ちるのを望んではいない。そこで、あれを解除してきちんと保管しておける組織にゆだねてはどうかと考えている」

バドが眉をひそめた。「どういう組織なんだ？」

「アーケイン・ソサエティと呼ばれている団体だ」ファロンが答える。「包み隠さず告白するが、ソサエティはうちの最大のクライアントだ。数世代にわたって超自然的なものを真剣に研究している。しかも、防空壕で見つかったものに似た装置を過去に扱った経験がある」

住民たちのあいだにざわめきが広がった。何人かは疑いの表情を浮かべている。

「ソサエティは実在するのよ」イザベラは断言した。「ファロンがここにいるように。ファロンならあの凶器をちゃんと扱ってくれるわ」

みんながうなずいた。

「ジョーンズは、おれたちよりあの凶器のことを理解している」ヘンリーが言った。「彼のアドバイスに従おうぜ」

「あたしはそれでいいよ」ヴェラが断言する。「荒れ果てたザンダー邸にあの時計が現われた経緯や、防空壕にあたしたちのほとんどが知らない入り口がもう一つあったことを考えると、これ以上あたしたちであそこにあるものを守っていくのが無理なのは明らかだ」

「骨はどうするの？」マージが尋ねた。「ゴードン・ラッシャーなのは間違いないの？」

「財布に身分証明書が入っていた」ファロンが答え、ヘンリーを見た。「ほかにもいくつか証拠があった」

「指輪があったんだ」ヘンリーがオーバーオールのポケットから指輪を出してみんなに見せた。「あいつがいつもつけていた、ちゃらちゃらしたでかい水晶を覚えてるか？　こいつだ」

「わかったわ、じゃあ骨はたぶんラッシャーね」とマージ。「どうするの？」

「骨はたいした問題じゃない」ファロンが言いきった。

バイオレットの目が丸くなる。「たいした問題じゃない？　死体があるのよ」

「二十年以上前にゴードン・ラッシャーになにがあったか知らないが、今夜聞いた話から判断して、寂しがる人間がいるとは思えない」

「それだけは言えるな」ベン・ストークスがつぶやく。

「選択肢は二つだ」ファロンが続けた。「地元警察に通報する手もあるが、保安官や彼の部下が遺体を回収するために防空壕へ入る方法を解明できるとは思えないし、ましてや死因究明の捜査の指揮を取れるとも思えない。あそこがどんな感じか、みんな知っているだろう」

「ジョーンズの言うとおりだ」とヘンリー。「地元警察はすぐ防空壕でおかしなことが起きたと気づいて、連邦政府に連絡するに決まってる」

「つまりCIAということね」フラン・ヒッチコックが眉を曇らせた。「あるいはほかの秘密機関。ひょっとしたら二十二年前に研究室をつくった連中がまだ現役かもしれない」

オリバー・ヒッチコックの顔に警戒が浮かんだ。「もしまたあの連中がやってきたら、そのときは町じゅうを占拠して、防空壕にあるエネルギーの発生源を隔離しようとするぞ。この町を封鎖しておれたちを追いだしかねない」

「秘密空軍基地《エリア51》みたいになるわ」イザベラは会話の流れに元気づいた。「町じゅうに武装した衛兵があふれる」

「ファロンは、ここの海岸沿いには一種の宇宙エネルギーのネクサスがあると言ってる」ヴェラが口をはさんだ。「もしそんなパワーの源に接触できるとCIAに気づかれたら、阻止しようがない。イザベラの言うとおりだよ。連中は手始めに、あたしたちを立ち退かせる」

「それじゃすまないかもしれないわよ」ハリエット・ストークスの口調には不吉な響きがあった。「目撃者は不要だと判断するかもしれない」

全員が押し黙ってその可能性を噛みしめた。しばらくすると、ふたたびざわめきだした。さっきより声が大きい。

大騒ぎとなった話し声にまぎれ、ファロンがイザベラに話しかけた。

「宇宙エネルギーと言った覚えはないぞ」

「細かいことにこだわらないで」

「宇宙というと、地球の外から来るエネルギーをイメージさせる。その影響も多少あるかもしれないが、いまのところ感知できないし、わたしが言ったネクサスのエネルギーとは関係ない」

イザベラはファロンの太ももを軽くたたいた。「誰もそんな話に聞く耳を持たないわ、ボス」

「だろうな」

不安そうな話し声が大きくなり、それに合わせて警戒レベルも高まっていた。

ファロンがうしろにもたれてカウンターの縁に沿って両腕を伸ばした。満足げにみんなをながめている。

「じつに驚嘆すべき光景だな」

「なにが？」

「わたしたちはいま、本格的な陰謀説が生まれる瞬間に立ち会っている。星雲の誕生を観察しているようなものだ。不規則で無関係な断片が高速ですれ違いながら、ごくわずかな引力で引きつけあって整ったシステムをかたちづくっていく。そしていつのまにか、ＣＩＡやエリア51や宇宙エネルギーや死体がからむ、裏のまた裏がある完璧な妄想になる」

イザベラは怖い顔でにらんだ。「ＣＩＡに町を乗っ取られる話を始めたのはあなたよ」

「はっきりそうとは言っていない」

イザベラは目をしばたたいた。「おもしろがってるのね？」

「ああ」珍しくにっこりしている。瞳を燃えあがらせる笑み。「じつは、きみがそばにいるようになってから、生まれてはじめて普通になった気がしているんだ」

「陰謀かもしれないと考えるりっぱな根拠が複数あるわ」

「いいや」ファロンが頭から否定した。「二十二年前に三人の男が古い武器で実験を行なったことと、死んだペテン師の骨は陰謀じゃない」

「じゃあ、なんなの？」

ファロンがビールに手を伸ばした。「問題だ。簡単に解決できる問題」

「ほんとう？」イザベラは手を振ってみんなの関心を引き、大声で告げた。「ファロンが骨の問題には解決策があると言ってるわ」

またしても静寂が広がった。全員がファロンに期待のまなざしを向けている。

「わたしが思うに」彼が慎重に切りだした。「もっとも簡単な対策は、防空壕から骨を運びだして沖に捨てることだ。知ってのとおり、沖合は流れがかなり速い。わたしの計算では、九八・五パーセントの確率で岸に打ち上げられることはないはずだ。少なくともここの近くには。万が一いくつか流れついたとしても、古い防空壕との関連は証明できない」

ファロンを見つめるみんなの顔に、理解の表情が浮かんでいく。

ヘンリーが口をひらいた。「悪くない」

フラン・ヒッチコックがゆっくりうなずく。「ラッシャーはしょっちゅうカルマの話をしていたわ。カルマが働いたいい例の気がする」

「気に入った」ベン・ストークスが顔をほころばせた。「なかなかいい」

「水葬だと思えばいい」とファロン。

「そうよ」イザベラは言った。「完璧だわ」

すかさずマージがうなずく。「完璧」

周囲でほかにもいくつか頭がうなずいた。

「多数決で決めよう」ヘンリーが言った。「この問題をファロンに任せることに賛成の者、手を挙げてくれ」

一人をのぞいて全員の手が挙がった。

ヘンリーがウォーカーを見た。「おまえはどう思うんだ、ウォーカー？」

ウォーカーの体の震えが一瞬とまり、肉の薄い顔に獰猛《どうもう》な表情がよぎった。両目がわずかに熱を帯びている。

「ゴードン・ラッシャーは、わ、悪いやつだった」

「賛成という意味に取るぞ」ヘンリーが言う。「では、これで決まりだな。骨は海に沈め、防空壕にある得体の知れない装置はアーケイン・ソサエティに渡す」

あちこちで満足のつぶやきがあがった。椅子を引く音が響く。みんなが立ちあがり、ジャケットや手袋を身につけて霧のかかる湿っぽい夜に出ていく用意を始めた。

「認めたくないかもしれないけど」イザベラはファロンに話しかけた。「どうやらあなたはたったいま、スカーギル・コーブの保安官に選ばれたようよ」

「それなのに、母はいつも、わたしは財務の仕事につくべきだと思っていたんだ」

外では霧が町を覆いつくしていた。潮の香りがする本物の霧だ。豆粒ほどの小さな町には街灯が一つもないが、モーテルや商店の上にある部屋に灯るわずかな明かりがあたりに幻想的な輝きを与えていた。

イザベラは、ファロンと一緒にアパートへ歩いて帰るという単純な喜びを噛みしめた。彼といると心地いい。しっくりくる気がする。

　ファロンがジャケットのポケットから携帯電話を出して、どこかの番号を押した。

「ラファネリか？　ジョーンズだ」

　短い間。

「どういう意味だ、どのジョーンズとは？　ファロン・ジョーンズだ。〈Ｊ＆Ｊ〉の」いらだっている。「明日じゅうに武器レベルの工芸品に対応できる研究チームをスカーギル・コーブによこせ……ああ、明日だ。電話の調子でも悪いのか？　ミセス・ブライドウェルの作品の隠し場所が見つかった。そう、例の芸術品だ。偽装仕掛け装置。まだ動くものもある」

　ふたたび間。前回よりかなり長い。電話の相手が興奮してなにやらまくしたてる声が聞こえる。

「いいや、なぜここにあるのかはまだわからない」苛立たしそうにファロンが言った。「だが、どうやら二十年以上施錠された古い防空壕のなかにあったらしい。ああ、ドクター・トレモントがガラスの専門家なのは知っているが、さっき確認したらドクターはいま研究休暇《サバティカル》でロンドンだ。だとするとあんたしかいない。それに超常武器の解除はあんたの専門だ、トレモントでなく。明日会おう。朝に」

　ファロンが電話を閉じた。

　イザベラは咳払いした。

「なんだ？」ファロンが訊く。

「あなたにはぶっきらぼうな態度を取る傾向があるわ」

ファロンがジャケットのポケットに両手を突っこんだ。「ぶっきらぼう？」

はじめて聞く言葉みたいな言い方をしている。

「そっけない」イザベラは言った。「切り口上。邪険」

「電話では効率よく話したいだけだ。どうでもいい雑談で時間を無駄にするやつが多い」

「雑談？　雑談っていうのは一般的に、二人以上の人がおしゃべりすることを指すのよ」

「わたしはおしゃべりするタイプじゃない」

「そんなことないわ。いまもこうしておしゃべりしてるじゃない」

「違う」ファロンがきっぱり否定した。「いまやっているのは会話だ」

「おかしな話だけど、命令口調を使われると腹を立てる人もいるのよ、とくに正式の上司でもない相手にやられると」

「ラファネリにぶっきらぼうだったと思ってるのか？」気分を害している。「わたしはあいつが喜ぶことをしてやったんだ。ラファネリは長年ブライドウェルの作品にのめりこんでいる。ブライドウェルの発明品の隠し場所を任されたら、仕事上の大躍進のきっかけになるだけでなく、有頂天になるに決まっている。『超常現象と超能力研究ジャーナル』で最終報告を発表して、ソサエティの研究者のあいだで語り草になるはずだ」

「ふうん」

そのまま二人で歩きつづける。

「じゃあ」ファロンが言った。「ラファネリにどう言えばよかったんだ？」

「仕事の会話のあいまに打ち解けた話をはさむとプラスになることがあるわ。相手の体調や子どもに関する質問はいつも役に立つ」

「冗談じゃない。体調や子どもの話を始めさせたら、とまらなくなって本題にはいれなくなる」

「はいはい、わかったわ」

さらに二、三歩進んだところでファロンがなにやらつぶやいてジャケットのポケットに手を入れた。パチンと携帯電話を開いて番号を打ちこんでいる。

「ラファネリか？　ジョーンズだ。ファロン・ジョーンズ。すまないが、明日スカーギル・コーブへブライドウェルの作品を回収に来てくれないか。あんたは超常兵器の専門家としては第一級だから、安心してあの装置を任せられるのはあんたしかいない。奥さんは元気か？　明日会おう」

パチンと電話を閉じる。

「彼はなんて？」イザベラは尋ねた。

「なにも。ひとこともしゃべらなかった」

「きっと唖然《あぜん》としていたのよ」

「しゃべる隙を与えなかった」得意になっている。

「ええ、そうね」

「個人的な話は時間の無駄だと言っただろう」また携帯電話を開く。「それで思いだした。ザックに連絡しないと。ブライドウェルの作品のことを知りたがるはずだ」

番号を押している。

「ザック、ファロンだ。ブライドウェルの発明品がスカーギル・コーブで複数見つかった。ラファネリが明日研究チームを連れてきて、装置を解除してからロサンジェルスの研究室へ運ぶ手はずになっている。おまえも知りたがると思った。レインによろしく伝えてくれ。子どもができたそうだな。おめでとう。じゃ」

電話を閉じ、期待をこめて評決を待っている。

「ましになったわ」イザベラは言った。「でも〈J&J〉の日常の業務連絡はわたしがもっと受け持ったほうがいいかもしれないわね。そうすれば、あなたは調査に専念できるもの」

「それは、遠まわしにわたしは人づき合いが下手だと言ってるのか?」

「誰もが管理運営に向いているわけではないわ、ファロン」

「たしかにそうだ」ファロンが断言した。「そのうち、個人的なおしゃべりはきみに任せよう」

イザベラの頬がほころんだ。「あなたにできないとは言ってないわ」

〈トゥーミーの名品店〉に着き、二人で外階段をあがってイザベラのアパートへ向かった。イザベラはポケットから鍵を出した。ファロンが見つめているのをひしひしと感じる。彼はあれこれ考えすぎることがあるが、いまもそうなっている。ワット数の低い裸電球が落とす薄暗い光を浴びて、険しい顔にフィルム・ノワールの光と影が浮かんでいた。彼の奥底で燃え盛っているどす黒い激情は、ファロンをヒーローにも悪人にもするけれど、どちらの役回りを選ぼうと本人はみずからの流儀を貫くのだろう。

イザベラはドアをあけてアパートに入り、明かりをつけた。くるりとファロンに向き直る。

「今夜あなたがしたことだけれど」イザベラは言った。「ラッシャーの骨を海に捨てようと提案したこと」

なにを考えているかわからない表情でファロンが見つめてくる。「それがどうかしたか?」

「警察に遺体を引き渡したら、殺人として捜査される可能性があると思ったんでしょう?」

「まずそうはならない。ここで二十二年前に起きたことを気にする人間はこの郡にいない。スカーギル・コーブの外の人間は、この町にまったく関心がない。ほとんどは存在すら知らずにいる」

「それは気づいていたわ。それでも、もしラッシャーの死の捜査が始まったら、今夜バーに集まっていた全員が容疑者になってしまう」

ファロンが肩をすくめた。「全員に動機があるようだったからな」

「だから都合のいい水葬を勧めたんでしょう? CIAの秘密捜査官にここを占拠されないように。あれは住民を守るためだった」

返事がない。

イザベラはファロンの両肩に手をかけ、そっとキスをした。「あなたはいい人ね、ファロン・ジョーンズ」

「現実的なだけだ」

イザベラはにっこりしてうしろにさがった。「おやすみ前の一杯でもいかが、ミスター・現実的さん？」

ファロンの大きな体がひらいた戸口をふさいでいる。戦いに臨む騎士を思わせる雄々しい表情を浮かべている。

「ゆうべの話をしたいんだな」

イザベラは微笑んだ。「違うわ」

ファロンの目が細まる。「違う？」

「ゆうべは人生で最高にロマンチックな夜だったもの。どうしてあれこれ申し開きをして台なしにする必要があるの？」

「申し開きをしようとしたんじゃない。わたしには単純明快に思えた。だがきみは話したいんじゃないかと思ったんだ。女はいつも話したがる。つまり、終わったあとで」

「よく知ってるのね。どうして知ってるの？」

ファロンが眉をひそめた。「誰でも知っている」

イザベラはあやうく吹きだしそうになった。「ゆうべのことで一つはっきりしているのは、陰謀はからんでいなかったことよ」

「陰謀とは無縁だった」

「わたしはそれで充分」

「そうなのか？」

イザベラは彼の手を取ってそっと引き寄せた。「入って一緒に一杯飲みましょう、ファロン・ジョーンズ」

ファロンが部屋に入ってドアを閉め、慎重に鍵をかけた。振り向いたとき、瞳が燃えているのがわかった。

「人生最高にロマンチックな夜だった？」用心深くくり返している。

「間違いなく。あなたも楽しかった？」

室内のエネルギーがわずかに高まった。

「ああ。最高だった」

「じゃあ、これ以上話す必要はないわね」

「ない。おしゃべりは終わりだ」

ファロンがイザベラを抱きあげて寝室へ向かった。

イザベラは彼の首に腕をまわした。

「おやすみ前の一杯はぶきましょう」

しばらくのち、目を覚ましたイザベラはベッドに自分しかいないことに気づいた。目をあけて体を起こし、枕にもたれる。ナイトテーブルの時計が二時二十分を指していた。

見覚えのあるこの世ならぬ光が寝室の戸口を照らしていた。エネルギーの霧ではない。パソコンモニターの光。ファロンが仕事を再開したのだ。

イザベラは上掛けを押しのけてベッドからおりた。裸の体に寒さが沁《し》みる。室内履きに足を入れてガウンをはおった。

ローブの腰紐《こしひも》を結びながら短い廊下を進み、バスルームの前を通って居間に踏みこんだ。ファロンがテーブルに置いたノートパソコンに見入っていた。モニターが放つ光を浴びた顔が、なにかに取りつかれた男の容赦ないそれになっている。伝説的存在になった錬金術師の子孫というのも、充分うなずける話だとイザベラは思った。

「ファロン？」

彼が顔をあげた。イザベラを見たとたん、表情がやわらいだ。周囲でエネルギーが渦巻く。二人で分かち合った激しい情熱を思いだしているのだ。

「すまない」ファロンが言った。「起こすつもりはなかった」

「なにをしてるの？」イザベラは彼の横へ行った。「夜陰の調査？」

「いや」ファロンが椅子の背にもたれた。「ジュリアン・ギャレットの背景調査をしていただけだ」

「ベッドにいなくちゃだめよ。睡眠を取らないと」

「睡眠時間が短くても平気だ」

「だとしても、今夜はいつもより寝なくちゃだめ」腕を伸ばしてたくましい手をつかむ。

「二時二十分なのよ。ベッドに戻って」

「わたしは変な時間に仕事をするんだ」

「ここまで変な時間にやることはないわ。一緒に来て」

意外にも、ファロンは立ちあがって連れられるままに寝室へやってきた。イザベラを抱き寄せてベッドに横たわる。

そして今回は夜明けまで眠りつづけた。

17

「例の陰謀サイト〈氷山〉をやっている変人の孫娘だと？」ザックが言った。声がうわずらないように抑えているが、驚くと同時におもしろがっているのは明らかだ。「本気で言ってるのか？」

ファロンはオフィスの窓辺に立って、向かいの〈サンシャイン・カフェ〉を見ていた。マージのマフィンを食べながらラファネリと研究スタッフを待とうという話になり、買いに行ったイザベラとザックの妻のレインがさっき店に入ったばかりだ。

イザベラのことをザックに説明しようとしたのが間違いだった――ファロンは思った。イザベラを説明するのはむずかしい。彼女はほかに類を見ない異色な存在なのだ。

「わたしのことはわかっているはずだ」ファロンは言った。「わたしはつねに本気だ」

「ああ、そうだな」とザック。「でも、おまえの本気には微妙な含みがある」

ファロンはいとこのザックを見つめた。くつろいだようすでファロンのデスクの角にもたれ、腕を組んでいる。血のつながった二人には明らかに似たところがあった。ジョーンズ一族の男に多く見られるようにどちらも髪が黒っぽく、数世代にわたって多くのハンター能力者を生んできた一族特有の引き締まった体型をしている。

けれど肉体的な類似点はそれだけだ。ザックの瞳は氷山を思わせるブルーだし、ファロンより五センチほど背が低い。だが最大の相違点は能力の性質だ。ザックの能力は相手の次の行動を予期する場面で有利に働き、それはソサエティの首長として背負ったばかりの責任を果たすうえで大きな強みになっている。この能力はサイコメトリーの珍しい形態と言える。殺人に使われたナイフや銃に触れると、暴力行為を行なったときの犯人の感情を読み取れるのだ。

彼は似た能力を持つ女性と結婚した。レインの場合、暴力行為の残留思念に出くわすと、そのエネルギーを透聴直感が声に変換する。犯人の声が聞こえることもあるし、被害者の声のときもある。

ジョーンズ一族の多くがそうであるように、ザックも以前は〈J&J〉の調査員だった。けれど現在は、アーケイン・ソサエティの手綱を綿々と受け継いできたジョーンズの最新メンバーになっている。いとこの転職はおたがいにとってプラスになっているとファロンは考えていた。ザックには生まれつき命令する素質があるが、おとなしく命令に従ったためしはないのだ。

「わたしの微妙な含みについて話したいのか？　それともブライドウェルの物騒な装置の隠し場所を発見した可能性について話し合いたいのか？」ファロンは訊いた。

「ぼくも会えてうれしいよ」とザック。

ファロンは怯んだ。「すまない。このところ、少々あわただしい日が続いている。今朝の電話でおまえがこちらへ向かっていると言われて、驚いただけだ。客が来るとは思っていなかった」

「昨夜おまえと電話で話したあと、おまえが何を見つけたかレインに話した。そして、ソサエティの歴史に残る出来事を見逃すわけにはいかないということで意見が一致した」

「はるばるシアトルから来た理由が、古いぜんまい仕掛けの発明品を見るためだけとは思えない」

「いいだろう、理由はほかにもある」ザックが言った。「だがブライドウェルの芸術品にも興味がある。一八〇〇年代末に事件に幕が引かれたとき、〈J&J〉はすべての装置を回収できなかった。いくつつくられたのか、正確な数を予想することすらできなかった。見つけだした作品はイギリスの〈アーケイン・ハウス〉で保管されていたが、第二次大戦中にいくつか行方不明になってしまった。それがどうしてスカーギル・コーブに現われたんだ？」

「その件はまだ調査中だ」ファロンは答えた。「現時点では、二十二年前に三人の男がなんらかの手段で数点の作品を入手したことしかわかっていない。彼らはそれをここへ運びこみ、機能するように調整して実験しようとした。どうやら爆発で男の一人が死んだらしい」

「どんなふうに機能するか突きとめようとしたんだな」

「おそらく。あそこの登記を調べてみた。〈シー・ブリーズ・モーター・ロッジ〉はケルソー家が所有していた。一家の最後の生き残りはジョナサン・ケルソーという男だ。二十二年ほど前に神経衰弱かなにかになり、以来ずっと施設に入っている」

「爆発の影響か？」

「わたしの能力はそう言っている」ファロンは答えた。「折を見て会いに行くつもりだ。だがいまは先にやるべきことがある。なによりもまず、あれを無事に防空壕から運びだして研究室へ送らなければならない」

「あの凶器のからくりは、ブライドウェルが使ったガラスと彼女独自の能力だ。今日《こんにち》まで、どんな超物理学が関わっているのか誰一人解明できていない。それにしても、ケルソーと仲間はなぜあれをここへ持ちこんだんだ？　古い防空壕の存在を知っていたのは明らかだが、同じぐらいうまい隠し場所はほかにいくらでもあったはずだ」

「九九・三パーセント確信があるが、スカーギル・コーブが自然にエネルギーが集まるネクサスだと知っていたのが決め手だったんだろう」

「そうなのか？」ザックが窓の外へ視線を走らせた。「知らなかった。おまえがここにオフィスを戻したのは、さびれた雰囲気が気に入ったからだと思っていた」

「それもあるが、選んだ一番の理由はここのエネルギーだ。はじめのうちはネクサスのエネルギーをはっきり感じないが、パワーはかなり強い。しばらくここにいると感じるようになる。この町の雰囲気で集中できるようになるんだ」

「そうか、わかった」とザック。「だが正直言って、三年前に例のろくでもない事件が起きる前から、おまえは人づきあいのいいほうじゃなかった。あのあと、おまえの孤独を好む傾向はいちだんと顕著になった。ここへ越したときは、消息を絶ったも同然だった」

「ここが気に入っているんだ」

「そのようだな」

そのまましばらくなにも言わない。ファロンはじっと続きを待った。

「今日ここへ来る気になったもう一つの理由を話したほうがよさそうだな」しばらくしてからザックが口をひらいた。

「もうわかっている」ファロンは言った。

「ああ、おまえは超能力者だったな」

「言ってみろ」

「今週開催されるソサエティのウィンター会議に出席してほしい」

ファロンは即答した。「断わる」

「二年続けて欠席しているじゃないか」

「理由はわかっているはずだ」

「ああ。だが今年は事情が違う」

「セドナまで出向かなきゃならないまともな理由を一つあげてみろ」

「二つ言おう。まず、〈J＆J〉のトップの交代を理事会に働きかける動きがある」

ファロンは石壁にぶつかったような感覚に襲われた。集中するには、持ち前の能力を軽く使って意志の力を振り絞る必要があった。

「ありえない」彼は言った。「〈J&J〉はわたしのものだ。叔父のグレシャムから引き継いだ。〈J&J〉は昔からジョーンズ一族のなかだけで引き継がれてきた。研究室や博物館のような、ソサエティのほかの部門とはわけが違う。理事会にわたしをクビにすることはできない」

「おまえを辞めさせるのが無理なら、理事会は〈J&J〉と縁を切ってべつの調査会社と契約するべきだという意見も出ている」

ファロンは窓の下枠を握りしめた。「わたしが自制を失っていると考えている者がいるのか？」

「暗にそう匂わされている」淡々とザックが言った。「ただ表向きは、おまえが夜陰に金と人手を注ぎこみすぎていることが争議のもとになっている」

ファロンは目を閉じた。「ハワイの一件で、夜陰の問題にはけりがついたと思っているんだな」

「ああ」

「違う」ファロンは目をあけた。「わたしにはわかるんだ、ザック。あの組織はギリシャ神話に出てくるヒドラ、頭が九つある大蛇のようなものだ。蛇の頭を一つ切り落としても、すぐ代わりがはえてくる。信じてくれ。夜陰がハンフリー・ハルゼイと秘薬の製法を抱えているかぎり、油断はできない」

「ぼくはおまえを信じているし、全面的に支持するつもりでいる。だが、おまえもぼくを支持してくれ」

「セドナの会議に出席するのが支持することになるのか？」

ザックがファロンに真剣な眼差しを向けた。はっとするほど青い瞳は冷ややかで決意に満ちている。だがそこには同時に理解も浮かんでいた。

「そうだ」ザックが答えた。「堂々と立ち向かえ。永遠にスカーギル・コーブに隠れているわけにはいかないんだ。それはおまえもわかっているはずだぞ。ソサエティ内で権力をふるっている連中におまえを見せてやれ。このまま人前に出ずにいたら、噂がひどくなるだけだ」

ファロンはゆっくり息を吐きだした。遅かれ早かれこうなるのはわかっていた。数週間前に両親にもほのめかされた。だがザックは必要以上に強く迫ってきている。この要望の裏には切迫した事情があり、それを探る必要がある。

彼は感覚を高め、光り輝く超自然的なクモの巣を観察した。

「なるほど」とつぶやく。「連中の狙いはわたしと〈J&J〉だけじゃないんだな？」

「おそらく」真剣な口調でザックが答えた。「〈J&J〉と縁を切ることや、夜陰と闘うためにおまえが要求する人手や金をカットすることは、長期的な計略の一部という気がする」

「次の狙いはおまえだ」全身に理解が沁みわたっていく。「〈J&J〉を厄介払いしたら、論理的に考えて次のステップは、おまえを解任してべつの誰かをソサエティのトップにするように理事会を説得することだ」

「具体的に言えば、ジョーンズでない誰かをな」とザック。「ソサエティの全資産の投じ先のみならず、目的や目指すものすら変更できる立場になる誰か」

ファロンの口からかすかに口笛が漏れた。「むしろクーデターに近い」

「ぼくは力を見せつけることで対抗したい。ソサエティのなかでは能力とパワーがすべてだ。これまでずっとそうだった。ジョーンズ一族にはこの両方がたっぷりある。それをあらためてメンバーに知らしめたい。ソサエティを設立したのはジョーンズなんだ。抵抗もせずに手放すわけにはいかない」

超自然的なクモの巣に新たな光が灯って巣を震わせた。「夜陰だ」ファロンはつぶやいた。「あるいはその残党。間違いない」

「その可能性はある」ザックがいさめた。「そうでない可能性もある。最近ささやかれている噂のうねりの発信源はまだ特定できていないし、ましてやその人物が夜陰とつながっているのかどうかもわからない。これまでとはまったく違うところから来ている可能性もある。昔からソサエティにはジョーンズと名のつく人間に恨みを持つ者がいた」

「創設者の子孫だからという理由で」ファロンはオフィスを見渡し、そこを埋めているアンティークを一つずつ心に刻んだ——デスクと古いインク壺、ヴィクトリア時代の傘立てと壁に取りつけられた錬鉄製のコートかけ。アメリカ各地とロンドンにある〈J&J〉のどのオフィスにも、〈J&J〉とソサエティの歴史を示す記念品がある。どちらもジョーンズ一族の歴史と切っても切れない存在だ。「わたしたちがずっとソサエティを仕切っていることを恐れているんだ」

「組織だけじゃない」ザックが釘を刺した。「ソサエティのもっとも根深い秘密もだ。ジョーンズ一族にはつねに敵がいた。昔からよく言うだろう」

「〝友はふえたり減ったりするが、敵はふえる一方である〟」

「うちの一族は四百年以上、敵をつくりつづけている」

ファロンは苦笑いを浮かべた。「しかも、それが得意ときている」

「それも仕事のうちだ」ザックが言った。「さっきも言ったように、おまえと〈J&J〉に関する噂を流したのが夜陰とつながりのある人物かどうかまだわからない。だが、そいつの最終目標は、ジョーンズ一族からソサエティの支配権を確実に奪うことだと思えてならないんだ」

「それとソサエティの秘密を。考えてみれば、なかなかうまい作戦だ。なかからソサエティを乗っ取って最強の夜陰をつくれるなら、わざわざ手間とリスクをかけて衰弱したいまの夜陰を立て直す必要はない」

ザックが咳払いした。「陰謀説を持ちだすのは、現状を正確に把握したあとにしよう」

ファロンは窓に向き直った。血がつながった者にも陰謀説に凝り固まった変人だと思われているのだ。ザックもほかのみんなも無造作に〝陰謀説〟という言葉を使う。彼らには根拠のある説と絵空事の陰謀を分かつ、まばゆいばかりに輝く境界線が見えないらしい。ソサエティの上層部で今回の噂が広まったのも無理はない。敵に有利な情報を提供した張本人はこの自分だ。

「ウィンター会議に来てくれるか？」ザックが静かに尋ねた。

　ザックは正しい――ファロンは思った。ソサエティ内ではパワーが物を言い、しかもその効果は絶大だ。

「初日の夜のパーティに出席する」ファロンは言った。「それでいいか？」

「ああ」ザックがデスクから離れてファロンの肩をたたいた。「ありがとう、いとこのおまえが頼りになるのはわかっていた」

「一つ言っておきたいことがある。わたしにはいま、もう一つ取り組んでいることがある」

「ブライドウェルの芸術品のことだろう？　問題ない。ラファネリと彼の部下が運びだせば、一件落着だ」

「そうじゃない。イザベラのことだ」

　ザックが心得顔でにやりとした。「彼女も会議に連れてこい。誰かとつき合っているとわかれば、おまえも……」

「危なげなく見える？」感情を抑えた声で訊く。「普通に見える？」

「ああ、そんなところだ」ザックが認めた。

　ファロンは〈サンシャイン・カフェ〉に視線を戻した。「おまえはわかっていない。わたしはイザベラの言い分を調べているんだ」

「というと？」

「彼女は何者かが祖母を殺したと思っている。そして同じ人物に自分も狙われていると確信している」

「気を悪くしないでほしいんだが」ザックが言う。「なぜ〝番人〟を殺そうとする人間がいるんだ？　番人は頭がおかしい。それはみんなわかっている。それになぜイザベラの命が狙われるんだ？」

「本人は、本物の陰謀に巻きこまれたと考えている。祖母にその話をしたあと、祖母は殺されたと考えている。つまり、彼女はこの二つに関連があると思っているんだ。わたしは調査を引き受けた」

下でカフェのドアがひらいた。紙袋を持ったイザベラとレインが出てくる。袋には焼き立てのマフィンが詰まっているに違いない。二人が昔からの友人のように親しげにしゃべっていることにファロンは気づいた。知り合ったばかりにはとうてい見えない。イザベラのエネルギーは犬や植物だけでなく、人間にも影響を及ぼす。それでもエネルギーであることに変わりはない。いずれにせよ、生き物はそれに反応せずにはいられないのだ。

レインは背が高く、特徴のある瞳を地味な眼鏡フレームで隠そうとしている。ザックのように、身につけるものは黒が多い。

「確認させてくれ」ザックが言った。「〈Ｊ＆Ｊ〉は、陰謀説を唱えるウェブサイトを管理している変人のなかでもダントツで頭のおかしい人間の死を調べているのか？」

「そんなところだ」ファロンは答えた。

「やってるのはおまえだろう。〝そんなところ〟とはどういう意味だ？　本当に陰謀がからんでいるのか？」

「わからない」正直に答える。

「おまえはいつもわかっているじゃないか」

「今回は違う」ファロンは細い道をゆっくり走ってくる大きなシルバーグレイのSUVを見つめた。「来たぞ」

SUVのドライバーが停車して窓をさげ、レインとイザベラに話しかけている。イザベラがオフィスの裏にある狭い駐車スペースを指差すのが見えた。そのあとレインと二人で一階が空室になっている建物に入った。

階段で足音が聞こえ、ドアがひらいた。イザベラとレインが香ばしいマフィンの香りを漂わせながら入ってきた。二人がオフィスに持ちこんだものはほかにもあった。それぞれのオーラが放つ微妙な熱だ。たとえ能力を高めていなくても、強力な超能力者はその場の空気をうごめかせる。

「ドクター・ラファネリと彼のチームがもうすぐ来るわ」イザベラが言った。「〈サンシャイン・カフェ〉でコーヒーとマフィンを買ってくるように言っておいた」

「ばかな」いらだちがこみあげ、ちらりと腕時計を見る。「のんびりしているひまはない。すぐ仕事に取りかかる必要がある。あの装置を確実に解除して安全に輸送するために梱包《こんぽう》するには、時間がかかる」

「たいして時間はかからないわ」イザベラが袋をあけてファロンのほうへ差しだした。「ほら、マフィンを食べて。オーブンから出したてよ」

気もそぞろのままファロンは袋をのぞきこんだ。「ああ、ありがとう」

マフィンを一つ選び、半分ほど食べたとき、ザックとレインがおもしろそうに見つめていることに気づいた。

「なにがおもしろいんだ？」もぐもぐ口を動かしながら訊く。

「べつに」ザックが即答し、レインに手渡されたマフィンにかぶりついた。「防空壕は古い超常エネルギーでいっぱいだと言ったな。ほかに知っておくべきことはあるか？」

イザベラが空になった紙袋をゴミ箱に放り投げた。「遺体のことも話したほうがいいんじゃない？」

レインがイザベラに振り向き、次にファロンを見た。「遺体があるの？」

「古いやつが一つ」ファロンが説明する。「もう骨になっている。二十二年前にここに生活共同体をつくったペテン師だ。共同体のメンバーは、そいつが自分たちの全財産を巻きあげたあげく、専用のハーレムをつくろうとしていると気づいたとき、ペテン師を放りだした。ある晩その男はブライドウェルの作品を盗みに戻ってきて、一つ運びだした。時計だ」

ザックが手についたマフィンのくずを払い落とし、興味を引かれた顔をした。「なぜ死んだんだ？」

「仕事中の事故だ」ファロンは答えた。

一時間後、ファロンはザックと一緒に防空壕に入り、ガラスケースの中身を動かすぜんまい仕掛けを入念に解除しているラファネリと研究スタッフを見守っていた。作品はすべて、未知の水晶かガラス由来のエネルギーを大量に吹きこまれた工芸品を輸送する際に、ソサエティの博物館が使用している鉛ガラスのケースに慎重に収納されている。

イザベラとレインは防空壕の反対側で骨を見おろしていた。小声でなにかしゃべっている。ザックが訳知り顔でちらりと骨に視線を走らせた。

「あれは仕事中の事故じゃない」

「似たようなものだ」ファロンは肩をすくめた。「ラッシャーはコソ泥で、殴られたときは盗みを働いていたと思われる。だから仕事中の事故だ」

「バールでなぐったのは誰なんだ？」

「女が一人一緒だったと聞いている。レイチェル・スチュワートという名で超能力者だった。どうやらそうとう腹を立てていたらしい」

「コソ泥のうちわもめの線で行くつもりなのか？」

「筋がとおる」ファロンは言った。「いずれにしても、二十年以上前のことだ。いまさらどうでもいい」

「それに警察に任せるのは少々具合が悪い」ザックがぽつりとつぶやく。「ここのエネルギーを考えると」

「ああ」

「わかっただろう？」ザックが両手を広げた。「こうやってジョーンズ一族には秘密がふえていくんだ」

「それもわたしたちの得意芸だ、敵をつくることのように」

レインとイザベラが骨に背を向けて二人のほうへやってきた。

「あれを海に捨てるつもりなの？」レインが訊いた。

「そのつもりだ」とファロン。

「あなたの判断に任せるわ。でも当日の夜その場にいた人の声の残響が聞こえた」

ファロンはレインを見た。「それで？」

レインの瞳を影がよぎった。「女性が一人関わっているわ。でも殺したのはその人じゃない。当時ここには三人いたの。バールでラッシャーを殴ったのは三人めよ」

「三角関係？」イザベラが訊く。

眼鏡の上でレインの眉が寄った。「いいえ、そうじゃない、ちょっと違う。でも激しい言い争いがあった」

ファロンは自分が考えていたシナリオの修正候補を一瞬のうちに吟味し、犯行に対する自説に少々の調整をくわえて満足した。

「状況は変わらない」彼は言った。「どうでもいいことだ」

防空壕の反対側で、プレストン・ラファネリが最後の作品をケースに収めた。四十代前半の小柄でがっちりした男で、きれいに整えた顎鬚《あごひげ》で薄くなった髪とのバランスを取っている。

ラファネリがスタッフに最終指示を与えてからファロンたちがいるほうへやってきた。大きな顔が興奮で紅潮している。

「これは途方もない発見だ」ラファネリが熱っぽく告げた。「研究室へ運びこむのが待ちきれない。ドクター・トレモントもできるだけ早く調べたがるだろうから、今夜メールしておく。隠されていたブライドウェルの発明品が見つかったと知ったら、研究休暇を切りあげて帰国するだろう。このプロジェクトにわたしをくわえてくれて、お礼の言いようがない、ジョーンズ」

「礼には及ばない」ファロンは言った。「わたしは他人に喜びをもたらすのを生きがいにしている」

イザベラをのぞく全員が、ぽっかり口をあけて彼を見た。

イザベラが両手を広げる。「ファロン・ジョーンズにユーモアのセンスがないなんて、誰が言ったの？」

18

その日の午後四時、ザックはレンタカーの運転席に乗りこんだ。助手席のレインがシートベルトを締め、オフィスの前の狭い歩道に立っているイザベラとファロンに手を振った。

ザックは車を発進させ、ラファネリと彼のスタッフを乗せたSUVに続いてスカーギル・コーブの細いメインストリートをゆっくり進んだ。

「わたしの勘違いだったらそう言ってね」レインが言った。「地球の地軸が少しずれた気がしてしょうがないんだけど」

ザックはにやりとした。「ファロン・ジョーンズがついにアシスタントを雇ったからか？」

「ただのアシスタントじゃないわ。彼のかなりユニークな性格を理解できる地球上で唯一の女性よ。ファロンはそれをまんまと見つけたの。あの二人は深い仲になっているわ」

「ああ、ぼくも同じ印象を持った」ザックは言った。「昔から、ファロンが屈服するときは、氷河期の終わりに生きていた毛むくじゃらのマンモスみたいに倒れるだろうと思っていたんだ」

「派手に？」

「そうとう派手に。シアトルまで地響きが届かなかったのが不思議なくらいだ」

レインは指先でとんとんシートをたたいている。「イザベラのことは大好きだけれど、ファロンと同じぐらい陰謀説になじんでいる気がするの。むしろファロン以上に」

「血は争えないんだろう。彼女は〝番人〟の孫だとファロンが話していた」

レインがさっと首をめぐらせた。唖然としている。「あの妙なウェブサイトの頭がおかしい管理人？〈氷山〉の？」

「同一人物なんだ。どうやら番人は最近死んだか死を装っているかしているらしい。どっちを取るかは人それぞれだ」

「そんな」

「イザベラは、なんらかの秘密の陰謀が原因でおばあさんは殺された可能性があると信じている。その犯人に自分も狙われていると思ってるんだ」

レインがシートに頭をもたれてうめいた。「やれやれ。やっぱりイザベラはちょっとずれてるのね？」

「そうらしい」

「すごくいい人に見えるのに。とても好感が持てた。ファロンはどう思ってるの？」

「ファロンもかなり気に入っている。ただ、彼女の陰謀説を真に受けてはいないようだ、少なくともすべては。でもあいつはイザベラと寝ているし、ジョーンズの血が流れているから、彼女のためならなんでもやるだろう。いまは番人の死を調べている」

「残りのジョーンズがこの話を聞いたときが楽しみだわ」口元がひきつっている。「一人残らずショックで呆然とするわよ。みんな、彼を現実に引きとめてくれる女性とめぐり合ってくれればいいと祈っていたのに。彼のかなり珍しい性格を相殺する重りになってくれるような女性と」

「それなのに、本人以上にぶっ飛んだ相手に夢中になっている」

「ウィンター会議に出席してほしいと頼まれて、なんて答えたの？」

「状況を説明したら、わかってくれた。会議には来るが、長居はしない。初日の夜のパーティとオークションだけだ。でもぼくの目的を果たすにはそれで充分だ」

「大勢のジョーンズが一部屋に集まって、みんなの注目を集める」レインが言った。「なぜファロンはここまでパーティを嫌ってるの？」

「パーティ嫌いはもとからだ。でも今度の催しにはどうしても出たくないのさ」

「どうして？」

「元婚約者とその家族が来るからだ」

「ちょっと待って。ファロンに婚約者がいたなんて聞いてないわ」

「名前はジェニファー・オースティン。超自然放射エネルギーの専門家だ。ロサンジェルスの研究室で働いている」

「理事のコンロイ・オースティンの親戚とか？」

「娘だ」とザック。「ジェニファーとファロンが婚約したときは、誰もがこれ以上ないほど似合いのカップルだと思った」

「なにがあったの？」

「うまくいかなかった」ザックは答えた。

「ふうん」

「ところで、ファロン・ジョーンズがアシスタントを雇ったから地球の地軸がずれたというのは間違いだ」

「そうなの？」

「間違いない」と断言する。「地球の地軸がずれるようなことは、ぼくたちが愛し合うときしか起こらない」

「そうね」レインがにっこりした。「あなたの言うとおりだわ」

19

翌朝九時、イザベラは〈J&J〉の契約調査員の一人であるエミリー・クレインと電話で話していた。

「彼、いまわたしのオフィスにいるのよ。泣いてるの」電話の向こうでエミリーがささやいた。「どうすればいいの?」

「クライアントが泣いても心配しなくて大丈夫」イザベラは言った。「偽の霊媒師が関わるケースはすごく感情的になるものなの。ミスター・ランドはいんちき霊媒師がほんとうに亡くなったお母さんと意思の疎通をしたのならいいと思っていた。でも〈J&J〉に調査を依頼したということは、心の底では疑っていたということよ。やさしくなぐさめて、彼の勘が正しかったと言ってあげなさい」

「問題は」エミリーが小声で続けた。「今回のクライアントが大切な故人とどうしても連絡を取りたいと思ったそもそもの原因なのよ。どうやらお母さんは数千ドル相当の金融証券をしまいこんでたみたいなの。ミスター・ランドの話だと、お母さんは突然倒れて間もなく亡くなった。心臓発作。誰にも証券の隠し場所を教えていなかったの」

「ああ、そういうこと」イザベラは言った。「それなら話は簡単だわ。ミスター・ランドには、喜んで行方不明の金融証券を見つけるお手伝いをすると言えばいいわ」

「そうはいかないのよ。ちょっと待って」

こもった声が聞こえた。エミリー・クレインがクライアントに応対している。

「少々お待ちいただけますか、ミスター・ランド、仕事の電話がかかってきたので。失礼して隣りの部屋で話してきます」

遠くでミスター・ランドのすすり泣きが聞こえる。

ドアを閉める音がし、ランドの泣き声が聞こえなくなった。

「どうしたの？」

「じつはね」とエミリー。「これはあたしの勘なんだけど、母親の死の原因はランドにある気がするの。どうやったのかはわからないけど、母親が飲んでいた薬を使ったのかもしれない。でもまさか心停止してしまうなんて思っていなかったのよ。集中治療を受けるようなことになれば、お母さんも死を覚悟して証券の隠し場所を教えると思ったんじゃないかしら」

「いやだ。こういうのって嫌いよ」

「あたしもよ」とエミリー。「ねえ、あたしはファロン・ジョーンズが〝迷子犬と幽霊屋敷〟の担当って呼ぶ類《たぐい》の調査員なの。〈J&J〉がそもそもランドをうちによこしたのも、それが理由」

「それとあなたが同じ市内にいるから」

「そう。でも殺人の捜査は、とくに証明するのがほぼ不可能なものは、あたしの手に負えないわ。経験がないもの。もし〈J&J〉が調査を続けるつもりなら、よそにまわしてくれないかしら」

「いいわよ。サンフランシスコにいる調査員のデータをチェックしてみる」イザベラは椅子をまわしてパソコンのモニターに向き、〈J&J〉と提携しているサンフランシスコ湾岸地域の調査会社のリストを呼びだした。「あったわ。〈シートン－ケント調査会社〉。すぐ連絡してみる」

「バクスター・シートンとデブリン・ケントならよく知ってるわ」エミリーがほっとしている。「すてきなカップルよ。調査員としても優秀だし。先週一緒に夕食を食べたばかり。あの二人ならちゃんと対処できるわ」

「ランドには、行方不明の有価証券探しが専門の調査員を紹介すると言っておいて。シートンとケントが調査して、もし実際に証拠をつかんだら――」

「たぶん無理よ」

「やってみなければわからないわ。もしそうなったら、二人はつかんだものを警察に伝える。あとは警察が引き受けるわ」

「ファロン・ジョーンズがようやくオフィスを切りまわす人を雇ってくれて、ほんとうによかった」エミリーが言った。「あなたと話すほうがはるかに楽だもの。ジョーンズにはいつも不機嫌な声で文句を言われていたの。仕事をまわしてくれるのはもちろんありがたかったけど、いつも虫の居所が悪そうな声で電話をしてきたわ」

「ミスター・ジョーンズはあれもこれも引き受けようとしすぎていたのよ」イザベラはやんわり返した。「かなりのオーバーワークだったの」

「オーバーワークかどうかは知らないけど、事務を管理する人間と優秀な受付係が必要だったのは間違いないわ。あなたを見つけてくれてよかった。湾岸地域で〝迷子犬と幽霊屋敷〟の仕事ができたときは電話してね。わたしの専門分野だから」

イザベラは咳払いした。「正確に言うと、わたしはただの事務担当兼受付係じゃないのよ。調査員をしてるの」

「どっちでもいいわ」とエミリー。「泣いてるクライアントのところに戻らなくちゃ。どうもありがとう、あなたのおかげで彼をバクスターとデブリンに押しつけることができたわ」

耳元で回線が切れる音がした。イザベラが受話器を置くと、ファロンがいつもの集中した表情で彼女を見つめていた。椅子の背にもたれ、デスクの隅に両脚を載せて足首を重ねている。

「エミリー・クレインが仕事から手を引きたいと言ってきたのか？」

「仕事は解決したわ。霊媒師は偽物だった」

「クライアントが望む結果ではなかったのか？」

「ええ。エミリーは、クライアントは遺産目当てで母親を殺したものの、すぐ死なせるつもりはなかったと思ってる。母親が死ぬ前に有価証券の隠し場所を教えるだろうと踏んでいたのよ。でもそうはならなかった。それでほかの手段に訴えているの」

「エミリーの言うとおりだ」ファロンが言った。「これは彼女の得意分野じゃない。シートンか彼のパートナーならうまくやってくれるだろう。いい選択だ」

「これから電話するわ」受話器をつかむ。

「その前に、言っておくことがある。明後日セドナに出張する。一泊だけ」

イザベラは受話器を戻した。直感的に、どういう事情にしろただの出張ではないとわかる。

「あなたは一度も遠出していないわ」

「旅行は好きじゃない」

「知り合ってから、ウィロー・クリークより遠くに行ったことはない」

「知り合ってからまだ一カ月ぐらいしかたっていない」

「最後にスカーギル・コーブを出たのはいつ？」

「出かけることもある」弁解がましい口調になっている。

「四つ例をあげてみて」

気にさわったように褐色の眉がきゅっと寄った。「この町に来てからは、あまり外出する必要にせまられていない」

「そう。退屈しない？」

「物騒な薬で超能力を高めた悪党どもを阻止しようとしたり、ソサエティのメンバーが次から次へと依頼してくる通常の調査をさばいたり、たまに連続殺人犯に遭遇したりで、どうにか忙しくしている」

　イザベラは微笑んだ。「そうね」

「どうしてわたしが遠出しないことに話題がすり替わっているんだ？」

「さあ、どうしてかしら」

「話を戻すぞ」むっつりと言う。「来週セドナでソサエティの地域会議がある。ジョーンズ一族と理事会は、初日の夜に行なわれるパーティとオークションをきわめて重要なものと考えている。わたしはこの二年なんとかはぐらかして欠席してきたが、今年はメッセージを伝えるために出席するべきだというのがザックの意向だ」

「メッセージって？」

「数人の理事が、夜陰の調査を進めるためにザックが今年〈J＆J〉に割り当てた人材と資金の量に異議を唱えているんだ。彼らはウィリアム・クレイグモアの死で夜陰は大打撃を受けたと考えていて、にらみをきかせつづける必要性を理解できずにいる」

「なるほどね、ソサエティ内で利害の衝突が起きているのね」

「彼らの言い分にも一理ある」ファロンが疲れたようすで息を吐いた。「夜陰の追跡は経費がかさむし、ソサエティにはほかにも優先すべきことがある。それに理事のなかには自分の研究プロジェクトを抱えている者もいて、そちらにもっと資金を提供してほしいと望んでいる」

「わかるわ」

「ソサエティも無制限に資産があるわけじゃない。ほかの組織と同じだ。金で動いている。ほとんどは会費と、セドナの会議で行なわれるオークションのような資金集めのイベントに頼っている。今回の会議には、西部地域に住む幹部が全員集まることになっている。目的は、彼らからできるだけ多くの金を引きだすことだ」

「オークションにはどんなものが出品されるの？」

「ソサエティの博物館の学芸員が定期的に地下室を調べて、あまり重要ではない工芸品を選びだす。コレクターは超常的なアンティークにつねに高い関心を示す。大金が動く」

「ソサエティのメンバー向けのサザビーズかクリスティーズというところね」

「そうだ」

「ソサエティのプライベートジェットを手配しましょうか？　それとも節約して普通の旅客機にする？」

「プライベートジェットを予約して、夜陰の経費として計上してくれ」

イザベラは咳払いした。「そんなことをしたら、〈Ｊ＆Ｊ〉があまり予算を気にしていないみたいに取られない？」

「わたしは効率性を求めたためだと思いたい。時は金なりだ。セドナの会議のために、時間を無駄にしたくない」

「わかったわ」あらためて受話器に手を伸ばす。

「ウィロー・クリークのはずれにある地方空港でわたしたちを乗せるように言ってくれ。あそこがいちばん近い」

受話器をつかんだイザベラの手が止まった。「わたしたち？」

「きみも行くんだ」

受話器を握る指に力が入る。「わたしも？」

「きみはアシスタントだろう」ファロンが席を立ってドアへ歩きだした。「本気で仕事に取り組んでいるエグゼクティブは、どこへ行くにもかならずアシスタントを同行する」

壁のフックからジャケットを取り、ドアノブに手をかけている。

「待って」声がうわずった。「ビジネス会議にふさわしい服なんて持ってないわ」

「必要なものはネットで注文しろ。翌日配達で」そこでいったん言葉を切り、眉をひそめる。

「パーティとオークション用にドレスとかいろいろいるはずだ」

一瞬イザベラは息ができなかった。

「あなたと一緒にパーティに出席するの？」やっとの思いで訊く。

「さっきも言ったように、エグゼクティブはどこへ行くにもアシスタントを同行する」

ファロンがドアをあけて階段の踊り場に出た。

イザベラはさっと立ちあがった。「どこへ行くの？」

「郵便物を取りに行く」ファロンが答えた。「少し体を動かしたい」

ドアが閉まった。

イザベラはどさりと椅子に腰をおろし、階段をおりていく足音を聞いていた。あわててまた立ちあがって窓に近寄る。下の通りにファロンが出てきた。イザベラは、右へ歩きだした彼の姿が角を曲がって見えなくなるまで見つめていた。〈ストークス食料雑貨店〉へ向かっているのだ。店は町の小さな郵便局も兼ねている。

三日前からファロンは自分で郵便物を取りに行くようになっている。それ以前は、日々の雑用はイザベラに任せていた。ファロンはかならずしも習慣に固執するタイプではないが、決まったパターンがたくさんある。そのパターンが崩れているのはなぜだろう。

イザベラは数分待ってからオフィスの反対側にある窓へ向かった。ちょうどファロンが食料雑貨店から戻ってくるところだった。でも彼はオフィスのほうへは曲がらず、切り立った断崖と入り江におりる道があるほうへ歩きだした。

またパターンが崩れている。

イザベラは踵《きびす》を返して壁のフックからコートを取り、外に出た。

沖合から漂ってくる霧が、いまにも町全体を呑みこもうとしていた。断崖の上に着くと、ファロンが見えた。すでに岩だらけの浜におりて、入り江の端にある岬へ向かっている。両手をジャケットのポケットに入れていて、離れていても暗くふさぎこんで神経を張りつめているのがわかる。

イザベラは用心しながら急な小道をおりていった。靴の下で小石がずるずる滑る。浜におりたとき、ファロンは岬の近くまで達していた。わずかに能力を解き放つと、彼のまわりで冷え冷えと光るエネルギーの霧が見えた。とはいえ、ファロンはいつも似たようなものに包まれている。

潮溜りや突き出た岩をよけながらファロンを追った。小さなカニやくちばしの鋭い海鳥があわてて逃げていく。

打ち寄せる波の音でこちらの足音は聞こえないはずなのに、感じ取ったのだろう。ファロンが足をとめて振り向き、イザベラを待っていた。

近づくにつれて、重苦しい表情と瞳に浮かぶ暗い影が見て取れた。

「ここでなにをしている?」

イザベラはそっけない口調を聞き流した。

「なにか大事なものが届いたのね?」と尋ねる。「この二日間、ずっと待っていたものが」

一瞬、ファロンは答えるつもりがないように見えた。だが次の瞬間、水平線に目を向けた。

「ああ」

「話してくれる? それとも話せないほど個人的なことなの?」

ファロンがポケットから箱を出してながめた。「指輪が届いた」

その声にこもる諦観《ていかん》の響きで、イザベラの全身に警戒の震えが走った。この指輪はとてつもない苦しみと結びついているのだ。

「誰の指輪なの?」やさしく尋ねる。

「三年前死んだ男のものだ。去年はそいつの腕時計が届いた。その前の年は彼の棺の写真を受け取った」

イザベラはファロンのいかつい顔を見つめた。「どういうこと？」

「わたしに忘れさせまいとしている人間がいるんだ」

「なにを忘れさせたくないの？」

「友人でありパートナーだった男を殺したことを」

20

二人は荒波に向き合う大きな岩に腰をおろした。ファロンは手袋をはめた手で箱を持ったまま、緑色の石がついた黒い金属の指輪を見つめた。

「名前はタッカー・オースティン」彼は言った。「わたしも彼も〈J&J〉の調査員だった。当時は叔父が責任者を務めていた。そろそろ引退を考えていて、わたしに仕事を引き継がせるつもりでいた」

「それでもあなたはまず調査員として働いていたのね?」

ファロンは肩をすくめた。「代々そうしてきた。その年、タッカーとわたしは二人でいくつも調査を行なった。結束したいいコンビになっていた。少なくともしばらくは。タッカーは強力な光能力者だった」

「はじめて聞く能力だわ」

「たぶんめったにないからだろう。中程度の光能力者は、通常のスペクトル内にある光を操ることができる。ドリームライト能力者は、謎めいたウルトラライトの領域から発せられるエネルギーを読み取ることができる。だがタッカーのような能力を持つ者は、可視光波長と超自然的波長の両方を曲げて、自分の姿を見えないようにできる」

「政府はその原理を使ってスーパーステルス戦闘機の研究をしているわ」イザベラが言った。

「トップシークレットの魔術。数カ月前に祖母が自分のウェブサイトですっぱ抜いた」

「〈氷山〉で取りあげるずっと前から、あらゆる通俗科学雑誌や複数の新聞に掲載されていた」あっさり切り返す。

「ほんとう？」

陰鬱《いんうつ》な気分にもかかわらず、ファロンの口元がわずかにあがった。「『ニューヨーク・タイムズ』に掲載されたら、もう極秘とは言えない」

イザベラが不満そうにフンと鼻を鳴らした。「だからって、秘密機関の連中が秘密にしようとしてないわけじゃないわ」

「ああ、たしかにそうだな。話を戻そう。タッカーは〈J&J〉にとってきわめて役に立つ人材だった。正常な視力を持つ相手だけでなく、超自然的領域のエネルギーを見たり感知したりできる相手に対しても自分の姿を見えないようにできたからだ。あいつは自分のオーラを消すことができた」

「すごい。オーラを読み取れる人やハンターからも身を隠すことができたの？」

「タッカーは超一流のオーラ能力者やハンターの集団のなかを幽霊のように移動できた」

「〈J&J〉が重宝したのも当然ね。よからぬことをたくらんでいる超能力者のもとに送りこむには、完璧な超能力スパイだったはずだもの」

「タッカーは自分の任務を大いに楽しんでいた。危険が増すほど喜んだ。正真正銘のアドレナリン中毒だった。さっきも言ったように、わたしたちはいいコンビだった」

「あなたもアドレナリン中毒なの？」

「いいや。わたしはこつこつ調査を進めるほうだった。調査と計画段階を担当していた。容疑者を特定し、リストを作成した。タッカーは証拠を得るために内部に潜入する。そのあと結果をまとめ、当時〈J＆J〉の責任者をしていた叔父に報告する。叔父は警察に引き渡せる事例なのか、〈J＆J〉が独自に処理すべき事例なのか判断した」

イザベラがうなずく。「ザンダー邸の殺人犯に対してわたしたちがやったことと同じね」

「一部の人間は、こういう行動を〝法に頼らずみずからの手で裁きを下す〟という言い方をする」声に憔悴《しょうすい》がこもる。「そして顰蹙《ひんしゅく》を買っている」

「ソサエティはほかにできる人がいないから、自分たちで治安を維持しているのよ」

「まさにそれが設立当初から〈J＆J〉が存在する根本的理由だ」ファロンは同意した。

「調査員はもちろん家族にも話したことはないが、たまに夜遅く、それが正しいのかと思うことがある」

イザベラが彼に向き直った。「超能力を備えた精神病質者が世間の人たちを餌食《えじき》にするのを、黙って見ているわけにはいかないわ。わたしたちにそれを阻止する能力があるかぎり、そんなことはできない。警察は超能力を持つ犯罪者がいることすら知らずにいるのよ。そんな悪党を警察が探しだしたり、ましてや刑務所に監禁しておけると思うの？」

「わたしもそれは数えきれないほど自問してきた」前に乗りだし、太ももに前腕を置いて手袋をはめた手で指輪の箱をそっと包みこむ。そして岩に打ち寄せる波を見つめた。「それでもときどき疑問を抱いてしまうんだ」

イザベラは彼の腕に手をかけた。「そういう疑問を抱くからこそ、あなたは〈J&J〉のトップにふさわしいのよ、ファロン・ジョーンズ」

二人はそのまましばらく岩に腰かけて荒波を見つめていた。

「タッカーになにがあったの？」ひとしきりしてから、イザベラは尋ねた。

「わたしが殺した」

感情がみじんもない声。それがすべてを物語っていた。タッカー・オースティンの死がファロンに重くのしかかっているのだ。

少しのあいだイザベラは、ファロンにそれ以上話すつもりはないのだと思った。けれどやがて彼がふたたび口をひらいた。

「タッカーとわたしは調査員になってから最大の仕事を任されていた。たまたまとは思えないかたちで〈アーケイン〉という名を持つナイトクラブが、〈J&J〉の超常レーダーにひっかかった。客は超能力者で、多くがソサエティのメンバーではなかった。なかには自分に弱い超能力があることに気づいてさえいない者もいた。だが無意識にせよそうでないにせよ、クラブのエネルギーに引き寄せられていた」

「ナイトクラブはどこも強いエネルギーを放つものだわ。さもなければつぶれてしまう」

「ああ、でもほとんどのナイトクラブは、音楽や集まった客や巧妙なマーケティング・イメージによってエネルギーを獲得する」

「それとアルコールと、簡単に手に入る気晴らし目的の麻薬でね」と言い添える。

「〈アーケイン・クラブ〉はそういったものすべてで常連を引きつけていた。でもべつの魅力がもう一つあったんだ。クラブのなかのエリートクラブ」

「待って、言わないで。あてさせて。その内輪のエリートクラブの名前は〝理事会〟じゃない？」

ファロンが彼女を見た。「鋭いな」

「ありがとう」誇らしさで胸がはずむ。ファロン・ジョーンズは軽々しく褒め言葉を口にしない。「つまり、〈アーケイン・クラブ〉のオーナーは、理事会までひっくるめて本物のアーケイン・ソサエティとは似て非なるものをつくっておもしろがっていたのね。ぞっとするわ」

「ああ」とファロン。「しかも商売としてはうまいやり方だった」

「〈ジョーンズ＆ジョーンズ〉の偽物もあったの？」

「クラブの世界で、〈J＆J〉は警備を担当していた」

「あきれた」イザベラはかっとした。「〈J＆J〉を用心棒にしていたの？　ひどすぎるわ。うちは一流の調査会社なのに」

ファロンがわずかに口元をほころばせ、話を続けた。「よくある秘密クラブと違って、客を強く引きつけたのは麻薬ではなかった。かぎられた常連客専用の部屋にある照明器具だった」

「照明？」

「マジック・ランタンと呼ばれていた」とファロン。「水晶のテクノロジーに基づいている。それが発する超自然的光は、超能力者に強力な幻覚剤のような効果をもたらした。能力が高いほど、影響が強かった」

「光にはたくさんエネルギーがあるのよ」イザベラは思いに沈みながらつぶやいた。「スペクトル全体にわたって」

「叔父はクラブの存在に気づいたが、最初はあまり気にかけていなかった。なんらかの薬物の取引が行なわれているのが明らかになったときでさえ、通常の警察の領分だと考えていた。〈J&J〉が懸念を抱いたのは、〈アーケイン・クラブ〉に深くかかわっている人間が死にはじめたときだった」

「どんなふうに亡くなったの？」

「二人は自分が飛べると思って、窓から飛びだした。べつの二人は異常な精神状態に陥ってひどく混乱し、きわめて危険な行動をして命を落とした。警察が捜査したが、検死で薬物が検出されなかったために クラブと結びつけられることはなかった。それで叔父は、どういうことか〈J&J〉が偵察する頃合いだと判断した」

「どうなったの？」

ファロンは砕ける波をじっと見つめている。「タッカーとわたしが担当に任命された。調査をはじめてすぐ、法廷に出せるような証拠は手に入らないとわかった。タッカーは、クラブのオーナーに閉店をせまるように叔父に勧めるべきだと提案した。わたしは同意した」

「うまくいったの？」

「クラブは閉店したが、叔父はマジック・ランタンを設計、製作した人物を突きとめようとした。それで、もう少し調査を進めるようにわたしが頼まれた」

「待って」イザベラは言った。「話を整理させて。おじさんは、あなたのパートナーではなく、あなたにくわしい調査を依頼したのね？」

ファロンが指輪を見おろした。「叔父はすでにタッカーを疑いはじめていたんだと思う。そして調査を始めたわたしも関連に気づいた。最初はちらほらだったが、間もなくパターンが見えてきた。とっくに気づいているべきだった」

「そのパターンは友だちのタッカーを指していたの？」

「信じられなかった。信じたくなかった。一緒に調査を行なう過程でタッカーには全幅の信頼を寄せていた。だが最終的には事実を直視するしかなかった。タッカーはクラブの陰のオーナーだったんだ。マジック・ランタンによる死の原因をつくったのは、あいつだった」

「その調査結果をすぐ叔父さんには報告しなかった気がするんだけど」

ファロンが眉をしかめた。「なぜそう思うんだ？」

イザベラはさっと手を振ってその質問をはらいのけた。「だって彼はあなたの友だちでパートナーだったのよ。一〇〇パーセント確信せずにはいられなかったはずだわ」

「その時点で叔父に任せるべきだった。だがきみが言ったとおりだ——確かめずにはいられなかった。わたしはタッカーを直接問い詰めた。見逃したパズルのピースがあって、あいつの容疑が晴れればいいと思っていた。わたしを知る人間がみんなそうであるように、タッカーには以前から、わたしはこの能力のせいで現実をゆがんだ目で見ていると忠告されていた。この能力のせいで、脈絡のない偶然しかないところに陰謀を妄想する傾向があるんだと。そのうちに暗闇の奥底にはまりこんで出てこられなくなると一度ならず言われていた」

「だから、自分が間違っていたと説得するチャンスを彼に与えたのね。さぞかし上手に説得してきたんでしょうね」

「タッカーは笑い飛ばした」あきらめきった口調でファロンが言った。「ほんとうに頭がどうかしていると言われた。無実を証明できると。二十四時間待ってくれと頼まれた。わたしは同意した」

「どうなったの？」

「わたしを殺そうとした」

「能力を使って？」

「マジック・ランタンのエネルギーを大量に浴びせることで」

「そんな」

「その晩、わたしは婚約者と夕食を取っていた」

わけのわからない寒気が走った。「婚約していたなんて知らなかったわ」

「そのときはしていた」とファロン。「いまは見てのとおりしていない」

「そうね」どう捉えていいのかわからない。ファロン・ジョーンズがほかの女性に胸の張り裂ける思いをさせられたと思うと、なぜか落ち着かなかった。そんなふうに彼を傷つけるだけの影響力を持つ人間がいたと考えたくない。「続けて」

「ジェニーのコンドミニアムで食事をしていた。タッカーは能力を使って部屋に忍びこみ、フロアランプの一つにマジック・ランタンの電球を隠していたに違いない。水晶が放つ可視光波長は普通に見える。手遅れになるまでランタンの超自然的影響に気づかない。エネルギーはジェニーも受けたが、わたしのほうが能力が高かった」

「それであなたのほうが強く影響されたのね」

「わたしの感覚はいっきに暴走した」歯を食いしばっている。「経験したことのない感覚だった。悟りに達したような状態になった。ふいに宇宙のありとあらゆる謎がはっきり見えた。もう少し目を凝らしさえすれば、それを理解できると確信した」

「なにが起きたの？」

「わたしは変貌した現実のなかで、すっかり混乱していた。夢のなかにいるようだった。ジェニーのコンドミニアムのベランダに出たときは、宇宙の中心が見えると思いこんでいた。そんな状態のとき、タッカーが部屋に入ってきた。あいつはわたしに手すりを乗り越えさせようとした。正確に言うと、自分の意志で乗り越えるように言葉巧みにそそのかしてきた」

「なんですって？」

「わたしは幻覚症状を起こしていた」とファロン。「理性を失っていた。タッカーは、ジェニーのコンドミニアムのベランダと向かいのビルの屋上のあいだに、水晶の橋がかかっていると思いこませようとした」

「映画で見たことがある気がするわ」

「わたしもそう思った。タッカーによると、わたしはただその橋へ一歩踏みだしさえすればよかった。そそのかしてもだめだとわかると、無理やりやらせようとした。もみあいになった。そして最終的に、わたしが……彼を殺した。ベランダから落ちたんだ、わたしのかわりに」

「なんてこと。そんな混乱した状態で、どうやって死なずにすんだの？」

「奇妙に聞こえるだろうが」ファロンが答えた。「マジック・ランタンはわたしの能力に影響を与えていたものの、その能力が命を救ってくれたとも思っている」

「いいえ。命を救ったのはあなたの意志の力と自制よ、能力じゃない」

ファロンが彼女を見た。「そう思うか？」

「ええ。あなたはわたしがこれまで会ったどの超能力者より自制が強い。窮地に陥ったとき、あなたの命を救うのは自制心であって超能力じゃない」そこでいったん間を置く。「とは言っても、この二つは繋《つな》がっているわね。それほど強力な超能力をコントロールできるということは、生まれつき強い自制心が備わっているということだもの。ニワトリと卵の話みたいなものね、きっと。強い自制心が備わっていなければ、とっくに頭がおかしくなっていたわ」

「わかりやすい説明をありがとう」

「はっきりさせようとしただけよ」

「なかなか上手だった」

「なにが？」

「はっきりさせることが」

「ああ、そう」

「結論を言うと、わたしは生き延び、タッカーは死んだ」

「あなたはやるべきことをしただけよ」と力づける。

「そうかもしれない。そうじゃないかもしれない」

「どういう意味？」

「わたしは理性を失っていた」ファロンが答える。「普通の精神状態だったら、あの状況にどう対処したかわからない。ジェニーは悲鳴をあげて泣きだした。悲しみと怒りですっかり取り乱していた」

「どうして取り乱すの？　ランタンの幻覚を誘発する光のせい？　われに返ったとき、あなたが命がけで抵抗したのはわかったんでしょう？」

「タッカー・オースティンはジェニーの兄だ」

ないわ」

イザベラの口からため息が漏れた。「なるほどね。そういうことなら取り乱すのも無理は
「ジェニーは兄のタッカーを崇拝していた。それどころか、あいつはオースティン家のアイドルだった。ジェニーと両親は、タッカーがナイトクラブのオーナーだったことも、マジック・ランタンの光を売り物にしていたことも、いまだに信じていない。そしてこの犯罪に対して、いわゆるべつの説を取っている」

　はっと得心がいった。

「〈アーケイン・クラブ〉のオーナーでマジック・ランタンの光を売買していたのは、あなただと思っているのね」

「彼らの考えでは、〈J＆J〉が調査を始めたあと、わたしが被害を減らすためにクラブを閉め、タッカーに罪をかぶせたことになっている」

「自分の痕跡を消すために？」

「そうだ」ファロンが淡々と答えた。「ジョーンズ一族がわたしを守っているとも思っている」

「彼らにしてみれば証拠がないから証明はできない。それで独自の説で自分たちを慰めているのよ。実際、かなり信憑《しんぴょう》性のある陰謀説だわ。ソサエティ内でジョーンズ一族は強い影響力を持っているもの。守りをかためようと思うのも無理はない」

　ファロンの目つきが沈痛になった。ひとこともしゃべらない。

「陰謀説の特徴の一つね」イザベラは首を振った。「誰かが言ったけれど、陰謀説は敗者から見た歴史なのよ」

「そんなふうに考えたことはなかった」

「それはたぶん、あなたが陰謀に目がない家族に育てられていないからよ」ちらりと指輪を見る。「じゃあ、毎年タッカーの命日に、誰かが死を思い起こさせるおぞましいものを送ってくるのね。誰なの？　ジェニー？」

「おそらく。タッカーの母親か父親の可能性もあるが」

「一度も送り主を突きとめようとしなかったの？」

「たいして意味がない気がした。メッセージは伝わっている」

「オースティン家の人たちも、セドナの会議に来るの？」

「オースティン家はソサエティの陰の実力者だ。ああ、会議に来るはずだ」

「あなたが出席を渋るのも無理はないわね」

「少なくとも今年は女性を連れて行ける」

21

　翌日の午前中、イザベラは〈サンシャイン・カフェ〉でマージと休憩を取った。いつものように、モーテルから歩いてきたバイオレットとパティも仲間に加わっている。イザベラはカウンターで分厚いマグカップから紅茶を飲んでいた。残りの三人はマージが厳選したコーヒーを飲みながら、シーカーズ共同体の短い全盛期に関する話に花を咲かせている。

　翌日配達便のヴァンの到着が、もう何度めになるかわからないゴードン・ラッシャーに対する非難の腰を折った。全員の視線を集めたヴァンが通りを通過して〈ジョーンズ&ジョーンズ〉の前でとまった。

「見つけてくれたんだわ」イザベラはマグカップを置いてあわてて立ちあがった。「手違いがあってスカーギル・コーブを見つけてもらえなかったらどうしようって、気が気じゃなかったの」

「ドレスと靴ね？」とマージ。

「そう願うわ」イザベラは答えた。「さもないとセドナの会議にひどい格好で出席することになるもの」

「ここに持ってきてね」バイオレットがイザベラの後ろ姿に声をかけた。「わたしたちも見たいわ」

「とくに靴を」パティが言う。

ドアノブに手をかけていたイザベラは振り向いた。「どうして靴なの?」

パティがにやりとする。「本物のガラスの靴かどうか確かめたいのよ」

イザベラは眉をひそめた。「何度も言ったでしょう、今回のセドナ行きはあくまで出張だって」

「そうね」マージがくすくす笑っている。「会社のプライベートジェットと正装のパーティとお金持ち相手の資金集めのオークションがある出張。さあさあ、ドレスと靴を受け取って、ここに持ってきて見せてちょうだい」

イザベラは急いで外に出た。配達ヴァンの運転手が車の後部扉をあけていた。箱を二つ出している。

イザベラは通りを走って横切った。「わたし宛てかしら?」

運転手がちらりと伝票を確認する。「届け先は〈ジョーンズ&ジョーンズ〉になっています」

「それならわたしだわ。いえ、つまりわたしは〈ジョーンズ&ジョーンズ〉で働いてるの。受け取るわ」

「ここにサインを」

イザベラはすばやくサインをして箱を受け取り、カフェに戻った。はさみを片手に待っていたマージがすばやく一つめの箱をあけた。

イザベラは中身を包んでいる薄紙をひらき、ミッドナイト・ブルーのロングドレスを出した。まわりでみんなが息を吞んでいる。

「まあ」バイオレットがうっとりつぶやいた。「なんてすてきなドレスなの。これを着たらきっとすごい美人に見えるわよ」

イザベラは流れるようになめらかな生地に触れた。「すてきでしょう？　びっくりするほど高かったけれど、ファロンが会社に請求していいと言ってくれたの」

「当然よ」とマージ。「出張だと言ったのは彼なんだもの」

「靴は？」パティがせかした。

マージがもう一つの箱をはさみであけた。なかに靴箱が入っている。イザベラはそれをあけて黒いイブニングサンダルを出した。きらめくエナメルのストラップの上で、黒いクリスタルガラスが控えめな光を放っている。

「んまあ、すごくセクシーじゃない」パティが言った。

「とってもすてき」マージが口をそろえる。「ガラスの靴とはちょっと違うけれど」

バイオレットがにっこり微笑んで繊細な黒いクリスタルに触れた。「これで充分よ。〈ザッポス〉はいつだって頼りになるの」

マージがイザベラを見た。「想像してごらんなさい——あなたは舞踏会に行くのよ、シンデレラ」

22

きらびやかなホテルの大広間は、富と地位が持つパワーと超自然的パワーの両方に満ちあふれていた。

「広間全体がうっすら帯電しているみたいに感じるわ」イザベラは言った。

レインがにっこりした。「これだけ大勢の超能力者が一カ所に集まると、その場の空気が少し熱を帯びてしまうのよ」

「ほんとうにそうね」

イザベラは、大広間の向こう側でザックやほかの二人の男性と一緒にいるファロンに目を向けた。四人のところに銀髪の上品な女性がやってきた。

「ザックの右にいるのはヘクター・ゲレロよ」レインが小声で教えてくれた。「もう一人はポール・アカシダ。女性はマリリン・ヒューストン。三人とも理事会のメンバー。ザックはあの三人のことは味方だと思っているわ。三人とも夜陰の危険度を理解しているから、〈J&J〉が警戒を続けられるように支援してくれるはずよ」

「理事のなかには、ファロンに関する悪質な噂《うわさ》を聞いて動揺している人もいるそうね」

「だからザックは今夜ここにファロンが来ることにこだわったのよ」レインがにっこりする。

「ただ、正直わたしは彼が来るかどうか確信が持てなかった」

「どうして？」

「ファロンは強制に屈するタイプじゃないもの。でも、大事な反夜陰プロジェクトに対する資金援助をカットされかねないと言われたのが効いたみたいね」鼻の頭に皺《しわ》を寄せている。

「言いにくいんだけれど、ザックは自分がしてほしいことをやらせるにはどうすればいいか、具体的な方法を考えだすのがすごくうまいの。彼の能力の一部ね。ソサエティのトップに選ばれた二つの理由の一つよ」

「もう一つの理由はなんだったの？」

レインが優雅に一方の肩をすくめて見せた。「彼がジョーンズだからよ。首長の椅子に座るのは、昔からジョーンズなの。名目上は、ヴィクトリア時代にガブリエル・ジョーンズが改定をしたあとは、理事会が首長にふさわしい人間を選任する権限を持っているけれど」

「でもなぜか選挙の結果は毎回ジョーンズになる？」

レインの眉があがる。「ええ。偶然かしら？」

「そうは思えないわ」イザベラは微笑んだ。「どうやらソサエティは、民主主義というより世襲君主制を導入しているようね」

「この組織ではパワーが絶対なの、どんな団体でもそうであるように」レインがあっさり言いきった。「ソサエティのなかではパワーがものを言う。ほかのなによりも、生々しいパワーを豊富に持っていることが。ジョーンズ一族にはたまたまそういう人物が多いのよ。そのうえ、ジョーンズ一族は長年ソサエティを運営してきた。あらゆる秘密を知っている。実際、いくつかの秘密をつくった張本人でもあるの」

「ふうん」

レインの眉があがった。「どうかした?」

「ファロンがここにいるのは、〈J&J〉の予算を心配したからだけなのかしら。少なくとも今夜顔を見せた理由はそれだけじゃない気がするわ」

「そう? ほかにどんな理由があるの?」

「わからない」正直に認める。「ファロンはなんでも話すタイプじゃないもの」

「ひと癖あると言いたいのね?」

「いいえ。彼は一人でいるのが好きなだけよ。そして彼の考えはたいてい理解してもらえないから、他人に話さない癖がついている」

「たしかにそういう言い方もできるわね」探るような目でイザベラをうかがっている。「あなたなら誰よりも彼を理解できそうな気がするわ」

イザベラはシャンパンに口をつけてグラスをさげた。「きっとファロンはいつのまにか、自分や自分の能力を説明しようとするのにうんざりしてしまったのよ」

レインがファロンに視線を戻した。「そうかもしれないわね。これまでそんなふうに考えたことはなかった」

高級なドレスをまとった五十代後半の魅力的な女性が近づいてきた。

「こんばんは、レイン」女性がやさしく声をかけた。「きれいよ、いつもどおり」

レインがにっこりした。「あなたも。会えてうれしいわ、メアリアン。イザベラ・バルデイーズにはもう挨拶なさった？　ファロンが雇ったばかりのアシスタント」

「いいえ、まだその喜びには浴していないわ」くるりとイザベラに向き直る。「メアリアン・ジョーンズよ。大勢いるファロンのおばの一人。うちの一族は、控えめに言っても大家族なの」

レインの顔がほころんだ。「ご先祖さまの一人が三人の女性に子どもを生ませると、えてしてそうなるのよ」

「シルベスターおじいちゃんにはちょっと腕白な傾向があったから」メアリアンがため息をつく。「でも彼は、大勢子どもをつくることを自分の研究の一部と考えていたのよ。超能力の遺伝の法則に関する自分の説を確かめようと懸命だった」

「はじめまして、メアリアン」イザベラは礼儀正しく挨拶した。

「お会いできてうれしいわ」メアリアンが言った。「ファロンがようやくアシスタントを雇ってくれて、親戚一同ほっとしているの。ずっと一人で大量の仕事をこなそうとしていたんだもの」

イザベラは咳払いした。「じつは、わたしは調査員になったんです」

メアリアンの顔に困惑が浮かんだ。「そうなの？」

「事務管理責任者のほかに、ということですが」あわててつけ加える。「まあ、肩書きはどうあれ、毎日ファロンと一緒に働ける人が見つかってほんとうによかった。あの子は扱いにくいと思われがちだもの」

「ファロンにはスペースが必要なんです」イザベラは言った。「ああいう能力を持っていれば、自分の頭のなかで長い時間を過ごす必要があります」

メアリアンの表情が険しくなった。「ええ。あの子は昔から、どちらかと言えば一人でいるのを好んだわ。誰でも理解できることじゃない。あら、リンダ・マクドナルドがいる。挨拶してこないと。失礼してもいいかしら？」

「もちろん」レインが答える。

メアリアンが人ごみに消えるのを待ってから、イザベラは口をひらいた。

「強力な超能力者ね」

「ええ」とレイン。「うちの一族はみんなそうよ」

「どんな能力か訊いてもかまわない？」

レインがにっこりした。「知らなかったの？　メアリアン・ジョーンズは、ソサエティの縁組サイト〈アーケイン・マッチ〉のトップクラスの仲人の一人よ。それどころかいちばん腕がいいと思われているわ。彼女が〈アーケイン・マッチ〉を運営しているの」

「そう」ほかにどう言えばいいのかわからない。

「それだけ？」レインが言った？

「え？」

「メアリアンがファロンと元婚約者を引き合わせたのかしらと思ってるんじゃない？」

「たしかにその疑問は浮かんだわ」

「わたしもすべてを知っているわけじゃないけれど、ザックの話だと、ファロンは自分みたいな能力を持つ人間が〈アーケイン・マッチ〉でいい候補者になるはずがないと思っていたみたい。ザックがあの縁組サイトをとおしてとんでもない相手を紹介されたとき、その確信をさらに深めたの」

「相手はあなたじゃなかったのね？」

「ええ」

「なにがあったの？」

「ザックは婚約者に殺されかけたのよ」

「それだけで充分相性が悪いと言えそうね」

「ファロンの場合は少し違った。〈アーケイン・マッチ〉をまったく信じていなかったから、自分でパートナーを見つけることにしたの。聞いたところによれば、そうとう丹念にやったそうよ。コンピュータ・マトリックスや詳細な性格特性項目表や超能力の適合性に関する独自の説を使ってね。でもうまくいかなかった」

「そのようね」

「彼女も今夜来てるわ。テラスに出るドアの近くにいるのがジェニー・オースティンよ。赤毛の女性。ウィリアム・ヒューズと話しているわ」

ドアのほうへ向けたイザベラの目が、年配の男性と話している美貌の女性をとらえた。身につけているつややかな黒いドレスは、エレガントでありながらどことなく喪服めいた印象を漂わせている。ジェニーがかもしだす雰囲気には、隠そうとしても隠しきれない動揺がわずかにうかがえた。

慎重に能力を解き放ったイザベラは、すぐに後悔した。大広間全体に凍えそうな霧が広がっている。ソサエティのメンバー全員に秘密があり、その多くが暗く根深いものなのだ。イザベラはあわてても う一つの視力を閉ざした。どうせこれだけ離れていたら、ジェニー・オースティンの周囲で渦巻くエネルギーの正確な種類はわからない。

「彼女はどんな能力があるの?」イザベラは尋ねた。

「ジェニーはスペクトル・エネルギー能力者よ。とっても優秀。ロサンジェルスの研究室で、研究者として一目置かれているわ。じつは、ファロンはそこに惹かれたんじゃないかと思っているの」

イザベラは自分の頭の上に小さな陰気な雲ができはじめているのがわかる気がした。たしかにファロンなら、美しいだけでなく才能豊かな研究者に魅力を感じるだろう。

「ジェニーが科学の頭を持っているなら、ファロンが彼女のどこに惹かれたか理解できるわ」しょげた気分が表に出ないように言う。

「それもたしかに理由の一つだったわ」とレイン。「でもザックによると、ファロンにはほかにも理由があったの」

「そうね、美人だものね」

「見た目だけの問題じゃないわ」レインが言った。「ファロンの何代か前のおばあさんの一人も科学者だったからよ。具体的には植物学者だった。ルシンダ・ブロムリー・ジョーンズはヴィクトリア時代の人で、カレブ・ジョーンズと結婚したの」

「最初の〈ジョーンズ&ジョーンズ〉の片割れ？」

「そう。ファロンはもし〈J&J〉の創設者が運よく科学者と結婚したのなら、子孫である自分も科学畑の妻を見つけて当然と思いこんでしまった」

「つまり、ファロンは奥さん探しに論理をあてはめようとしたのね」

「いかにもファロンがやりそうなことだわ」

イザベラはため息をつきそうになるのをこらえ、大広間の向こう側へ視線を向けた。メアリアン・ジョーンズとおしゃべりをしている目を引く一団のなかに、ファロンの母親のアレクシア・ジョーンズがいる。

パーティが始まったとき、ファロンに両親を紹介された。アレクシアとワーナー・ジョーンズはとてもやさしく接してくれたけれど、それはあくまでも礼儀としてだ。わたしをほんとうはどう思っているか、確かめようがない。ファロンはわたしを紹介するとき、〝新しく雇ったアシスタント〟だと強調した。

「さっきファロンのおばさんは、わたしをチェックしていたんでしょう？」

　レインが微笑んだ。「間違いないわ」

「ファロンとわたしが仕事だけでなく個人的にもつき合っているって、気づいているのかしら」

「この部屋にいる全員が気づいていると思うわ」

「そんな」イザベラはこみあげそうになるパニックを押しつぶした。「なんでわかるの？　全員超能力者だからだなんて言わないでちょうだい」

「あなたたちが一緒にいるときの空気のエネルギーを感じ取るのに、透視能力は必要ないわ。あなたとファロンが個人的な関係にあることは、今夜この部屋に入ってきた瞬間から誰の目にも明らかだったもの」

「いやだ。カナッペとシャンパンのお代わりをもらってきたほうがよさそうね」

「わたしも一緒に行くわ。二周めの挨拶まわりに備えて栄養を補給しないと」

　二人で人ごみの端を縫って進むあいだ、レインがところどころで立ちどまっては誰かと挨拶したりイザベラを紹介したりした。

「ソサエティの首長の妻でいるのは、なかなか大変なこともあるんでしょうね」ビュッフェテーブルに近づきながらイザベラは言った。

「それはもうとっても大変よ」

　イザベラはおいしそうなパイ生地のカナッペがならぶ大皿に注目した。「おいしそう」

「好きなだけどうぞ」とレイン。「わたしはチーズのトレイをチェックしてくるわ」

イザベラは取り皿を一つ取り、カナッペに近づくルートの邪魔をしている少人数のグループのそばにまわりこんだ。

「噂によると、ファロン・ジョーンズの状態はどんどん悪くなっているらしい」男性が小声で話す声が耳に入った。「本人が〝夜陰〟と呼んでいる陰謀団で頭がいっぱいになっているんだ」

「待ってよ、ハル。ただの噂でしょう」女性が意見する。「夜陰が正真正銘の脅威だったことは、あなたも認めるはずよ」

「過去の話だ」ハルが食い下がった。「それが重要なんだ、リズ。いいかね、わたしも〈J&J〉があの組織に大打撃をくわえたことは認める。だがクレイグモアが死んだいま、夜陰の再建はもはや不可能だ。リーダーの死と五カ所の秘薬の研究所が破壊されたことで、あの組織は壊滅した。われわれはほかの場所に資産を向けるべきだ」

「ジョーンズは、夜陰は再編成するはずだと確信している」若い男性が口をはさんだ。「ぼくが聞いた話によると、ジョーンズは創設者の秘薬を再現した科学者がまだどこかにいて、新しいボスのもとで秘薬の新バージョンを調合していると信じているらしい」

「同意しかねるな」ハルが言った。「だがほんとうに問題なのはこれだ、エイドリアン。ジョーンズが正しいのか、あるいは自分の妄想にはまりこむあまり現実に戻れなくなっているだけなのか、確かめようがない。〈J&J〉の責任者は、バランスの取れた考え方ができる人間に務めてもらう必要がある。あそこはソサエティのメンバーが依頼する通常の調査にふたたび重点を置くべきだ。それがそもそもあの組織がつくられた理由なんだからな」

　エイドリアンが考えこむ顔をした。「さっきファロンと話した。世間話がじょうずなほうじゃないが、頭がいかれているようには見えなかった」

「血筋よ」リズが言う。「あの一族で強力なカオス理論能力を受け継いだ男性が、最終的には妄想症になってみずからがつくりあげた陰謀の世界から出られなくなってしまうことはみんな知っているわ」

「そうなのか？」とエイドリアン。

「まあな。ファロンの数世代前の祖父にあたるエラスムス・ジョーンズの例もある」ハルが言った。「頭のおかしい科学者タイプの男で、最終的には自殺した。それにカレブ・ジョーンズにまつわる話もある」

　リズの表情が険しくなった。「ファロンの能力は、祖先のシルベスター・ジョーンズの能力をそのまま受け継いだものと考えられているわ」

　エイドリアンが目を丸くした。「創設者と同じ能力を持っているのか？」

「まったく同じ能力など存在しない」とハル。「だが晩年のシルベスターがなかば正気を失っていて、完全な妄想症だったことは秘密でもなんでもない。リズが言ったとおりだ。ああいったものは遺伝することがある」

　エイドリアンはワインをひとくち飲んでなにやら考えていた。「なにが言いたいんだ？」

「大勢のメンバーが、理事会は〈ジョーンズ＆ジョーンズ〉の新しいトップを任命するべきだと言っている。分別があって安定している人物として定評がある人間を」ハルが答えた。

「強力な戦略能力者なら申し分ない」

「〈J&J〉のトップはずっとジョーンズが務めてきたのよ」リズが指摘した。

「首長の座にずっとジョーンズがついてきたようにな」ハルがむっつりと応じる。「この状態を続ける必要はない。そろそろあらためる頃合いかもしれない。ソサエティは手始めに〈J&J〉とのつながりを断つべきだ」

イザベラは詰め物をしたパイを一つ口に放りこんだ。「それは」ハルに話しかける。「とんでもなくとんまな行為だわ」

ハルとリズとエイドリアン、そして聞こえる範囲にいた全員が振り向いた。ビュッフェテーブルの周囲がしんと静まり返っている。

「それで、きみは？」エイドリアンが尋ねた。好奇心と男性としての興味が目に浮かんでいる。

「イザベラ・バルディーズよ」イザベラは答えた。「〈J&J〉の調査員。本部で働いているの。同時にミスター・ジョーンズのオフィスの管理もしているわ」

「ああ、じゃあ、きみが例のアシスタントか。エイドリアン・スパングラーだ」片手を差しだす。「よろしく」

「こちらこそ」イザベラは手についたパイくずをはらって握手した。

残りは誰一人動いていない。誰一人ひとこともしゃべらない。まるでエイドリアンとイザベラをのぞいてその場にいる全員が一瞬で凍りついてしまったようだった。

「で、どうしてファロン・ジョーンズをクビにしたり〈J&J〉と縁を切ったりするのが、とんまな行為なんだ?」エイドリアンが尋ねた。食ってかかる口調ではなく、あくまで好奇心から訊いている。

「〈J&J〉とファロン・ジョーンズの存在があってこそ、ソサエティは地球上で最高の超能力調査会社を抱えていられるからよ」イザベラは言下に返した。「少なくともソサエティが求めるたぐいの調査においてはね。古い案件に関するあらゆる非公開データを閲覧できることにくわえて、ソサエティの歴史も把握しているから、〈J&J〉にしかできないかたちでソサエティの仕事を処理できる」

「たしかにそうだな」とエイドリアン。「ほかの調査会社が介入してきて引き継ぐのはむずかしそうだ」

ハルが眉をしかめた。「新しい調査会社がペースをつかむまで多少時間がかかるかもしれないが、それと引き換えにトップの仕事上の安定性は高まるはずだ」

「お願いだから」イザベラは言った。「ファロン・ジョーンズが不安定で正気じゃないような言い方はやめて。本物の陰謀おたくに遭遇しても、きっとあなたにはわからないと思うわ」

エイドリアンがにやりとした。「きみにはわかるのか?」

相手が楽しんでいることにイザベラは気づいた。いつのまにかビュッフェテーブルを囲む人ごみのなかにレインがくわわっている。レインも楽しそうだ。けれどほかのみんなはショックと関心のはざまにいるらしい。

「もちろん」イザベラは答えた。「わたしはたまたま陰謀論者の専門家なの。離れていてもすぐそうとわかる。ちなみにこれはわたしが〈J&J〉で役に立っている理由の一つでもあるのよ。断言できるわ、ファロン・ジョーンズは陰謀おたくじゃない。むしろそれとは正反対」

ハルは苦々しい表情を浮かべているが、リズやエイドリアンやほかの数人は興味を引かれはじめている。

「わかった」エイドリアンが言った。「降参だ。陰謀おたくの正反対とはどういうものなんだ？」

イザベラはにっこりした。「本物の探偵よ、もちろん」

今回はあたりにざわめきが走った。

イザベラはカナッペに手を伸ばした。「わからない？　ファロン・ジョーンズは探偵みたいな考え方をするの、陰謀おたくじゃなく。自分の能力を使って複数の事実をつないで関連づけはするけれど、事実や関連をでっちあげはしないし、本物の陰謀おたくと違ってそれを改竄《かいざん》したりしない。彼は超能力を備えたシャーロック・ホームズなのよ。この世にホームズとジョーンズほど陰謀の幻想に呑みこまれそうにない人間はいないわ」

そのとき、イザベラはもう誰も自分を見ていないことに気づいた。全員の視線が彼女のうしろに向けられている。

振り向くと、ファロンが不可解な表情でイザベラを見つめていた。瞳がかすかに熱を帯びている。

「外に出て新鮮な空気でも吸わないか、ワトソン？」ファロンが言った。

「ワトソンなら銃を持っていかないと」

「銃はあきらめろ」

「わたしから仕事の楽しみを奪ってばかりいるのね」

「そんなことはない。連続殺人犯と遺体をいくつか見つけさせてあげたじゃないか、そうだろう？」

「そうだったわね」イザベラはトレイからオードブルを二つ取った。「このちっちゃなパイをためしたほうがいいわよ。おいしいから」

「そうしよう」

ファロンがパイを一つ取り、なりゆきを見守っている見物人に軽くうなずいてから反対の手でイザベラの腕をつかんだ。そのままパイを食べながらテラスに出るガラスドアへ歩いていく。

「おいしいでしょう？」イザベラは訊いた。

「マージのマフィンには負ける」

「そうね」同感だ。「あんなにおいしいものはないわ」

「きみのおばあさんのしょうがスープは例外だが」
「ええ、あれは例外」

23

二人はテラスの柵の前に立ち、暗闇を見つめた。セドナを有名にしているそびえたつ赤岩が、くっきりと空に浮かぶ月の下でのしかかるような黒いモノリスに変貌している。イザベラは骨身に沁《し》みるものを感じ取り、わずかに身震いした。

「この土地の噂は事実だったのね」とつぶやく。「ほんとうにエネルギーを感じるわ」

「海流がないからネクサスではないが、独自のエネルギーがあるのは明らかだ」ファロンが言った。「周辺にいくつかボルテックスがある」

「ソサエティがここで会合を開くだけのことはあるわね」

「ザックと理事会がここを選んだ理由は、ボルテックスだけじゃない」

「そうなの？」ちらりとファロンをうかがう。「じゃあ、どうして？」

「この土地が持つ評判のせいだ。ロビーにあった、ボルテックス・ツアーや水晶ヒーリングやスピリチュアル・ガイドのパンフレットに気づいたか？」

「言いたいことはわかったわ。ここで超能力者の大会を催しても、誰も変だとは思わない」

「いわゆる〝ありふれた風景のなかに隠れる〟というやつだ」

イザベラはふたたび身震いした。今度は気温の低さが原因だった。「思っていたよりずっと寒いのね。乾燥地帯なのに」

「いまは一月だし、ここの標高は一四〇〇メートル近い」とファロン。「雪が降っていなくて運がよかった」

「お尻が凍りそうになっている具体的な原因はあなたにお任せするわ」体に腕を巻きつける。「出張用の荷物をまとめるとき、天気予報をチェックすればよかった。ドレスと靴で頭がいっぱいだったのね、きっと。配達が間に合わないんじゃないかと気が気じゃなかったの」

ファロンがドレスを見た。「悪くない」

「気に入ってくれたのは嬉しいけれど、ねぎらいの言葉をかけるのは請求書が届いてからにして」

「問題ない。経費だ」

「そうだったわね」

個人的な感情とは無関係――イザベラは思った。このドレスはファロンからのプレゼントじゃない。あくまでも仕事上の経費。

「このドレスはすごく高かったのよ」と釘を刺す。

ファロンは肩をすくめている。

「でも、ここまでソサエティのプライベートジェットを使うほど高くない」

「どうでもいいことだ」

「高級なイブニングドレスに囲まれる場所で品質をごまかすのはむずかしかったから、ドレスにはお金をかけざるをえなかった。でも靴は安物よ」

「心配するな。きみが言ったように、プライベートジェットのほうがはるかに金がかかっている」

「わかったわ」

ファロンがジャケットを脱いで肩にかけてくれた。ぬくもりと彼の香りが伝わってくる。ふいにはるかに暖かくなった気がした。

「ありがとう」

ファロンがこくりと一度だけうなずき、女性に対しての慇懃《いんぎん》な行為を終えると、テラスを縁取る低い石垣に片足を乗せた。前に体を倒して太ももに片手をついている。

イザベラは少しだけ彼に近づいた。暗がりのなかにいるファロンはものすごくセクシーで、はっとするほど男らしい。容赦ない復讐者と庇護《ひご》者と兵士を凝縮したエッセンスが、彼を取り巻くエネルギーのなかに存在する。ファロンはつねに頼りになる男性なのだ。彼に二言はない。ファロン・ジョーンズにとっては名誉が重要なのだ。

彼の片手が動き、黒い腕時計の文字盤と、糊《のり》のきいた白いシャツの袖口《そでぐち》につけた古めかしい金とオニキスのカフスボタンがちらりと見えた。

「そのカフスボタンは誰かからのプレゼントなの？」イザベラは尋ねた。

ファロンが左の手首に視線を落とした。「先祖伝来の品だ。昔はカレブ・ジョーンズのものだった。それがわたしまで代々伝わった」

「すてきね。そういうものがあると、過去とつながっていられる。自分が誰で、どういう生まれで、なにをするべきかを教えてくれる」

「ああ」

「いつかあなたの息子にゆずるのね。あるいは娘に。女性がカフスボタンをつけてもおかしくないもの」

ファロンの眉間に皺が寄った。自分に子どもができる可能性など思いもしなかったように。

「考えたこともなかった」彼が言った。

「あなたのように家族が大勢いるのはすてきでしょうね」あこがれを込めて言う。

「たいていはわずらわしいだけだ」

「それでも、そばにいてほしいときはあなたのそばにいてくれるんでしょう?」

「ああ」

「ビュッフェテーブルでみんなが話していたのを聞いた?」しばらくしてからイザベラは尋ねた。

「ソサエティと〈J&J〉の関係を断つ話か?　そういう話が出ているとザックに警告されていた」

「もしこの話を広めている人物が、〈J&J〉を見限るようにうまくソサエティを丸めこむようなことになったら、その先には次の展開があるんでしょう?」

「ああ」とファロン。「もしそんな革命が起きたら、ジョーンズ一族はソサエティを支配できなくなる。ある意味では、そうなってもかまわない」

イザベラの頬がほころんだ。「ジョーンズ一族は自分たちの秘密を持って立ち去り、べつのソサエティをつくるから？」

「ほかにどうしようもない。ヴィクトリア時代からソサエティがやってきたことを、誰かがやる必要がある」

「超能力者の悪党による被害を世間の目から隠し、秘薬の再生をもくろむ人間を突きとめるのね」

「問題は」ファロンが続けた。「新しいソサエティを再建するには時間がかかるが、現時点でわれわれには時間がないことだ。その隙に夜陰はソサエティの中枢で再興してしまう」

「じゃあ、それがいま直面している問題なのね？　ソサエティからジョーンズ一族を追いだして乗っ取ろうとする陰謀が」

「きみが〝陰謀〟をどう定義するかによる」ファロンが言った。「ザックは敵対的乗っ取りと捉えている」

「違うわ。わたしは陰謀なら見ればわかるの。これは正真正銘の陰謀よ」

ファロンの口元がひきつっている。「物事をはっきり捉えるきみの助けがないと、わたしはなにもできないらしい」

イザベラは顔をしかめた。「わたしを笑いものにしてるのね？」

「いいや、自分がおかしいんだ」片腕をイザベラにまわして抱き寄せる。「きみに会う前はあまりなかったことだ。少なくともここしばらくは」

「なにが言いたいの？」

「きみが現われる前、わたしは暗闇にはまりかけていた」

「違うわ」すかさず言う。「仕事に忙殺されていたせいで、心身ともに疲れ果て、たぶん少し気持ちがふさいでいただけよ」

「わたしには、きみといると落ち着く、ということしかわからない」

愛の告白とはちょっと違うけれど、少なくとも二人のあいだにきずながあることは感じているのだ。いまはそれだけで充分だ。

イザベラは手を伸ばしてがっしりした顎に触れた。「わたしはあなたといると、ずっと探していたものを見つけたような気がするわ」

ファロンの瞳が燃えあがった。頭をさげ、ゆっくり時間をかけたキスで二人のあいだに欲望をつのらせていく。セドナの夜に沸き立つエネルギーが二人を包みこみ、スペクトル全体で感情が高まっていった。イザベラは感覚を解き放ち、見えない炎を楽しんだ。

「お邪魔かしら」

うしろの暗がりから届いた声は、怒りと苦痛で冷えきっていた。イザベラはぎくりとしてファロンの腕のなかからあとずさった。あわてて振り向いた拍子に危うくピンヒールに足を取られそうになったが、ファロンが楽々とつかまえてしっかりと立たせてくれた。

二人はジェニー・オースティンを見つめた。暗闇に立つジェニーのまわりで真っ赤な霧がめらめら燃えあがっている。

「やあ、ジェニー」ファロンが静かに言った。

ジェニーが近づいてきた。体の横で両手をきつく握りしめている。黒いドレスをまとって月光を浴びた姿は、悲劇的な最期を遂げるオペラの薄幸のヒロインのようだ。イザベラの存在など眼中にないらしい。

「よくもぬけぬけと顔を出せたものね、ファロン」懸命に息をしようとしているか涙をこらえているように、声が詰まっている。「わたしの家族をどれだけ苦しめれば気がすむの?」

「すまない」ファロンが言った。「だが、いずれソサエティのイベントで顔を合わせるのはおたがいわかっていたはずだ。ソサエティの上層部は狭い世界だ」

「そしてあなたの家族がその世界を支配している」ジェニーが辛辣《しんらつ》に言い放つ。

ファロンは反応せずにいる。

いきなりジェニーがイザベラを見た。

「みんなが話している事務の担当者はあなたね。ファロンを現代のシャーロック・ホームズだと思っている人」

「え、ええ。実際は事務のほかに調査の仕事もしているけれど」イザベラは言った。

「聞いたところによると、それ以外にも提供しているサービスがあるそうね」冷たい口調。

その言葉にファロンが反応した。周囲で不吉なエネルギーがうごめいている。「いいかげんにしろ、ジェニー。イザベラはわたしたちの問題とは無関係だ」

「その人は、なぜわたしたちが別れたか知ってるの？」ジェニーがかすれ声で尋ねた。「あなたがわたしの兄を殺したことを知ってるの？」

イザベラはジェニーを焼きつくそうとしている霧に目を凝らした。「お兄さんが亡くなった晩にほんとうは何があったか、わたしは知っているわ」やさしく話しかける。「あなたが抱えている秘密がゆっくり確実にあなたを焼きつくしているのも知っている。昔から言うでしょう、真実が人間を自由にするって」

「なにも知らないくせに。ファロン・ジョーンズは兄を殺したのよ」

「当日の夜、マジック・ランタンの光をファロンに浴びせたのはあなただったんでしょう？タッカーが能力を使って部屋に忍びこんでランタンをつけたんじゃない。お兄さんが殺しに来たときファロンが混乱しているように、あなたがつけた」

ファロンがぴたりと凍りついた。けれどジェニーの反応はそれとは比べ物にならなかった。戦慄《せんりつ》している。

「頭がおかしいのよ」消え入りそうな声でつぶやいている。

「ファロンも事実を知ってるはずよ。たぶんずっと知っていたんだわ」

「嘘」ジェニーが叫んだ。ファロンに向き直る。「この人を黙らせて」

「それはむずかしい」とファロン。

イザベラは一歩ジェニーに歩み寄って足をとめた。「怖がらせるつもりはないけれど、もうあまり長く秘密を隠しつづけてはいられないと思うわ。こういう霧は以前も見たことがあるの。あなたが社会病質者なら問題ない。社会病質者はこの種の炎を食べて生きている。でもあなたはまっとうな人間で一度はファロンを愛していたから、炎の熱を感じるでしょう？それが自分になにをしているかわかっている」

「やめて」ジェニーが訴えた。「それ以上言わないで」

イザベラは口をつぐんだ。ファロンもじっとしている。

ジェニーが泣きだした。抱えてきた秘密の重さで彼女のすべてが押しつぶされてしまったように見えた。

イザベラはジェニーに歩み寄って抱きしめた。最初は抵抗されたが、すぐに残っていたダムが決壊し、ジェニーはイザベラの肩に顔をうずめて泣きじゃくった。

ひとしきりしてから、ファロンがきれいにたたんだ真っ白のハンカチを差しだした。イザベラの頬がほころんだ。万が一取り乱した女性に渡す必要にせまられたときに備え、糊のきいた真っ白なハンカチを身につけている男性なんて、いまどきどのぐらいいるだろう？けれど、そのちょっとした仕草はいかにもファロンらしかった。多くの点で彼はべつの時代の人間なのだ。名誉と騎士道精神が重視されていた、おとぎ話に出てきそうな時代と土地からやってきた人。

「兄の言葉を真に受けてしまったの」ジェニーがハンカチを受け取って涙を押さえ、一つ深呼吸した。「ごめんなさい、ファロン。でもタッカーは兄だった。信じるほかなかったの」

「わかっている」ファロンが答えた。「あいつはわたしの友人で、パートナーでもあった。わたしもあいつを信じたかった」

ジェニーが小さく吐息を漏らす。「あなたはすべてわかっているんでしょうね。あなたはファロン・ジョーンズだもの。いつも答えを知っている」

「いつもではない」

「でも今回は知ってるんでしょう？」ファロンを見る。「そのとおりよ。あの夜あなたにマジック・ランタンの光を浴びせたのはわたしだった。フロアランプに隠しておいたの。わたしも光を浴びたけれど、はるかに能力が高いあなたほどは影響を受けなかった。ああなることは……わかっていたの」

「タッカーはきみに、例のナイトクラブを経営して、奥の部屋でマジック・ランタンの光を売っているのはわたしだと言ったんだな」質問ではなく事実として話している。

「ええ」ジェニーが洟《はな》をすすった。「すべてわたしのせいなの。起きたことすべての責任はわたしにあるの。だって、そもそもあの恐ろしいランタンをつくったのはわたしなんだもの」

「なぜそんなことを？」

「ただの実験だったの」生気のない虚ろな声になっている。「多くの向精神薬は能力の高い超能力者に効果がない。わたしは、強力な超能力者が抱える鬱や不安や外傷後ストレス障害みたいな問題の治療法を、自然療法の分野で見つけようとしていた。普通の人の気分を高揚させる目的で、光の研究はかなり行なわれているわ。同じ効果を出すために、超能力者に対してスペクトルの超自然的領域から出る光を使う方法があるんじゃないかと思ったの」

「そうか」

「先祖の一人が残した記録を調べた。一九三〇年代に生きていたスペクトル・エネルギー能力者。そして、超自然的発光性と超自然的燐光性《りんこう》をもともと備えているさまざまな琥珀《こはく》と石英を結合させた装置を思いついた」

「あらあら」イザベラはつぶやいた。「おたく語だわ。目がどんよりしそう」

ジェニーには無視された。真剣にファロンに語りつづけている。「琥珀も石英もそれ自体にたいした効果はないけれど、特定のかたちに配置してふさわしい鏡で活性化させると――そう、結果はあなたも知っているとおりよ。多幸症から幻覚や失見当識に至るまで効果があった。どれも短期間だったけれど、予想もしない結果が出たわ」

「わたしの得意分野じゃないけれど」イザベラは言った。「あなたの研究の裏にある理論には、すごく興味を引かれるわ」

「そうよ」とジェニー。「わたしはいまでもあの研究には大きな可能性があると思っている。でも、タッカーが〝ジェニー版マジック・ランタン〟と呼んでいたもので実験を始めると、ごくわずかな量でも気分を高揚させる一方、ひどい副作用を起こしかねないとすぐわかった。どうすれば自然療法として安全に利用できるのかわからなかった」

「だがそのときすでにタッカーはきみの実験を知っていて、自分のクラブのいい客引きにつながるかもしれないと考えた」ファロンが言う。

「信じて、兄が〈アーケイン・クラブ〉の影のオーナーだったなんて知らなかったの」ジェニーがかぼそい声で訴えた。

「わたしも知らなかった、最後の最後まで」

ジェニーがハンカチを口にあてた。「いまさらどうでもいいことだけれど、わたしが兄のためにマジック・ランタンをつくっていないことはわかってほしいの。兄はわたしの資料を見て自分でつくったのよ。ふさわしい石英と琥珀と黒曜石の鏡があれば、簡単につくれる」

「きみがナイトクラブのランタンに関わっていると思ったことはない」

ジェニーが弱々しく微笑んだ。

「肝心なのは、兄からクラブのほんとうのオーナーはあなたで、あなたは恐ろしい精神薬を売っているんだと言われたとき、わたしがそれを信じてしまったことよ。兄が……亡くなったあとは、それが真実だと信じつづけるしかなかった。べつの考え方をするのは恐ろしすぎた」

イザベラはジェニーの肩に触れた。「お兄さんの罪をかぶったのね？　でもいまあなたが苦しんでいる原因はそれじゃない。あなたを絶望に駆り立てているのは、すべて自分のせいだと思う気持ちよ」

「全部わたしのせいだもの」ジェニーがため息を漏らす。「もしあんな石で実験をしなければ、もし結果をタッカーに見せたりしなければ――」

「もしマジック・ランタンがなければ、ほかのものがタッカーに災いをもたらしていたはずだ」ファロンが言った。「あいつは死と隣り合わせの生き方が好きだった。時がたつにつれて、ほかの誰よりも自分が賢くてすばやいと証明することで得られる大量のアドレナリンが、あいつにとっての麻薬になっていった」

「ええ」とジェニー。「そのとおりだと思うわ。兄は危険への欲求に取りつかれていた。家族はみんな気づいていたの。かわいそうに、母はいつも〈J&J〉の仕事で命を落とすんじゃないかと心配していた」

「〈J&J〉の裏をかけると証明することが、あいつの究極の挑戦だったんだ」

ジェニーがハンカチで目を押さえた。「タッカーのことは自分のことと同じぐらいよくわかっていたのに、あなたは悪党だと思いこまされてしまった。許してくれる？」

「きみを責めたことは一度もない」ファロンが言った。「きみはよく知らない男と兄のどちらを信じるか、選ばなければならなかった。同じ立場だったら、わたしも同じ選択をしていた」

ジェニーが彼を見つめる顔には、藁《わら》にもすがる思いがはっきり表われていた。「ほんとうにそう思う？」

「ジョーンズ家の人間は、家族がどういうものかよくわかっている」

ジェニーがハンカチを握りしめて目をつぶった。「なんて言ったらいいかわからないわ。ありがとう、ファロン」

イザベラはあらためてジェニーを抱きしめた。「もう自分を許してあげるのよ、ジェニー。霧を追い払う方法はそれしかないわ」

ジェニーが目をあけて戸惑った顔をした。「霧？　なんのこと？」

イザベラはにっこりして体を離した。「気にしないで。ただのもののたとえよ」

ジェニーがファロンに振り向いた。「そのとおりよ」

「なにが？」

「さっき言ったでしょう、よく知らない男と兄のどちらを信じるか選ばなければならなかったって。そうなの。わたしはあなたがよくわからなかった」

「そうだな」

「状況が違っていても、同じ結果になっていたと思う」

「たぶん」

「あの晩のことで、ほかにも話しておかなければいけないことがあるの。たとえ〈アーケイン・クラブ〉やマジック・ランタンがなくて、あんな結果になっていなかったとしても、わたしはあなたに指輪を返すつもりでいた」

「わかっている」

ジェニーが悲しげに首を振った。「もちろんそうよね。あなたはファロン・ジョーンズだもの。卓越したカオス理論能力者。誰よりも先にパターンに気づく人」

「いつもではない」ファロンが言った。「だがきみが言ったことは正しい。わたしたちはけっしてうまくいかなかっただろう」

ジェニーがふたたび涙で濡れた顔で微笑んだ。「婚約したとき、どちらも間違いをおかした。結婚相手を選ぶときも理論と理屈に頼れると思いこんでいた」

「明らかに間違った発想だ」

ジェニーがイザベラに向き直った。「ファロンは奥さん選びでは失敗したかもしれないけれど、アシスタントを雇うのはそうとううまくやったようね」

二人に背を向けて明るい大広間へ戻っていく。イザベラはもう一つの視力を高めた。早くもおぞましい霧が薄れはじめている。うまくいけば回復できるだろう。

ファロンが隣りにやってきた。二人はジェニーの姿が人ごみのなかに消えるまでじっとしていた。

「彼女が指輪を返すつもりでいるのを、わかっていたの？」イザベラは訊いた。

「ふられそうなときは、超能力がなくてもわかるものだ。さすがのわたしも感づいていた」

「もし彼女のほうから切りださなかったらどうしていたの？」

「こちらから言うしかなかっただろう。彼女の話を聞いただろう。ジェニーはわたしをほんとうには理解できないと感じていた。それはわたしも同じだった」

「誰でも秘密はあるわ。誰でも自分だけの世界がある。誰かを完全に理解するなんて不可能よ。たとえできても、そこまで深く理解したいとは思わない。誰かに興味を引かれる理由の一つは、つねに見かけの下に謎があるからなのよ」

「ここで話している理解は、秘密より奥が深い」

イザベラはファロンの言葉を考えてみた。「言いたいことはわかるわ」

「そうか？」首を振っている。「では、きみのほうがはるかに先を行っているらしい。わたしははっきりわからずにいる」

「でも理解が訪れたときは、そうとわかるんでしょう？」

「ああ」とファロン。「それで？　どういうことなんだ？」

「相手の秘密を知るだけでなく、もっと深く相手を理解したいと望むこと？　それはあなたが救いようのないロマンチストということよ、ファロン・ジョーンズ」

つかのまその場が静まり返った。やがてファロンが笑いだした。最初それはめったに笑わない人間の、かすれて耳障りな笑い声だった。けれどみるみるうちに深みとボリュームが増していき、あっというまに大笑いになっていた。笑い声がテラスに反響し、暗闇へこぼれだしていく。

イザベラは背後に人の気配を感じた。振り向くと、大広間の入り口でザックとレインがシルエットになっていた。すぐにジョーンズ家のほかのメンバー――ファロンの両親もいる――もやってきて、テラスの騒ぎを見つめている。みんな似たような表情で、違いはせいぜい愕然から呆然《ぼうぜん》ぐらいだ。

イザベラはファロンの脇腹をつついてささやいた。「見られているわよ」

ファロンの笑いがおさまった。振り向いて戸口に集まった一団を見ている。

「おもしろいジョークでも聞いたのか？」ザックが訊いた。
「ここしばらくで最高のジョークだ」ファロンが答えた。

24

オークションは十時に始まった。ファロンはイザベラと会場のうしろに立っていた。集まった人びとが静まり返り、競売人が木槌《きづち》を手に取った。

ファロンはイザベラの腕をつかんだ。

「出よう」小声で話しかける。

イザベラが驚いた顔を向けてきた。「展示ケースに入っていた変なものを、誰が競り落とすか見たくないの？」

「ああ。今夜はもう充分愛想よくふるまった。ザックに頼まれたことをやり、あいつの力の誇示に協力した。ここから先の駆け引きはザックに任せておけばいい。そのために給料をもらってるんだ」

イザベラは疑うように目を細めたが、おとなしく連れられるままに大広間から廊下に出た。

「なにかたくらんでるでしょう」イザベラがささやいた。「わかってるのよ」

「わたしたちみたいな田舎者のことはよく知っているだろう。早寝早起き」

「嘘。なんなの、ファロン？」

「明日の朝いちばんで発《た》つ」

「いちばんって？」

「朝食のあとだ」

「わかった、それならかまわない。一刻も早くスカーギル・コーブに帰りたいのね？」

「まだ二人でやることがたくさん残っている」自分の口から二人という言葉が出たことにファロンは驚いた。長いあいだ、〈J＆J〉は自分一人でいっさいを引き受けるものだと考えていた。けれど最近は、イザベラをアシスタント以上の存在、それどころか調査員以上の存在だと思いはじめている。パートナーのように扱いはじめている。おそらく賢明なことではない。

「そうね」今後の展開に満足しているらしい。「〈J＆J〉はけっして眠らない」

「早く発つ理由はほかにもある」

イザベラが期待の表情を向けてきた。

ファロンは彼女を引っ張ってロビーの奥にあるエレベーターへ向かった。「スカーギル・コーブへ戻る途中で寄りたいところがある」

「どこ？」

「カクタス・スプリングスだ」

イザベラがふいに足をとめたので、ファロンも立ちどまらざるをえなかった。イザベラの目が見開かれている。「祖母が住んでいる場所よ。住んでいた場所」

「ネットでできるかぎりの調査はやった。次は犯罪現場を見る必要がある。シャーロック・ホームズならそうするんじゃないか？」

「でも、あなたは犯罪があったとは思っていないんでしょう？」

「あらゆる事実をつかむまで、判断は保留にすると言ったはずだ」

イザベラが考えこむ顔をした。「祖母には、自分になにかあっても、あの人たちが待ちかまえているかもしれないから、家に来てはだめだと言われたの。でもあなたと一緒なら大丈夫な気がする。あなたがいてくれれば危険はないはず。隠れる場所がなくなったらあなたのところへ行けと言ったのは祖母だもの。あの人たちはソサエティを巻きこむのをいやがるはずだと話していたわ」

「あの人たちというのは、ジュリアン・ギャレットの手下か？」

「そう」鼻に皺を寄せている。「わたしの説を信じていないのはわかってるわ」

「きみの陰謀説だ」と訂正する。「これまでのところ、ギャレットやほかの誰かがきみのおばあさんの死に関わっていることを示すものはなにも見つかっていない。おばあさんが亡くなっていると仮定してだが」

「いいのよ」イザベラがあでやかに微笑んだ。「説明する必要はないわ。あなたは調べてくれている。それでいいの。あなたならいずれきっと証拠を見つけるわ」

二人は階段で二階へ向かった。

「断わっておくが、わたしたちはそうではないということを証明しようとしているのかもしファロンは釘を刺した。「そんなことは証明しようがない。だからこそそもそも陰謀説が生まれ、いつまでも消えずにいるんだ」

「わからないわよ。ひょっとしたらカクタス・スプリングスで確たる証拠が見つかるかもしれない」

「あまり期待するな」

「シャーロック・ホームズはクライアントに絶対そんなことは言わなかったと思うわ」

「きみはアシスタントだ、クライアントじゃない」

二階に着き、廊下をイザベラの部屋へ向かう。ファロンはカードキーを出してドアをあけてやった。イザベラが途方もなくヒールが高い靴で部屋に踏みこみ、振り向いた。

「二部屋分の料金を払う必要はなかったわね。大広間にいた人は、みんなわたしたちの関係に気づいていたもの」

「どうしてわかったんだろう」怒りがこみあげる。「ザックかレインがなにか言ったに違いない。もっとも、どうしてあの二人が気づいたかは謎だが。明日の朝ザックと話してみないと」

「違うわ、誤解よ」あわてている。「ザックもレインもなにも話していないわ。わたしたちのエネルギーが原因よ。超能力がなくたって、二人の人間が深い関係になったらわかるもの。人間の関心を引きつけるその種のエネルギーはとても強いの」

苛立ちを覚え、ファロンはドア枠をつかんで廊下を見渡し、誰かに見られていないか確かめた。イザベラに向き直る。「きみに気まずい思いをさせるやつは許さない」

「だいじょうぶよ、気まずい思いなんてしていないから」

「ほんとうに？」

「ええ。あなたはどうなの？　わたしたちの関係をみんなに知られたらいや？」

ファロンはつかのまどう反応すべきか考えた。心の底では、イザベラが自分のものだとみんなに知られている状況を気に入っている。少なくとも当面は。ほかの男に彼女はフリーではないとわからせたい。いつから独占したがる傾向が生まれたのだろう？

やがて結論が見えた。

「それできみがばつが悪い思いをするならいやだ」

イザベラが彼の首に両腕を巻きつけた。「かわいそうに。ヴィクトリア時代の風情ある美徳を備えた古風な紳士が、どうやってこの現代社会で生き延びているの？」

ファロンはうめいた。「時代遅れだと思っているのか？」

「最高にいい意味でね」

「古風とかヴィクトリア時代の人間だとか言われると、年寄りになった気がする。たしかにわたしのほうが少し年上だが、それほど離れていない。老けて見えるだけだ」

「いいえ」つま先立ちになって、そっとキスをする。「老けてなんて見えないわ。完璧よ」

彼女の唇の感触が、まるでスイッチのように機能した。ファロンのなかのあらゆるものが一瞬で引火点に達した。

「完璧なのはきみのほうだ」

部屋に入ってドアを閉める。そのとたん、狭いスペースが薄暗い世界に変わった。峡谷の銀色の月光に照らされた世界。

ファロンはその夜二度めにタキシードのジャケットを脱ぎ、近くにある椅子の背もたれに投げた。蝶ネクタイをはずしかけたところでイザベラにとめられた。

「わたしにやらせて」

感覚を解き放つと、彼女の目に浮かぶ欲望が見えた。ネクタイをはずそうと伸ばしてきた手がわずかに震えている。ファロンはその手を取って手のひらに唇を押しあてた。イザベラはほどいたネクタイを首から垂らしたまま、オニキスのカフスボタンをはずしはじめた。彼女がテーブルにカフスボタンを慎重に置いたとき、カチャンと小さな音がした。その内輪めいたかすかな音で、いっそう感覚が高まった。これほど硬くなったことはないと断言できるくらいに。

イザベラがシャツの前をとめている黒いスタッズボタンをはずしはじめた。ファロンは唇を重ねながら集中しすばやい動きで服を脱がせていった。イブニングドレスが床に落ちて黒っぽい塊になる。次にレースのブラをはずす。そのあとにショーツが続き、セクシーなハイヒールだけの姿になった。

エネルギーが薄暗い部屋を燃え立たせていた。イザベラから受ける影響は、錬金術の言葉でしか表現できない。彼女はファロンのなかにある冷たい鉄を黄金に変える炎だった。イザベラと一緒なら、カオスの中心をのぞきこむことも、古《いにしえ》の技術の究極の目標である賢者の石を垣間見ることもできる。彼女といれば、いっときすべてが備わった存在になれる。

矢も楯もたまらず、ファロンはイザベラを抱きあげていちばん近い平らな場所に押しつけた。壁。イザベラがむきだしになった片脚を彼の腰に巻きつけ、そのあと反対の脚も巻きつけてきた。彼女の香りはどんな麻薬より心を酔わせるものだった。ファロンは片手でイザベラを抱きかかえ、彼女が潤って快感に身もだえするまでもう一方の手で攻めつづけた。

「わたしだけだ」歯で耳たぶをはさみ、自分の言葉がしっかり伝わるように軽く歯を立てる。「こんな姿を見せるのは、わたしだけにするんだ。ほかの男には見せるな」

「ほかの人にこんなふうになったことは一度もないわ。なれなかった。あなただけよ」ファロンの両肩をつかみ、謎めいた瞳で見つめてくる。「あなたも同じでないと困るわ。さもないとここでやめる」

「きみだけだ」自分の声が欲望でかすれているのをひしひしと感じる。ろくにしゃべれない。「こんなふうになったのははじめてだ」

イザベラが例の心をとろけさせる笑みを浮かべた。

「よかった」

イザベラのえもいわれぬ強烈なエネルギーが部屋を満たし、ファロンを包みこんだ。

ファロンはなんとかズボンのファスナーをおろし、彼女のなかに入った。イザベラがきつく締めつけてくる。

彼は激しく何度も貫いた。イザベラがぴったりとまとわりついてくる。息遣いが聞こえる――速くて浅いあえぎ声で昇りつめていくのがわかる。

「ファロン」

彼は意志の力を振り絞って動きをとめ、イザベラを壁から離してベッドに横たえた。ズボンと下着を脱ぎ捨て、靴を蹴《け》り脱いでイザベラの隣りに腰をおろす。

「わたしの番よ」イザベラが言った。

片手を彼の胸にあてて仰向けに寝かせようとしている。ファロンは喜んで横たわった。すると上に乗ったイザベラがゆっくり下へ体をずらし、きつい中心をファロンにあてた。

じっくり時間をかけて攻められるうちに、ファロンは限界を越えそうになった。それでも懸命にイザベラにペースを預けたままでいた。柔らかい太ももをつかんであらゆる感覚を解き放つ。超能力に集中しないように努めた。むしろこの瞬間のまばゆいばかりの高揚感に没頭していたい。こんなときしか経験できないことだ――イザベラとこれ以上ないほど密接につながり、自制の束縛から安全に自由に羽ばたけるときだけ。

感情と激しい欲望が彼を容赦ないうねりに乗せていた。イザベラも同じ波に乗っているのがわかり、計り知れない感動を覚える。

エネルギーの嵐のなかでイザベラが絶頂に達すると、ファロンもそのあとを追って果てしない夜へ飛びこんだ。

25

しばらくのち、イザベラはかすかな衣擦《きぬず》れの音で眠りから覚めた。ベッドにファロンがいない。

目をあけると、ファロンが月明かりで服を着ていた。イザベラは体を起こして両肘をつき、ズボンにシャツをたくしこむ彼を見つめた。楽しむべきなのか、腹を立てるべきなのか、傷つくべきなのかわからなかった。

「帰るの？」いっさい感情が出ないように尋ねる。

「朝までいたら、きみの部屋から出ていくところを誰かに見られる恐れが多分にある」

ほっとして、つい笑みが漏れた。「言ったでしょう、会議に来ている人は、もうみんなわたしたちがこういう関係だとわかってるわ」

「それはかまわない」

彼がベッドの横へやってきて、かがんでイザベラの両側に手をついてキスをした。とろけそうに荒々しいキス。このキスは焼印だ。わたしは彼のものだと告げるキス。ファロンが未練ありげに体を起こした。

「だが、たしなみというものがある」

「そんな言葉、久しぶりに聞いたわ。それも古風な考え方だって知ってる？」

「そうなのか？」

「ええ、でもとってもすてき」あくびをしてドアを示す。「自分の部屋に帰りなさい。朝また会いましょう」

「朝食は六時二〇分だ。発つ前にザックと話したいし、両親に挨拶しなければならない。飛行機は八時に出る。パイロットにはまだ寄り道することを伝えていない。離陸の直前に知らせる」

「フライトプランを見直せるように、もっと早く知らせたら？」

「念には念を入れる」ファロンがテーブルへ行ってカフスボタンを取った。「わたしたちの予定を事前に触れまわることはない」

イザベラの体にかすかな寒気が走った。「祖母の死を調べていることを誰にも知られたくないのね？」

「ザックとレインは知っている」

「ええ。でもあの二人はあなたと同じ懸念を抱いているから、誰にも話すはずがない。わたしが言いたいのは、あなたたちは三人とも、有名な変人が殺されたという陰謀説を調べるために、貴重な時間とお金を浪費していると理事会のメンバーに思われたくないのよ」

ファロンの手がカフスボタンを握りしめた。まっすぐイザベラを見つめている。「そんなことは言っていない」

「でもそう思ってるわ」

「わたしは」感情のない声でファロンが言った。「きみのおばあさんの死を調べていることを知っている人間が少ないに越したことはないと思っている。それだけだ」

「嘘、あなたがそれだけですむはずがない。でもいいわ。言っていることはわかる。たしかにそうよ。このことを知っている人が少ないに越したことはない。朝また会いましょう、ファロン」

つかのま彼はその場を動こうとしなかった。イザベラは息を詰め、帰るのをやめるつもりだろうかと考えていた。だが間もなくファロンはドアへ歩きだし、それをあけて廊下をうかがった。

「わたしが出たら鍵を閉めろ」きっぱりと指示する。

「ええ、わかったわ」

イザベラは彼が廊下に出てドアを閉めるまでベッドにとどまっていた。それから裸足で部屋を横切って内鍵をかけた。少なくともたっぷり三秒間、外の廊下は静まり返っていた。やがてドアの下で人影が動いた。ようやくファロンが廊下の端にある自分の部屋へ歩きだしたのだ。

イザベラはベッドに這《は》いあがって上掛けを引き寄せ、長いあいだ天井を見つめていた。

やがてうとうと眠りに落ち、凍えそうに冷たい霧の嵐の中心に祖母が現われる不安な夢へ入りこんでいた。祖母はなにかを警告しようとしていたが、夢ではよくあるように、口から出る言葉は意味をなさなかった。

恐怖の波で目が覚めた。鼓動が速まり、心臓が激しく高鳴っている。子どものころの本能がよみがえった。動いてはだめ、ベッドの下にいるモンスターにはわたしが見えないはずだ。

押し寄せるパニックの波を懸命に押し戻し、ぴくりとも動かないようにこらえた。噴出したアドレナリンによってすでにもう一つの視力が完全に研ぎ澄まされ、錯綜《さくそう》した刺激の洪水を送りこんでくる。超感覚は単独でも働くし、普通の感覚と一緒にも働く。超能力だけを扱うことに慣れていればべつだが、普通の感覚からのフィードバックを得ずに超能力を使うと、ひどい失見当識を起こしかねない。

イザベラは慎重に薄く目をあけた。体を丸めて横向きに寝ているので、狭いテラスに出るガラスの引き戸に顔が向いていた。

あけたままのカーテンのすきまから、月の光が斜めに差しこんでいる。でもなにか変だ。さっきより室温がかなりさがっている。そのとき、エアコンではなく新鮮な砂漠の夜の匂いがする空気を吸っていることに気づいた。目の前にあるカーテンの端が揺れている。

ガラスの引き戸が少し開いていた。そこで超自然的な霧が沸き立っている。誰かがこの部屋に入ってきたのだ。イザベラはぴくりとも動かないようにしながら懸命に動揺を抑えた。

そしてベッドから飛びだそうとした。体が動かない。

「起きているのはわかっています」うしろの暗闇から声がした。慇懃無礼なセールスマンの声。「能力を使って、あなたを眠りと覚醒のはざまにあるトワイライトゾーンに封じこめています。動こうとしても無駄です。親指をまわすこともできないはずです」

全身を熱いアドレナリンが駆けめぐった。必死で立ちあがろうとすると、親指をまわすまではいかないまでも、わずかに体が動いた。でも左足がピクッとひきつっただけだ。侵入者にとっては予想外だったろうが、ベッドを出て引き戸から逃げるには程遠い。

ああ、ファロン、どうして朝までいてくれなかったの？　ちゃんとそばにいてくれれば、こんなことにはならなかったのに。古風なたしなみを守ったせいでどうなったと思う？

イザベラは開いた引き戸に目を凝らし、すさまじいパニックと闘って超能力だけに集中した。どうやら能力はしっかり機能しているらしい。沸き立ちながら床を横切ってベッドの足元を通過している灼熱《しゃくねつ》の霧の川が見える。

「口はきけます」侵入者が言った。「でも大声を出そうとしたら、さらにエネルギーを使って黙っていただきます。そうなったら後悔なさると思いますよ」

「なにが目的なの？」できるだけ大きな声を出して、どの程度しゃべれるのか確かめた。かぼそいささやき声しか出ない。

「危害をくわえるつもりはありません。わたしはそういうことはしません。視界の外にいるのは、それがわたしのポリシーだからです。クライアントやメッセージを受け取る方がわたしの顔を見ることはありません」

「なにを言ってるの？」やはり弱々しいかすれ声しか出ない。

「みなさんはわたしをメッセンジャーと呼びます。自分では仲介者だと思っています。今日はあなたにとても魅力的な提案をしにまいりました」

「もし断わったら？」

「それはおやめになったほうがいいかと。前向きにご検討されたほうが、おたがいのためです」

上掛けの下でなんとか片手を拳にすることができた。怒りのポーズをとっても意味はない。いまはなんとかしてベッドの端から床へ転がり落ちる力を取り戻すしかない。一瞬でもメッセンジャーの視線の外に出られれば、相手は焦点を合わせられなくなるはずだ。そうなったら、その隙に外へ逃げられるかもしれない。最低でも大声で助けを呼べるだろう。

「手短に申しあげます」メッセンジャーが続けた。「わたしは〈ジョーンズ&ジョーンズ〉の内部情報を得ることに強い関心を抱いている人物の代理としてまいりました。あなたはその種の情報を提供できる類まれな立場にいらっしゃいます」

「断わるわ」

わたしをほぼ身動きできない状態にしているという事実自体が尋常ではない。直接触れなくてもそれができるということは、とてつもなく能力が強いということだ。でも、こちらの動きを封じるために、そうとうエネルギーを使っているに違いない。それほどのパワーを長時間出しつづけられるはずがない。

わたしに触れさせる方法を見つけなければ。触れられさえすれば、相手を混乱させるだけのエネルギーはある。

「結論を出す前に残りの条件をお聞きください」メッセンジャーがよどみなく続けた。「まず、報酬は申し分ないものです。クライアントの誠意を見せるために、すでにオフショア口座に一〇万ドルが送金されています。特定のアドレスに情報を送信していただければ、すぐにさらに送金されます」

イザベラは、片脚をベッドの端に数センチ近づけることにありったけの力を注ぎこんだ。なんとかうまくいったが、代償は大きかった。汗だくになっている。

「いやよ」かすれ声でイザベラは言った。

「口座番号とアクセスの仕方をくわしく書いたメモをキャビネットの上に置いておきました」

「いやよ」

「結論を出す前に、よくお考えになってください」

「考えるまでもないわ。返事はノーよ」

「決めるのはあなたです、もちろん。しかしあなたの将来の健康と幸福の点から見て、申し出を断わるのは賢明ではないと伝えるようにとの指示を受けています」

古い夢の始まりはいつもと同じだった。

ファロンは道に迷っていた。多次元グリッドをはるか遠くまで来てしまった。未知の空間に深入りしすぎた。今度こそ帰り道を見つけられそうにない。

果てしない夜のところどころで、いくつもの光点でできた小さな銀河が輝いている。ちっぽけな恒星はどれも重要だ。すべてたがいに結びついているが、まだそのパターンをつかめずにいる。

星団はどこまでも続く庭園の夜を群れ飛ぶホタルのようだ。完全に迷ってしまった。だが時空のかなたから誰かが呼んでいる。

イザベラ。

探したが、暗闇のなかに彼女の姿は見えない。見つけなければ。カオスの中心でどれほどすばらしい発見が待っていようと、イザベラのほうが何倍も大切だ。それに彼女の身に危険が迫っていて……


ファロンはエネルギーの奔流で目を覚ました。あらゆる感覚が全開になっている。いますぐイザベラを見つけなければ。

ベッドを飛びだし、自分の判断を吟味したり解析したりする間もなくズボンに手を伸ばす。つねに可能性と確率を計算している脳の一部がすばやく状況を分析していた。もしイザベラの身に危険が迫っているなら、その危険はテラスからやってきたはずだ。

このホテルが乾燥地帯の真ん中にあることを考えると、荒れた地面を歩くことになる。ファロンは機内で履いていたブーツを履くあいだだけ足をとめた。イザベラのテラスにまともな理由もなく半裸で現われたら、欲望で頭がおかしくなったまぬけに見えてしまう。

彼は勢いよく引き戸をあけて暗闇に踏みだした。

「殺すと脅してるの？」イザベラは尋ねた。新たな気力の波が全身を駆け巡り、ベッドの端までなんとかたどり着いた。あと数センチで床に落ちる。見えないエネルギーの束縛と闘いつづけているが、多少は前に進んでいる。

「とんでもない、ミズ・バルディーズ。わたしは殺し屋ではありません。さっきも申しあげたように、メッセンジャーです」

「メッセンジャーがどうなるか知っているか」

テラスから物音はいっさい聞こえなかった。ふいに影が動いただけだ。けれどだしぬけにファロンが現われ、エネルギーの圧力波に乗って暗い部屋に飛びこんできた。獲物に狙いをつけたタカのようにまっすぐメッセンジャーへ向かっていく。

「くそっ」メッセンジャーは弁の立つセールスマンではなくなっていた。パニックを起こしている。そして唯一使える出口へ突進した――廊下に出るドア。

相手が焦点を失ったとたん、金縛りが解けた。ベッドから転がりでて床に立った瞬間、逃げるメッセンジャーをファロンがつかまえてくるりと振り向かせた。そのときはじめて、男の顔を覆うスキーマスクが見えた。正体を隠すために使ったのは、相手の力を奪う能力だけではなかったのだ。

「やめろ、待て」メッセンジャーが叫んだ。すばやく両手をあげてパンチをふせいでいる。

周囲でエネルギーがほとばしった。

「殺さないで」イザベラはあわてて声をかけた。「まだだめ。その人はなにか知ってるわ。まず話を聞かないと」

「そうだな」ファロンが言った。「たしかにまずは少し話を聞く必要がある」

床に放りだされたメッセンジャーがうめき声をあげた。ファロンがかがんでスキーマスクをはぎ取った。

「おまえはどうせみじめな最期を迎えると思っていた、ロケット」ファロンが言った。「だが息の根を止めるのがわたしになるとはな。不満を持ったほかのクライアントだと思っていた」

ロケットが体をこわばらせ、ファロンを見あげた。「おれの名前を知ってるのか？」

「わたしは知らない相手とは仕事をしない」

ロケットがゆっくり体を起こした。あきらかに殴られた衝撃以上に呆然としている。「なんでだ。おれの正体は誰も知らない。クライアントに姿を見せたことは一度もない。どうしてわかった？」

「いまそんなことはどうでもいい。ここでなにをしている？」

「わたしにこっそり〈J&J〉を調べさせようとしている人がいるのよ」イザベラは憤慨の声をあげた。「買収額をはずむそうよ。脅しもかけてきた」

ファロンがイザベラを見た。「ローブ」

「え?」

「寝巻姿だ。ローブを着ろ」

イザベラは視線を落とした。「ああ、そうね」

寝巻は柔らかいコットン製だ。丈は足首まであって袖も長い。全体として見ればパーティで着ていたイブニングドレスよりはるかに慎みのある服装だが、ファロンにとってはなにより気になるらしい。イザベラはローブをつかんですばやく腕をとおした。

ファロンがロケットに向き直る。「買収やら脅しやらは、どういうことだ?」

「脅してなんかいない」ロケットが強調した。「買収しようとしてるのもおれじゃない。メッセージを伝えただけだ。それがおれの仕事だ。それはわかってるだろう、ファロン」

「どんなメッセージだ?」

ロケットが人生に疲れたようにため息をついた。「〈ジョーンズ&ジョーンズ〉の運営に関する詳細な情報と引き換えに金を払う用意があると、ミズ・バルディーズに伝えるようにクライアントに頼まれた。それだけだ」

「断わったわ」腹の虫がおさまらないままイザベラは言った。「そうしたら、すでに一〇万ドルがオフショア口座に送金ずみだと言われた。口座番号はキャビネットの上よ」

「脅しとは？」ファロンが訊く。

ロケットが咳払いして、なんとかセールスマンの口調を取り戻した。「その、いまそんなことはどうでもいいのでは？」

「いいや」ファロンが言った。一歩も譲らない口調。「よくない」

イザベラはベッドの足元に移動した。「クライアントの申し出を断わったら、わたしの将来の健康と幸福のためにならないと言ったの」

「たいして意味はない」ロケットが訴えた。「誓う。クライアントがなにを考えているかなんて知らないんだ。おれのポリシーは知ってるだろう、ファロン。おれはいつも依頼されたメッセージを一語一句正確に伝えるだけで、逮捕されかねない脅しを口にするようなまねは絶対しない」

「だとすると、想像力を働かせるしかないな」ファロンが言った。「おまえのクライアントにとっては好ましいことじゃない。そう伝えろ」

「わかった、わかったよ」

「いまからきっかり二十四時間後に伝えろ」

「あんたみたいにつきあいが長いクライアントの頼みなら、喜んでやらせてもらうよ」

「わたしの気が変わらないうちに出て行け」

ロケットがあわてて立ちあがり、スキーマスクをつかんでテラスのドアへ向かった。

「悪かったな、ミズ・バルディーズ」イザベラの横を駆け抜けながら言う。「あくまで仕事なんだ。悪く思わないでくれ」

そして暗闇に消えた。

新たな怒りがこみあげ、イザベラはファロンに振り向いた。「逃がすの?」

「あいつはネズミみたいなやつだが、ドブネズミも食物連鎖で果たす役割がある」部屋を横切って引き戸を閉めている。「たまにわたしのネズミにもなる。それにつかまえようと思えばいつでもできる」

「あんなぞっとする男をほんとうにメッセージを伝えるために使ってるの?」

「ロケットはプロだ。それにわれわれの世界のあらゆる層の人間にコネがある」

「調査会社の世界という意味?」

「いいや、超能力者の世界だ。超能力者は社会の全生態圏に存在する。企業の最高経営責任者や研究者や政治家がいるように、泥棒もいれば詐欺師や麻薬の密輸業者もいる。わたしたち以外の社会と同じで、善良な人間と悪党がいる。わたしが知るかぎり、ロケットは裏社会から重役会議室や政界に至るまで、動きまわってまた戻ってこられる数少ない人間の一人だ。それなりに信用できる。以前も使ったことがあるし、今後もおそらく使うと思う」

「ふうん」イザベラは不満げにつぶやいた。「そういうことなら、わたしたちみたいなプロの調査員は、割り切って考えるしかなさそうね」

「そういうことだ。超能力に変わりはないし、わたしの経験から言うと、信頼できる一流の超能力はめったに見られない」

「でも、あの男はずるがしこい食わせ者よ」

「それは認める。だが気休めかもしれないが、あいつがきみに不愉快な思いをさせることは二度とない」

イザベラは、ファロンに殺されると思ったときのメッセンジャーの声に、一瞬ではあったが含まれていたおののきを思い浮かべた。「それは間違いなさそうね。お金についてはどう思うの？」

「ちょっと待ってくれ」ファロンがポケットから携帯電話を出して番号を押した。「ダーガン、ジョーンズだ」短い間。「どのジョーンズとはどういう意味だ？　ファロン・ジョーンズだ……ああ、夜中の三時に電話をするジョーンズはわたししかいない。おたがいにとって遺憾な話だが、セドナ近郊でいちばん腕のいい追跡ハンターがおまえだった。キット・ロケットという名の男を監視してくれ。ほかの名前を使っていると思うが、これから写真とプロフィールをメールして、自宅の住所と車の型番、クレジットカードの情報と行きつけのバーを教える。たったいまセドナの〈クラウド・リゾート〉を出た。近くのホテルに泊まっているはずだ。見つけだして目を離すな」

イザベラは腕を組み、手術のように精確に指示を出すファロンの声を聞いていた。

「いいや、つかまえなくていい」ファロンが言った。「いまから二十四時間後にクライアントの一人にメッセージを伝えろと言ってある。仕事のこの過程はいつも直接会ってやるから、メールを追跡しようとしても無駄だ。そうでなければ暗号解読能力者にこの仕事を任せていた。ロケットはまもなく誰かに接触する。そいつの名前を知りたい」

それを聞いたとたん、イザベラは事態を理解した。

ファロンが電話を閉じてポケットにしまった。イザベラに見られていることに気づき、わずかに眉をあげている。

「たしかにそうね」そういうことだったのか。「わたしを買収しようとした人間を突きとめるのね」

「そのつもりだ」

「なんでもっと早く気づかなかったのかしら。一〇万ドルぐらいのはした金でわたしを買収できると考えたトンチンカンなメンバーの顔を早く見てやりたいわ」

ファロンがにやりとした。「一〇万ドルがはした金？」

「まあ、たしかに一度にそんな大金を見たことはないけれど、そんなことはどうでもいいのよ」

「じゃあ、なにが問題なんだ？」

「猛烈に腹が立つの。それどころか頭に血がのぼってる。名誉を傷つけられた感じ」

「わたしも少々頭にきている」ファロンがキャビネットに置かれたメモを取った。

「わたしに買収される気はないと知ったら、クライアントはどうするかしら」

「きみが買収されようがされまいが、どうでもいいと思っているんだろう」

「なぜそう思うの？」

「目的は、この口座からストレートにきみまでたどりつけるようにすることだ。間違いない、調査にあたった人間は、すぐに口座名義がイザベラ・バルディーズだと気づく。発覚から数時間以内にソサエティじゅうに買収の話が広まる」

「要するに、すべてはわたしを悪人に仕立て上げるためなのね」

「そうだ」引き戸をあけてテラスへ出ていく。

「待って」イザベラはあわてて駆け寄った。「どこへ行くの？」

「部屋に戻る。ネットでやることがある」

「なにをするの？」

「この口座を閉じてきみとのつながりを断つ」

「お金はどうするの？」

ファロンがイザベラに軽くキスをした。「ちょっとしたアイデアがある」

「どんなアイデア？」

「りっぱな活動にまわしていけない理由はない。ソサエティの信託基金に送金する」

イザベラの頬がほころんだ。「超能力の研究をいっそう進めるために、誰かが気前のいい寄付をするのね？」

「当面は匿名での寄付だ」とファロン。「だが、近いうちに直接礼を言えればいいと思っている」

26

その古びたトレイラーは、〈デザート・パームス・トレイラー・コート〉のいちばん奥にある列の、いちばん奥のコンクリート土台に載っていた。ファロンがレンタカーをとめた。

「これか？」

「ええ」イザベラはトレイラーを見つめた。べつの視力を解き放つのが怖い。ほったらかしにされたうらぶれた雰囲気が漂っている。ブラインドはすべておろされていた。「もしわたしが間違っていたら？　もしほんとうに祖母はもうこの世にいないとしたら？」

「それはもっと情報をつかんでから考えよう」

イザベラはすがすがしいほど現実的な意見にわずかに微笑んだ。「あなたのそういう態度が好きよ」

「そういう態度とは？」

「結論に飛びつく前に事実を集めるところ」

ファロンが車のドアをあけた。「たいがいの人間は頭に来るらしい」

「それはみんながわかっていないからよ。どうしてみんながあなたにはあらゆるものに陰謀を見つける傾向があると思うのか、理解に苦しむわ」

　イザベラは外に出て、ファロンが車をまわってそばに来るまで待っていた。

「なにか見えるか？」ファロンが訊く。

　質問の意図はわかっていた。

「見るのが怖いの」正直に答える。

「それでも怖いもの知らずの〈J＆J〉の調査員ならやるしかない」

「そうね」イザベラは覚悟を決めて能力を高めた。

　エネルギーがトレイラーを覆っている。イザベラは、はっと息を呑んだ。

　ファロンがじっと見つめてくる。「見つける必要があるものがあるのか？」

「ええ」イザベラは前へ飛びだした。「なにかわからないけど、すごく熱い。大事なものがあるんだわ。ああ、ファロン、もっと早く来ればよかった」

「落ち着け」ファロンがイザベラの腕をつかんだ。「きみはおばあさんが望んだとおりに対応してきた。もしトレイラーのなかに見つける必要があるものがあるなら、すぐわかる。それに、たぶんおばあさんはわたしと一緒に見つけるのを望んでいたんだ、きみ一人ではなく」

「ええ、きっとそうね」バッグから鍵を出して入り口のステップをあがる。

　隣りのトレイラーのドアがさっとひらいた。青く染めた髪にきつくパーマをかけた女性が出てくる。「そろそろ来るころだと思ってたよ、エリー」

イザベラはすばやくファロンに目配せした。祖母に会いにくるとき、ほかの名前を使っていたことを理解してもらえたはずだ。

「こんにちは、ミセス・ラグズデール」礼儀正しく挨拶する。「お元気でした？」

ミセス・ラグズデールが怖い顔でにらんできた。「いままで来なかったのは、どうせおばあちゃんが金目のものを残したはずがないと思ってたからだろう？」

「事務的な問題を処理していたので時間が取れなかったんです」おずおずと答える。「弁護士やら遺書やらいろいろあって。たとえわずかでも、財産となるとどういうものかご存じでしょう」

「バーニスはいつも、もし自分になにかあったら、自分のものはあんたが引き取りに来るはずだと言ってたんだ」じろりとファロンをにらむ。「そのときは、たぶん男と一緒だとも話していた」

ファロンがミセス・ラグズデールに話しかけた。「バーニスとは親しかったんですか？」

「毎週水曜と金曜の夜にブリッジをやってたよ」きっぱりと言う。「バーニスはなかなか腕がよかった」

イザベラは鍵をきつく握りしめた。「祖母が亡くなったときも、ここにいらしたんですか？」

「ああ。深夜番組を観ていた。バーニスは自分で救急車を呼んだんだ」ため息を漏らす。

「救急車が来たところはみんな見ていた。そしてバーニスを連れてった。そのまま最期まで病院にいたんだ。あとで心臓の発作だったたって聞いたよ。バーニスがいなくなるなんて、この人間はみんなさみしがるだろうね」

「わたしもです」イザベラは言った。「すみませんが、そろそろ祖母のものを整理しないと」

「あんたは慈善団体に全部寄付するだろうってバーニスは話していた。写真をのぞいて」

「たぶん」

ミセス・ラグズデールが咳払いした。「なんなら古い電子レンジを引き取ってやってもいいよ」

「今日は最終判断はできそうにありません。書類を取りに来ただけなので」

「それと写真をね」とミセス・ラグズデール。「自分の財産のなかで、あんたにとって価値のあるものはあの写真だけだとバーニスは言ってた。絶対にあんたに譲りたいと望んでいた。あんたが来たら念を押してくれと頼まれてたんだ」

「忘れずに持って帰ります」

「冷蔵庫とゴミ箱は空にしといたよ。食べ物を無駄にしたり臭くなったりするのはいやだったんでね」

「お気遣いありがとうございます」

ファロンがそれとなく尋ねた。「鍵をお持ちなんですか?」

「ああ、持ってる。亡くなる二週間前にバーニスから預かったんだ。ときどき胸が痛むから心配なんだと言ってた。医者に行けと言ったんだけど、いやがってね。ただの胸やけだと言っていた」

「亡くなったあと、誰か来ましたか？」とファロン。

「いいや」そこでふと口をつぐむ。「そりゃもちろん管理人は別だよ。たまに様子を見に来てた。バーニスのトレイラーと持ち物を売らずにいる唯一の理由は、自分になにかあったら、支払わなきゃいけないものは全部エリーが支払うと言われたからだと話していた」

「あなた以外でトレイラーに入ったのは管理人だけですか？」ファロンが尋ねる。

ミセス・ラグズデールがとがめるように鼻を鳴らした。「ずいぶん詮索《せんさく》好きなんだね、若いの」

意外なことに、ファロンはめったに見せない惚《ほ》れ惚《ぼ》れするほどチャーミングな笑みを浮かべた。危険な武器として登録する必要がある笑み。

「若いと言われたのは久しぶりです」

ミセス・ラグズデールの反応は速かった。一瞬のうちにどんよりした目がきらめき、頰に赤みが差している。

「客観的な問題さ」そっけなく言う。「あたしぐらいの年になれば、あんたも若く見える。いわゆる男盛りってやつさ」ファロンを頭からつま先までじろじろ見ている。「ああ、男盛りで、絶好調って感じだね」

イザベラは控えめに咳払いした。

ミセス・ラグズデールは話が脱線したことに気づいたらしく、ファロンにやさしく微笑みかけた。「さっきの質問に答えるよ。あたしが見たかぎりじゃ、ほかになかに入ったのは新顔の保守点検係だけだ。雨のあとバーニスのトレイラーを点検してた。雨漏りがないか確認したいんだと話していた。古いトレイラーはざるみたいに水漏れするからね」

「では、あなたが知るかぎり、なかに入ったのはあなたと管理人と保守点検係だけなんですね」ファロンが念を押す。

「そうだよ」自信満々でミセス・ラグズデールが答えた。「よそもんがそのトレイラーの五〇メートル以内に近づこうもんなら、誰かしらがすぐ気づいたに決まってる。ここの住民は、みんなほかの連中がやってることをよく見てるんだ。ここじゃあ、それぐらいしか楽しみがないからね。ときどきリアリティ番組よりおもしろいことが起きるんだ」

「いろいろ気にかけてくださって、ありがとうございました」イザベラは言った。

「気にしなくていいよ。おばあちゃんのことは心からお悔やみを言うよ。バーニスはほんとにエネルギッシュな人だった。パソコンで最新ニュースを全部チェックしてたんだ。裏でなにが起きているか、いつだって心得てるみたいだった。彼女がいないと、これからはブリッジもつまらなくなりそうだ。用があったら遠慮なく声をかけてくれてかまわないよ。それから電子レンジのことを忘れないでおくれ」

「はい、覚えておきます」イザベラは請け合った。

トレイラーのドアをあけると、むっとかび臭いにおいがあふれだした。大きく息を吸いこんでなかに足を踏み入れる。ファロンも続いてなかに入り、ドアを閉めた。

イザベラは周囲を見渡した。薄暗いが、三カ月前に来たときとなにも変わっていないように見える。狭いスペースはきちんと整理整頓されていた。

「祖母はいつも、トレイラーに住むのは船で生活するのと同じだと言っていたの」イザベラは言った。「〝ものにはふさわしい場所があり、その場所にあるべきだ〟」

「几帳面でなんでもきちんと整理する人だったのか?」

「ええ。度が過ぎるほど」

「それなら仕事は楽だ。不自然なものやいつもと違うものを探せばいい」

「簡単に言うわね。祖母は整理好きだったかもしれないけど、持ち物はすごく多かったのよ」

ファロンが周囲にすばやく視線を走らせた――狭いキッチン、食事をする小さなスペース、ベッド、狭苦しいバスルーム。

「パソコンはどこだ?」

はっとしてイザベラは食事用のテーブルがあるスペースへ向かった。以前と違うところがすぐわかった。

「ないわ。祖母は新しいノートパソコンを持っていたの。わたしがプレゼントしたのよ。いつもダイニングテーブルに置いてあった。どこかに潜伏したのなら、あれだけはかならず持って行ったはず。もし祖母が殺されたのなら、犯人があれを残していくはずがない」

「麻薬を買う金ほしさに電気製品を盗みに入った人間が、真っ先に手を出すものでもある」

ファロンが冷静に言う。

「そうね」イザベラは落ち着くように自分に言い聞かせた。「でもミセス・ラグズデールの話を聞いたでしょう。祖母が救急車で運ばれた夜から、このトレイラーには誰も入っていないのよ」

「ミセス・ラグズデールをのぞいて」とファロン。「それと管理人。そして保守点検係。たしかにミセス・ラグズデールは最新情報の収集に余念がないが、もう年だ。おそらく耳が遠くなっているだろう。それにこのトレイラーは敷地の端にある。夜中なら誰にも見られずに盗みに入ることも可能だったはずだ」

「このトレイラー・パークでは無理よ」イザベラは言った。「ここの住人は、お年寄りばかりだもの」

「だから？」

「お年寄りは眠りが浅いのよ。ここはラスベガスのホテルみたいだって、祖母はよく言っていたわ。いつも誰かしらが起きているから、かならず誰かが見ているの」

「反論する気はないが、事実として言えるのは、パソコンがなくなっていることと複数の解釈ができることだけだ。もっとも可能性が高いのは泥棒の筋書きだな。保守点検係か管理人か空き巣に盗まれたのかもしれない」

「オーケイ、いいわ。でもほかの可能性もあるでしょう？」

「ああ、ほかの可能性もある。ただ、考えにくい」

「祖母が生きていれば話はべつよ」

ファロンがトレイラーの内部にひしめいているつくり付けの引き出しや戸棚を手際よく開けては閉めていった。「もしおばあさんが生きていたら、すべてが変わってくる」

イザベラは引き出しをのぞきこんでいるファロンを見つめた。「なにを探してるの?」

「不自然だったり違和感があるものだ。きみも探してくれ。おばあさんをいちばんよく知っているのはきみだ。よく見るんだ。最初は能力を使うな。普通の感覚で感じるものを見逃したくない。超能力に頼るあまり一目瞭然の手がかりを見過ごす調査員が多すぎる」

「わかったわ」イザベラは流しの下の戸棚をあけてなかをのぞきこんだ。半分空になった洗剤のボトルが入っている。「ミセス・ラグズデールの写真の話はちょっと変な気がしたわ」

ファロンが引き出しを閉めて壁にかかるカレンダーを見た。「なにが変なんだ?」

「うちの家族は写真を撮ったことがないの」ふいに熱い涙がこみあげた。「両親の写真も祖母の写真も一枚もない」

ファロンはまったく同情を見せなかった。カレンダーをじっと見つめている。「番人みたいな筋金入りの陰謀論者なら、家族のアルバムをつくるはずがない。写真がネットに流出しかねないこのご時世ならなおさらだ」

イザベラは手の甲ですばやく涙をぬぐった。「祖母もそう言っていたわ」

「それなら、おばあさんはどの写真のつもりだったんだろう?」

「わからない。ここにあるとしても、聞いていない」べつの引き出しを閉める。「不自然なものも違和感があるものものもないわ、ファロン。パソコンがなくなっているのをのぞいて」

「わかった。今度は能力を使え。おばあさんは、きみの能力を知っていた。きみに見つけてほしいものが隠されているなら、超能力でわかるはずだ」

イザベラは慎重にもう一つの視力を解き放った。思ったとおり、秘密主義だった祖母の性格が幾層もの霧をつくっていた。でも大半は冷たい灰色の霧だ。

例外は、壁にかかったカレンダーの周囲で渦巻く沸き立つ霧だった。イザベラはそこに目を凝らした。

「あのカレンダーが熱い霧に包まれているわ」

「月が違う」とファロン。「おばあさんが救急車で運ばれた月になっているはずなのに」

イザベラの鼓動が速まった。

ファロンがカレンダーの前に移動した。「きっと日付のどれかに大事なことが書いてあるのよ」

ファロンがカレンダーの前に移動した。イザベラも隣りに立つ。二人で砕ける波が打ち寄せるビーチを写した光沢のあるカラフルな写真を見つめた。構図の中心は奇妙なかたちをした大きな岩だ。風と波が悠久の時間をかけて岩を荒削りのアーチ型に変えている。

「どういうことかしら」イザベラは言った。「よくある風景写真のカレンダーよ。岩はちょっと独特だけど」

「ああ」ファロンが言った。「かなり独特な岩だ」

「サンタ・クルーズのビーチで似たような岩を見たことがあるわ」

「サンタ・クルーズじゃない」

ファロンがカレンダーを壁にとめている画鋲《がびょう》に手を伸ばした。

外で話し声がした。ミセス・ラグズデールが誰かとしゃべっている。

「さっき来たところだよ」ミセス・ラグズデールの声。「あたしに言わせりゃ遅いぐらいだ。バーニスが亡くなってから一カ月になるってのに」

「家族の死にどう対処するかは、人それぞれですよ」相手が答えた。

イザベラは凍りついた。

「ファロン」とささやく。

ファロンが小さなカレンダーをたたんでジャケットのポケットにしまい、銃を出した。

きっぱりとドアをノックする音に続いて、背筋の凍る聞き覚えのあるささやき声がした。

「いるのはわかってるぞ、アンジェラ。ジョーンズも一緒だな。こちらは丸腰だし一人だ。ドアをあけろ。話がしたい」

「知り合いか？」外にいる男と同じぐらい抑えた声でファロンが訊いた。

「〈ルーカン・プロテクション・サービス〉で上司だったジュリアン・ギャレットよ。あそこで働いていたときは、アンジェラ・デズモンドと名乗っていたの。ジュリアンは、わたしをはめて、その後わたしを拉致するために男を二人フェニックスに送りこんだ人間の一人よ」

「どうやら保守点検係が現われたらしい」

27

ファロンはトレイラーのドアをあけた。ミセス・ラグズデールに銃が見えないように気をつける一方、ステップにいる男にはしっかり見せつけた。

「おい、やめてくれ」疲れたあきらめ顔でジュリアン・ギャレットが言った。「落ち着け。アンジェラと話したいだけだ。信じてくれ、彼女は完全に誤解している。危害をくわえるつもりはない」

「それはなによりだ」ファロンは言った。「彼女に指一本でも触れたら容赦しない」

ジュリアンはグリーンの作業服にブーツという格好だった。シャツのポケットに〈デザート・サン管理会社〉のロゴが縫いつけてある。年は三十代なかばだろう。グレーの瞳と高い頬骨と彫りの深い顔立ちがあわさって、一匹狼《おおかみ》めいた印象をかもしだしている。全身がエネルギーに包まれていた。大量のエネルギーに。

「信じてくれ。ボスがもっとも避けたいと考えているのは、おれがソサエティに責められるようなまねをやることだ」

イザベラがファロンのうしろに来てジュリアンを見た。「わたしの名前はイザベラ・バルディーズよ。わたしに危害をくわえる気がないなら、なぜフェニックスで二人の男に襲わせたの？」

ジュリアンが意味ありげに肩越しにうしろをうかがい、声を落とした。「手荒なやり方だったのは認める。あいつらにはきみを連れてこいと言っただけだ。なあ、なにもかもきちんと説明できる。入ってもいいか？　ここで騒ぎは起こしたくないが、国家の安全が少々危険にさらされているんだ」

「でたらめ言わないで」

ジュリアンの口元がこわばった。ファロンに視線を戻す。「A部門は政府の極秘機関の仕事をしているんだ。〈J&J〉のように」

イザベラがファロンに食ってかかった。「政府の仕事をしているなんて聞いてないわ」

「避けるように努めている」辛抱強くファロンは答えた。「だが、特定の組織に専門的な助言をすることはある」

「専門的な助言か」ジュリアンの口元に微塵《みじん》もユーモアがうかがえない笑みが浮かぶ。「うまい表現だな。A部門がやっているのも、同じたぐいの専門的な助言だ。そして今回の件もその関係だ」イザベラを見る。「五分くれ。五分でいい」

ファロンは一瞬もジュリアンから目を離さずにいた。「どうする、イザベラ？」

「そうね。ミセス・ラグズデールの目の前で撃ち殺すわけにはいかないわ。あっというまにトレイラー・パークじゅうに話が広まってしまう。それに死体をどうするかという問題もある」

ジュリアンが怯《ひる》んだ。

「たしかに」ファロンは自分がひねくれたかたちで楽しみはじめていることに気づいた。「実際に撃つのは目撃者がいないところでやったほうがよさそうだ」

「荒野なら近くにいくらでもあるわ」

ジュリアンが歯を食いしばった。「おもしろいジョークだな。五分。それだけでいい」

イザベラがうしろにさがった。「いいわ、どうせここではたいしたことはできないもの。わたしたちと同じ問題を抱えているから。目撃者が大勢いる」

「ああ」ファロンもうしろにさがったが、銃は見せつけたままでいた。「五分だ」

「恩に着る」ジュリアンがトレイラーに入ってドアを閉め、イザベラに苦笑いを向けた。

「イザベラ・バルディーズ？」

「それがわたしの名前よ」

「会えてよかった」ジュリアンが真顔になった。「おれがどれだけ喜んでいるか想像もできないだろう」

「同じ気持ちとは言えないわ」イザベラが目を細めた。「祖母を殺したの？」

「とんでもない。存在すら数日前に知ったばかりだ。ようやくこのトレイラー・パークを突きとめ、きみがいるのを期待したが、バーニスはすでに死んだあとだった。心臓の発作だったそうだな」表情がやわらぐ。「お悔やみを言う」

「フェニックスに来た男たちのことを説明して」

「さっきも言ったとおり、フェニックスでは不手際があった。謝る」

「二人の男にわたしを拉致させようとしたことを？」声が大きくなっている。「謝る？」

「きみに危害をくわえるつもりはもともとなかった」

「あの二人はわたしを屋上まで追ってきたのよ。銃を持っていた。わたしをつかまえようとしたわ」

「言っただろう、あれはやりすぎだったし、すべての責任はおれにある」髪をかき上げる。「本物の悪党に捕まる前に、きみを見つけて連れ戻そうと必死になっていただけだ。きみが怯《おび》えながら暮らしているのはわかっていた。ルーカンの関係者が近くにいると気づいたら、また姿をくらませてしまうと思ったんだ」

「そのとおりよ」

「あの二人には、きみを連れ戻すためなら手段を選ぶなと指示していた。直接会ってからすべて説明すればいいと思っていた。痛い目には合わせるなと念を押していた。だがきみは二人をかわしてまた姿を消してしまった」

「わたしをはめたくせに。あなたはA部門で超常武器を売買していた。マックス・ルーカンが疑いはじめたのに気づいて、わたしに罪を着せるデータをパソコンに入れた。まるでわたしが、クビになるか刑務所送りになりかねないデータを会社のパソコンに入れておくほど間抜けな人間みたいに。わたしの脳みそはその程度だと思ってるんでしょう？」

「きみははめられた。それは間違いない」ジュリアンが言った。「でもやったのはおれじゃない。超常武器を密売していたのはケイトリン・フィリップスだ。彼女がきみのパソコンにデータを入れたんだ」

それはイザベラにとって不意打ちだった。「ケイトリン？」

「おれのアシスタントだ、覚えてるか？」

「もちろん」イザベラは懸命に新情報を処理しようとした。

「ケイトリンは辞職したあと行方不明になった。おれたちは闇市場の誰かに殺されたと考えている」

「どういうことなの？」

「きみのパソコンで超常武器の密売のデータを発見したあと、マックスとおれは裏にケイトリンがいるのを突きとめた。だがそのとき彼女はすでに死んでいた」

イザベラは眉をひそめた。「わたしが無実だとわかっていたなら、なぜ探していたの？」

「きみに危険がせまっていたからだ。聞いてくれ、イザベラ。ケイトリンは殺される前、ある取引をしていた。相手はクライアントの一人、南米の麻薬王だ。だが仲介人が射殺されたために、取引は頓挫《とんざ》した」

「オーヴィル・スローンだな？」返事にさして関心がなさそうにファロンが訊く。

ジュリアンが眉を寄せた。「スローンを知ってるのか？」

「〈J＆J〉は調査会社だ」

ジュリアンがため息をつく。「そうだったな。スローンはケイトリンが使っていた仲介人だ。どうやら不満を抱いたクライアントに殺されたらしい。職業柄いずれそうなる運命だった。だが、われわれにとってはそのタイミングが悪かった」

「仲介人が殺されたのは、密売品を受け渡す手配は終えたものの、その所在をケイトリン・フィリップスに伝える前だったんだな?」とファロン。

「ああ、そういうことだ」ジュリアンがイザベラに視線を戻した。「品物が行方不明になったことは裏社会に広がった。大勢の人間が探していて、南米の麻薬王や政府の秘密機関も例外じゃない。政府は麻薬王より先に超常武器を見つけたいと望んでいる」

イザベラは肩をすくめた。「だから?」

ジュリアンが咳払いした。「きみが高飛びしたあと広まった噂が原因で、どうやら麻薬王をはじめとする大勢の人間が、きみなら行方不明の品を見つけられると考えている」

「そんな」イザベラは言った。「今度は麻薬王がわたしを探してると言ってるの?」

「さいわい、おれが先に見つけた。問題の超常武器を見つけて、誰も手出しできないようにする必要がある。政府の手元にあると知れば、麻薬王もきみには利用価値がないと悟って探すのをやめるはずだ」

「もっともな理屈だ」とファロン。

「やめてちょうだい、ジュリアン。わたしだってなにもないところから行方不明の品物を出すことなんかできないわ」イザベラは言った。「わたしの能力はそういうものじゃない。痕跡か接点のようなものが必要なの。なにかしらが」

「だいじょうぶだ。スローンを尾行させていたから、おおよそのありかはわかっている。だが尾行していた連中は少しのあいだスローンを見失った。ふたたび見つけたとき、スローンは品物を持っていなかった。そしてそのあと撃ち殺された」

「どこに隠したの？」

「スローンは古い映画のファンだった」ジュリアンが答えた。「ヴァンタラ邸を見学に行った。建物に入ったときは品物を持っていたが、出てきたときは持っていなかった。どうやら建物のなかに隠したらしい」

「あの、往年の映画スターの自宅の話をしてるの？」イザベラは言った。「サンタ・バーバラの近くにある、観光客に公開している豪邸？」

「そうだ」むっつりした顔でジュリアンが答える。「行ったことはあるか？」

「ないわ」

「見た目も豪勢だが、なかはそれ以上に豪華絢爛《けんらん》だ。数えきれない部屋に膨大な数の美術品やアンティークが置いてある。スローンの目的は、正確な隠し場所をケイトリンに知られないうちに屋敷を出ることだった」

ファロンはいま聞いた話に考えをめぐらせた。「ほぼ確実に本物の銃とは似ても似つかない超常武器を隠す場所としては悪くない」

「まさしく」ジュリアンが恨みがましくつぶやく。「観光客を装った部下を現地に行かせた。手下のハンターを夜間警備員にして、調べまわりもした。自分でも二回行った。あの屋敷はアンティークだらけなんだ。さながら巨大な博物館の地下室。干し草の山で針を探すようなものだ」

「だから問題の武器を見つけるためにイザベラに協力してほしいんだな」とファロン。

ジュリアンが彼を見た。「おれたちは同じ穴の狢《むじな》だ、ファロン。たまたま超能力を少々備えた麻薬王の手に、物騒な凶器になりかねない超常武器が渡ることは、政府の秘密機関以上にソサエティも望まないはずだ」

「たしかに」

「いずれにしても、問題の武器を見つける必要がある」ジュリアンが言った。「イザベラの安全を確実にするには、それしか方法がない。イザベラなら見つけられると麻薬王が思っているかぎり、危険だ」

ファロンはイザベラに向き直った。「決めるのはきみだ」

イザベラは腕を組んでファロンを見た。「この人を信じるの？」

ファロンはあらためて能力を解き放った。多次元グリッドに複数の光点が現われている。結線が明るく輝き、ジュリアン・ギャレットが移動したセクターが光と闇の両方でまばゆく光っている。

「事実の一部を話していると思う」ファロンは言った。「それにマックス・ルーカンに電話して裏づけを取れる」

ジュリアンが彼を見た。「やれよ。マックスがおれの話は本当だと保証してくれるはずだ」

ファロンは携帯電話を出して電話帳をスクロールし、ある番号を押した。

「ルーカンか？　ファロン・ジョーンズだ。ああ、そのジョーンズ。いまおまえのところで働いていた女性と一緒にいる。おまえの部下も一緒だ。ジュリアン・ギャレット」

黙って相手の声に耳を傾ける。

「ケイトリン・フィリップスの話をしろ」しばらくしてから告げる。

ふたたび沈黙。

「わかった」やがて彼は言った。「いまのところは以上だ。いいや、イザベラが武器探しに協力するかどうかは、まだわからない。決めるのは彼女だ。ちょっと待て、本人に訊いてみる」イザベラを見る。「ルーカンはギャレットの話は事実だと言っている。政府の秘密機関が問題の武器を探していて、麻薬王も同じだそうだ」

ジュリアンがイザベラを見た。「納得したか？　協力してくれるのか？」

「ヴァンタラ邸で探してみるわ」イザベラが答えた。「でも保証はできないわよ」

「ああ、それでもかまわない」とジュリアン。「助かる」

イザベラが目を細めた。「でもいまのわたしは〈J＆J〉の職員なの。わたしを雇いたいなら、料金を払ってもらうわ。こういう依頼には、料金が発生する。これはビジネスで、慈善事業じゃない」

ジュリアンは口答えしなかった。「好きな金額を言ってくれ」

「ええ、そうさせてもらうわ」

ファロンは電話に向かって話しかけた。「引き受けることになった、ルーカン」電話を切る。

ジュリアンが咳払いしてイザベラに笑いかけた。「それで、その、きみが仕事をするところを見たことがないんだが、スローンの臭いかなにかを捉えるために、本人の私物をチェックする必要があるのか？」

「わたしは犬じゃないのよ、ジュリアン」

ファロンは口をつぐんでいた。ただじっと冷静にジュリアンを見つめていた。周囲でエネルギーがパチパチ音をたてている。

ジュリアンが赤面した。いっとき目をつぶり、すまなそうにイザベラに微笑む。「悪かった。そんなつもりで言ったんじゃない。きみがどういうやり方をするのかよくわからないだけだ。みんなわかっていない。わかっているのは、きみがこれまでA部門にいた専門家のなかでいちばん腕がよかったことだけだ。でもおれは、個人とつながりがあるものを探しているときのきみは、その人物を霊視しているような印象を受けていた」

「能力の話題になると、ちょっと神経質になるの」イザベラは言った。「あなたが言うとおりよ。仲介人のオーヴィル・スローンが手にしたものに直接触れられると助かるわ。思い入れが強ければなおいい」

「パソコンはどうだ？」とジュリアン。「撃たれたとき持っていたものだ。スローンを尾行していたハンターが手に入れた」

「理想的だわ」

ファロンはジュリアンを見た。「もう帰れ。今夜ヴァンタラ邸で会おう。あとで時間を連絡する」

ジュリアンの口元がこわばった。「イザベラを無防備のままにしたくない」

「わたしならだいじょうぶよ」イザベラは言った。「ルーカンに守ってもらわなくても、一カ月間無事に暮らしてきたもの」

「麻薬王は本気だぞ」

「〈J&J〉もだ」ファロンは言った。「出て行け、ギャレット」

ジュリアンは明らかに不満そうにためらっていた。だが抵抗しても無駄だと悟ったらしく、出て行った。

イザベラは彼がドアを閉めるまで待っていた。組んでいた腕をほどき、キッチンのカウンターに両腕をついてもたれた。

「じゃあ、武器の密売をしていたのはケイトリン・フィリップスだったのね。夢にも思わなかったわ。でも、そう考えると辻褄《つじつま》が合う。ジュリアンのアシスタントなら、彼のデータや記録や取引先をすべて把握できたはずだもの」

「おそらく」ファロンは自分のパソコンを出してダイニングテーブルに置いた。

「ジュリアンを見ると大量の霧が見えるけれど、同じものはあなたにもある」ひとりごとのようにつぶやいている。「秘密は誰にでもある」

「なにが言いたい？」

「わたしは歩く遺失物取扱所なの。人間嘘発見器じゃない。微妙な細部を汲み取ってわずかな矛盾を見つけられるのは、あなたよ。ほんとうにジュリアンは事実を話していたと思う？」

「問題の品物をなんとしても見つけたがっていて、そのためにきみの協力を求めている。それは間違いない」

「でも？」

「でも、武器の性質に関しては、われわれに話した以上のことを知っている気がする」

「まあ、それは意外でもなんでもないわ」一瞬言いよどんでから続ける。「じゃあ、〈ルーカン・プロテクション・サービス〉はほんとうに政府の仕事をしているのね。知らなかったわ。それに、密売をしているのはてっきりジュリアンだと思っていた」

「闇市場はなかなか複雑な世界だ」

つかのま口をつぐんでいたイザベラが、感情がまったくない声でつぶやいた。

「ビーグル」

ファロンは眉を寄せた。「なにを言ってるんだ？」

「ルーカンで働いていたとき、わたしがいないところでみんなはわたしをそう呼んでいたの。誰かが調査で行き詰まると、ビーグルにやらせろと言うの。あいつならなんでも見つけられるって」

「ビーグル犬は生まれながらのハンターだ」

イザベラが微笑んだ。「そんなふうに考えたことはなかったわ」

「もうどうでもいいことだ。きみはもうルーカンでは働いていない」

「そうね」トレイラーのなかを見渡す目が涙で潤んでいる。「祖母はほんとうに心臓の発作で亡くなったんだと受け入れなければいけないみたいね」

「おばあさんは、九七パーセント生きていると思う」

「え？」

ファロンはジャケットの下からカレンダーを出した。「おばあさんがこの写真を残していったのは、きみがこのトレイラー・パークに来るときわたしも一緒だと知っていたからだと思う。わたしならわかるのを知っていたんだ。おそらくおばあさんは、昔諜報員だったころの知識を生かして潜伏しているんだろう」

「祖母が秘密機関で働いていたと言ってるの？」

ファロンは写真を見つめた。「昔の仲間のところに隠れている気がする」

「でもわたしはそのビーチにまったく心当たりがないわ」

「わたしはある」写真の下に書かれた文字が見えるようにカレンダーを差しだす。

「オレゴン州　イクリプス湾　イクリプス・アーチ」イザベラが文字を読みあげて顔をあげた。「聞いたことがないわ」

「わたしはある。おばあさんは無事だが、この件にけりがつくまで連絡するのは危険だ。おばあさんは一つ正しいことを言った。いまの状況できみたちが接触したら、両方が危険にさらされる可能性がある」

「祖母が生きていたら、すべてが変わってくるんでしょう?」

「ああ」ファロンは答えた。「すべてが変わる」

28

零時少し前、イザベラはファロンとならんでヴァンタラ邸の世闇に包まれた庭園に立っていた。そこにいるのは二人だけではなかった。ジュリアンと、夜間警備員になりすましている〈ルーカン・プロテクション・サービス〉の社員も一緒だ。四人は芝居がかった照明に照らされた豪邸を見つめた。バロック様式とルネサンス様式とイベリア様式がごたまぜになった壮麗な建物は、さながらおとぎ話の城のようだ。

「一九三〇年代の映画スターは、桁外《けたはず》れなやり方を心得ていたようだな」ファロンがつぶやいた。

イザベラは微笑んだ。「すてきだわ」

「行くぞ」ジュリアンの周囲で焦りともどかしさがパチパチ音をたてている。

「暗証番号はわかっています」夜間警備員のハンターが言った。「通用口の一つから入ってください。みなさんが来る直前に警報装置を切っておきました。屋敷のなかは自由に歩きまわれます。ペンライトだけなら問題ありませんが、照明は絶対につけないでください。夜間の交通量はさほど多くありませんが、二時間ごとに地元警察の巡回があります」

「わたしの作業に可視光線は必要ないわ」イザベラは言った。

ハンターが三人を案内して闇に沈む庭園を進んだ。懐中電灯を使っているが、そんなものがいらないことをイザベラは知っていた。超常的に夜目が利くから、投光照明に照らされた道を進むように暗闇のなかを移動できるはずだ。

ハンターがめだたないように巧みにつくられた裏口の前で足をとめ、暗証番号を打ちこんだ。ドアをあける。そしてイザベラとファロンとジュリアンを廊下へ入れた。

「間取り図をお持ちですか？」

「ああ」とジュリアン。

「ではここで失礼します」ハンターが言った。「本部に連絡しなければならないので。定時に連絡を入れないと、誰かを調べによこすかもしれません」

ドアが閉まり、廊下が闇に包まれた。

ファロンがペンライトをつけた。ジュリアンも同様にする。イザベラは能力を高めた。

古い家にはたくさん秘密があるものだが、ヴァンタラ邸も例外ではなかった。エネルギーの霧の痕跡が廊下で渦巻いている。幾層にも重なった淡い霧は、他人がどう思おうと本人にとっては重大だった、数十年にわたる無数のささいな秘密を示している。イザベラは古いエネルギーを無視するように努め、新しい秘密に集中した。大勢の人間が訪れている場所の例に漏れず、大量の霧があり、なかにはハンターが残したと思われる燃えあがる霧もあった。

「仲介人と関連がありそうなものは、ここにはないわ」

ファロンが間取り図をながめた。「尾行していた人間の話によると、スローンは一般向けの見学ツアーを利用している。ツアーはどれも大ホールからスタートする」

「左だ」ジュリアンが歩きだした。

角を曲がり、黒っぽい豪奢《ごうしゃ》な鏡板を貼りめぐらせた天井の高い長い廊下を進んでいく。

イザベラは能力を落とした。今後もっと微妙な作業が必要になったときのために、エネルギーを浪費したくない。けれどごくわずかしか能力を使っていなくても、おびただしい霧をかき分けて進むはめになった。幽霊なんてものは存在しないけれど、はるか昔に自分と同じような能力を備えていた誰かが、死後の世界からやってきた魂の噂を流したのかもしれない。

ファロンとジュリアンに続いてもう一つ戸口を抜けると、そこは濃い霧の海だった。

「すごい」イザベラは思わず足をとめ、感覚をさらに一段階落とした。「ここが……大ホール？」

ゴシック様式の高窓から斜めに差しこむ月の光と、ペンライトの二本の細い光以外は闇に包まれているのに、広い大ホールは金箔《きんぱく》の輝きできらめいていた。壁には中世の狩猟を描いた巨大なタペストリーがいくつもかかっている。床は一面大理石だ。凝った装飾を施したどっしりした家具が趣を添えていた。ベルベットと刺繍《ししゅう》の縁取りで覆われたソファが、ラピスラズリとクジャク石をはめこんだテーブルの周囲に配置されている。天井には巨大なシャンデリアが吊るされていた。

「スローンがここにいたのは間違いない」ジュリアンが言った。「ここに入るところを見られている。出るときはツアーの参加者と一緒にキッチンから外に出た」

「仲介人としてそこそこ長生きしたところを見ると、スローンはなんらかの能力を持っていた可能性が高いな」ファロンが言った。洞穴のような場所をじっくり眺めているが、ペンライトの光が大理石の床と豪華なラグからはずれないようにしている。「おそらく戦略能力か直感能力だろう」

「たしかに多少能力があった」ジュリアンが認める。「もっとも、本人は気づいていないようだったが」

「戦略能力や直感能力を持つ者の多くが、自分の能力を特別なものとして捉えていない」ファロンがなおざりな口調で言いながら、ホールを横切って正面がガラス張りの書棚へ向かった。「能力が並はずれて高くないかぎり、本人もまわりの人間も変だとは思わない」

「もしスローンに超能力があったなら、このホールに入ったときは感覚が鋭くなっていたはずよ」

「ああ」ファロンが金箔を施した赤漆のコンソールテーブルにペンライトを向けた。「スローンは、これからやることが危険だとわかっていた。アドレナリンが噴出していただろうから、感覚が研ぎ澄まされていたはずだ」

「だとすると霧も煮えたぎっていたはずね」とイザベラ。

ジュリアンが眉をしかめている。「霧？」

「なんでもないわ」イザベラは言った。「とりあえず、よく見させて」ゆっくり感覚を解き放っていく。「いやだ、ここはエネルギーでいっぱいよ」

「なんの話をしてるんだ？」ジュリアンが問い詰める。

「ここには年間五十万人の観光客が来るとパンフレットに書いてある」とファロン。

「それなら霧が濃いのも当然ね。この家はものであふれているから、冷蔵庫より小さいものは、どこを見ればいいか知っていないと見つけるのはむずかしそうだわ」

「おい、イザベラ」ジュリアンが言った。「できるのか、できないのか、どっちなんだ？」

「うるさいわね、ジュリアン。わたしはもうあなたの部下じゃないのよ。〈J&J〉の調査員なの」

影になったファロンの顔に背筋が凍りそうな笑みが浮かんだ。

ジュリアンが口をつぐんだ。

イザベラは二人を無視して感覚の調節に意識を集中した。古い霧を締めだし、新しくて明るい痕跡だけに集中する。そのあとでさらに選《よ》り分け、スローンのパソコンで感じた凍えそうに熱い光を探した。

それはいきなり現われた――スローンが残したとしか思えない特徴のある灼熱の霧の痕跡。

「あったわ」イザベラはつぶやいた。「あなたが言ったとおりよ、ファロン。スローンはすごく神経が高ぶっていた。かなり緊張していたみたいだけど、全体的には興奮してわくわくしていたようね」

「当然だ」ジュリアンが言う。「おそらく過去最大の取引だっただろう」

ファロンはじっとイザベラを見つめている。「ボスはきみだ。わたしたちはきみについていく」

「こっちよ」痕跡を見つけて自信が持てた。

大ホールの奥にあるカーブを描く大きな階段をすばやくのぼり、二階へ向かう。二階の廊下も鏡板を張りめぐらせてあり、暗がりのなかでほのかにきらめくいくつものドアやアルコーブの前を霧の川が流れていた。

「ここの光熱費を払うのはごめんだわ」

「この豪邸を維持するために必要なスタッフの給料で破産しそうだな」とファロン。

「二人とも仕事に集中したらどうだ？」ジュリアンが文句を言った。

イザベラは聞き流した。ファロンも。

煮えたぎる霧をたどって廊下を進み、大きな舞踏室の前を通過した。認めたくないが、こういうときはたしかに臭いを追う犬になった気がする。ファロンの言葉がよみがえる――生まれながらのハンター。そんなふうに考えると、なんとなく自分の能力がずっと立派なものに思えた。

角を曲がったところで立ちどまった。うしろでファロンとジュリアンも立ちどまる。

「なにが見える？」ジュリアンがせっついた。

イザベラはカーペットについたエネルギーに目を凝らした。「この部屋に入ってるわ。でもツアーのほかの参加者は入っていない」

ファロンが戸口にペンライトを向けた。ベルベットのロープで戸口がふさがれている。

「うしろのほうでぐずぐずしていて、残りの参加者を先に行かせてからロープをくぐったんだな」

「たぶん」イザベラは言った。

ジュリアンがファロンの隣りにならんだ。二つのペンライトの光が暗闇を切り裂く。

イザベラはうしろでつま先立ちになり、二つの広い背中でさえぎられている室内をのぞきこんだ。

「まあ、かわいい。女の子の部屋ね」

「ヴァンタラには娘が一人いた」とジュリアン。「娘がこの屋敷を相続した。維持費を賄《まかな》えなかったので歴史基金に売却し、基金がツアーを運営している」

その部屋はフリルでいっぱいのピンクと白のおとぎの国だった。ひだ飾りがついた小さなベッドにぬいぐるみがたくさん置いてある。窓にはレースのカーテン。隅に子ども用の鏡台とスツールがある。人形や揺り木馬やパンダのぬいぐるみが床に散らばっていた。

「わずかでも武器に似たものは見あたらないぞ」ジュリアンが言った。

「ああ」ファロンが認める。「でも、この部屋には超自然的ななにかがある。エネルギーを感じる」

イザベラは二人の肩をたたいた。「悪いけど、ちょっと見てもいいかしら?」

ファロンがうしろにさがった。ジュリアンも。

イザベラはロープをくぐって子ども部屋に入り、霧の痕跡に目を凝らした。

霧はまっすぐピンクと金色の衣装だんすの上に続いている。イザベラはここではじめて自分の懐中電灯を出してスイッチを入れた。引き出しを次つぎにあけては閉めていく。幼い女の子用のかわいらしいペチコートや寝巻やその他もろもろが入っている。

いちばん下の引き出しに詰まっていたのは、ピンクと白の小さな靴下と煮えたぎる霧だった。

「見つけたわ」

「なんだ?」ジュリアンが問い詰める。

「待って」きちんとならんだ靴下の下に、意匠を凝らした手鏡があった。懐中電灯の光をあてたイザベラは、息を呑んだ。目を見張るような逸品だ。金銀の枠は、錬金術のシンボルを巧妙に盛りこんだバロック様式で緻密につくられている。不思議な水晶が光を浴びてきらめいている。十七世紀につくられたように見えるのに、鏡がまったく黒ずんでいない。

心を奪われ、イザベラはカーブを描く柄をつかんだ。

全身にぴりっと電流が流れた。イザベラは怯んだが、手は放さなかった。

「かなり熱いわ」そっとつぶやく。

「だいじょうぶか?」ファロンが訊いた。

「たぶん」

鏡をのぞきこむと、ファロンとジュリアンもうしろへやってきて同じようにのぞきこんだ。

二人とも夢中になっている。

まるで液体水銀をのぞきこんでいるようだった。鏡に映る自分の顔が見えそうで見えない。どうやら一見硬い鏡に見えるものが溶けているらしい。表面のすぐ下で銀色のエネルギーが渦巻いていて、もっと奥までのぞきこめと誘っている。

「信じられない」イザベラは小さくつぶやいた。

「能力を落とせ」ファロンが言った。

その鋭い口調でイザベラはいっときの忘我から覚めた。鏡の表面がさっきより普通に見える。いまも内に秘めたエネルギーを感じるが、さっきの強い吸引力はもう放っていない。

ジュリアンが彼女から手鏡をひったくった。周囲でエネルギーが活発に動いている。目的を達成して興奮しているのが、はっきりわかる。

「やったな、イザベラ」息をはずませながらジュリアンが言った。「スローンが残した超常武器はこれに違いない」

「でも、これにどんなパワーがあるの？」

ファロンから返事が聞けるのだろうと思っていた。彼はつねに答えを知っている。だがこのときの彼は無言だった。

「言っただろう、具体的なパワーはわからないと」ジュリアンが鏡の裏を調べている。「わかっているのは、こいつを手に入れるためにルーカンを雇った秘密機関は、これを市場から取り除くためなら喜んで大金を払うことだけだ」

「引きあげるぞ」ファロンが言った。「目的は果たした。引きあげよう」

ぞっとするほど感情のない声に、イザベラは寒気を覚えた。なにかおかしい。そうか、ファロンはこの鏡の正体を知っていて、パワーに関してなんらかの知識があるのだ。

ファロンに目を向けたが、暗くて表情を読み取れない。わずかに能力を高めると、瞳が熱を帯びているのが見えた。愛し合っているときの熱ではない。殺気立って攻撃的になっている。

「ああ」ジュリアンが言った。「とっとと退散しよう」

小走りに戸口へ向かっていく。ファロンがいつになく荒々しくイザベラの腕をつかんだ。驚いて振り向いたが、すでにベッドのほうへ引っ張られていた。

どさりとベッドに投げだされ、息が詰まった。目をあけると、戸口でくるりと振り向くジュリアンが見えた。手に持った鏡が閃光《せんこう》を放っている。

その瞬間、超自然的な見えない炎で部屋が燃えあがった。目も見え耳も聞こえ感じることもできるのに体は金縛りになっていて、イザベラは戦慄した。その直後、超能力が麻痺《まひ》しているせいだと悟った。

ファロンが動いているのがぼんやりわかった。すさまじいエネルギーの嵐に飛びこんでいく。ジュリアンに体当たりし、その勢いで二人とも廊下に転がりでた。胸が悪くなる音とともに床に倒れこんでいる。

ジュリアンが鏡を落としたとたん、エネルギーの嵐がぴたりととまった。だが能力を高めようとしたイザベラは、まだそれが麻痺していることに気づいた。

素手で殴りあう音を聞いてイザベラは起きあがった。落とした懐中電灯をつかんでよろめきながら戸口へ向かう。ドア枠につかまらないと立っていられない。

ファロンとジュリアンは狭い廊下で接近戦をくり広げていた。その原始的な戦い方に、イザベラは吐き気をもよおしそうな恐怖を覚えた。振りあげ、相手の体にたたきこまれる拳。壁にぶつかるブーツや肩。ぶつかり合い、転がっては立ちあがる二人の姿にちらりと血が見えた。

暗がりのなかで、薄いナイフが禍々《まがまが》しくきらめいた。どちらがナイフを持っているのかわからない。そのときバシッという音がした。ファロンがジュリアンの手を床にたたきつけたのだ。

ナイフがカーペットに落ちた。悲鳴をあげて横に転がったジュリアンが、折れた手首をつかんでいる。

「この野郎」怒声をあげている。「ふざけやがって。死んじまえ」

「そう言ったのはおまえが最初じゃない」ファロンが立ちあがった。顔に血がついている。黒い革ジャケットの下から拳銃を出した。「この水銀鏡には殺傷能力がある」彼が言った。

「だがそれは、鏡に秘められたパワーの上限をコントロールできる者が使った場合だ。おまえにそこまでの能力はない」

「くそっ」ジュリアンが毒づいた。体を起こし、折れた手首を抱えこむ。「ファロン・ジョーンズから超物理学の講釈なんか聞きたくない。さっさと撃て」

「いい考えだわ」

ファロンがイザベラを見た。「だいじょうぶか？」

「ええ……いいえ」あらためて激しい動揺が走った。「ファロン、能力が麻痺してるの」

「わたしもだ」ジュリアンに銃を向けたまま彼が言った。「だがそのうち回復する。この鏡で死ななかったんだから、影響は一時的なものだ」

「よかった。ちょっと心配しちゃったわ」

ファロンがうめいているジュリアンをつついた。「立て。スタッフがやってきて、廊下についた傷についてあれこれ質問しないうちにここを出る」

ジュリアンが床に膝をついた。「どうやってここから出るつもりだ？　見張りについているハンターは、おれの手下なんだぞ」

「いまは違う」とファロン。「われわれがなかに入ったあとは、〈J&J〉の調査員が見張っている。ロサンジェルスから呼び寄せた」

ジュリアンの顔が怒りでゆがんだ。「なぜわかった？」

「水銀鏡を見るまで、おまえの狙いがあれだとは知らなかった。だが、しっくりこないものを感じていた。おまえからは自分の計画を進めている人間のエネルギーが出ていた。わたしの怒りに火をつけ、おまえは悪党の仲間だと判断したきっかけは、イザベラをさんざん利用しておきながら、やはり彼女が必要だと悟ったとたん、彼女を捕らえるチームをフェニックスに送りこんだことだ。女性の扱い方として間違っている」

ジュリアンが殺してやりたいと言いたげにイザベラをにらみつけた。イザベラはとびきりの笑顔を返した。

「おれはルーカンの命令に従っていたんだ」ふてくされている。

「おまえがトレイラーを出たあと、もう一度ルーカンに電話をかけた。犯行に関するもう一つの説を伝えた。ルーカンは計画を進めて結果を見ることに同意した」

「誰の説だ？」

「イザベラだ。苦い経験をとおして、優秀な調査員の勘を無視するべきではないと学んでいる。イザベラはA部門の武器密売の裏にいたのはおまえだと確信していた」

「イザベラは調査員じゃない。見つける能力があるだけの女だ」ジュリアンが文句を言った。

「ただの専門家」

「いまは〈J&J〉の一人前の調査員だ」ファロンが断言する。

イザベラは殴られたあとが残るジュリアンの顔に懐中電灯を向けた。「どういうことなの？　なにをやっていたの？　そしてケイトリン・フィリップスにほんとうはなにがあったの？」

ジュリアンは答えない。

なにやら考えこんでいたファロンが口をひらいた。「おそらくきみは正しかったんだ、イザベラ。A部門でなにかが行なわれていた。ジュリアンとケイトリン・フィリップスは密かに小規模の武器の密売をやっていた。水銀鏡をほしがる客がいたが、それはルーカンの政府関係のクライアントではなかったはずだ。二人は仲介役としてスローンを用意し、スローンはこの家を引き渡し場所に選んだ。ところが鏡の隠し場所をジュリアンとフィリップスに教える前に殺されてしまったせいで、計画が瓦解《がかい》した。だからきみを探したんだ」

「その時点では、わたしを見つけるにはルーカンの会社の力が必要だとわかっていたのね。そしていざつかまえたあとは、わたしの全面的な協力が必要なのもわかっていた。でも、ルーカンやみんなが武器の密売の犯人はわたしだと考えているかぎり、それはむずかしい。だからケイトリン・フィリップスに罪を着せることにした。彼女を殺したのね？　ルーカンが真犯人はケイトリンだと思いこむように、彼女の家に証拠を隠したんでしょう？」

「勝手な陰謀説をつくりあげてせいぜい楽しめばいい」ジュリアンが言った。「なにも証明できない。せいぜいおれをクビにさせるのが関の山だ」

「いいや」とファロン。「わたしにはそれ以上のことができる」

「おまえは平然とおれを殺して死体を捨てるようなまねはしない」ジュリアンがかすれた笑い声を漏らした。「〈J&J〉はそんなやり方はしない」

「そんなに自信を持たないほうがいいわよ」

ファロンが眉をあげた。「わたしたちは悪党ではなかったはずだぞ？」

「それはそうだけど」とぼやく。「でも、どんなルールにも例外はあるという結論に達したじゃない？　そしてジュリアンは間違いなく立派な例外だと思うわ」

「それは認めるが、あいにくこいつはわれわれの問題じゃない。ボスはマックス・ルーカンだ。部下の始末をつけるのは彼だ。われわれが代わりにやるべきじゃない」

ジュリアンが凍りついた。「おれもさっきそう言ったはずだ」

ファロンがにっこりした。「それなら、なにも心配する必要はないな、違うか？ 立て、引きあげるぞ」

ジュリアンが戸惑った顔をした。「なにをたくらんでいる？」

「おまえは正しい。わたしにはなにも証明できない。だからわたしの機嫌がいいうちに消えろ」

ジュリアンがあわてて立ちあがった。「鏡をどうするつもりだ？」

「正当な持ち主に返す」

ジュリアンの顔がゆがんだ。「そんなことだろうと思っていたよ」

そして足をひきずりながら廊下を駆け抜け、角を曲がって姿を消した。イザベラは指先でドア枠をこつこつたたいた。

「あんなふうに逃がすなんてどうかと思うわ。間違ってる」

「たぶん」ファロンがポケットから真っ白なハンカチを出して頬をぬぐった。反対の手で携帯電話を出している。「だがあいつを逃がせば、長引く疑問に答えが出るかもしれない」

イザベラは彼に懐中電灯を向けた。顎できらめく血がジャケットの前にしたたっている。

「血が出てるわ」声がうわずった。

ファロンがハンカチに目を落とした。「ああ」

イザベラは彼に駆け寄り、ハンカチを取ってそっと血をふいてやった。

「座らなくちゃだめよ」きっぱり告げる。「ショック状態になるかもしれない」

「だいじょうぶだ。ここを出よう」

かがんで鏡を拾おうとした彼が途中で動きをとめ、小さくうめいてジャケットのなかに恐る恐る手を入れた。

「わたしが拾うわ」

「すまない」ファロンが電話に向かって話しだした。「逃げた。見失うな。怪我をしているから、治療を受けようとするはずだ。邪魔するな。ルーカンの部下に引き継ぐまで監視だけ続けろ」

電話を切って、ほかの番号を押す。「マックスか？　ジョーンズだ。すべてイザベラが言ったとおりだった。ケイトリン・フィリップスはすでに死亡している可能性が高い。彼女はジュリアンのパートナーだったが、水銀鏡を見つけるにはイザベラの協力が不可欠だと気づいたジュリアンには、罪をなすりつける人間がもう一人必要だった。え？　ああ、水銀鏡だ。そう、ある方面ではひと財産の価値がある。鏡は手に入れたが、ジュリアンは逃げた。そっちの人間に引き継ぐまでハンターに尾行させる。くわしいことは明日話す。え？　もちろん請求書は送らせてもらう」

電話を閉じる。

イザベラは鏡を拾い、ファロンの腕を取って支えてやったが、実際のところ彼によろめく気配はなかった。

「長引く疑問って?」と尋ねる。

「水銀鏡に関しての依頼をした人間の名前だ」

「バイヤーの身元を突きとめるためにジュリアンを逃がしたのね」

「ああ、それに、それ以外でできるのはあいつが不法侵入をしたと地元警察を説得することだが、うまくいくとは思えない」

「でも彼の手元にはもう鏡がないのよ。なんのためにバイヤーと接触するの?」

「しない可能性もある。でもバイヤーのほうから接触する気がする」

「どうして?」

「ソサエティが鏡を取り戻したことは公表せずにおくからだ」辛抱強く説明する。「わたしたちだけの秘密にする」

状況が呑みこめ、ぞくりと寒気が走った。「バイヤーはジュリアンが裏切ったと考えるだろうと思っているのね。ジュリアンがほかの人間に鏡を売ったと」

「泥棒の世界に道義心はないが、信頼やたがいへの好意にあふれているわけでもない。それに、ああいう人種は執念深い傾向がある」

「もう一つ教えて。この鏡は正当な持ち主に返すと言ったわね?」

「ああ」

「誰なの？」

「アーケイン・ソサエティだ。水銀鏡はソサエティの博物館の一つから盗まれたものだ」

「いやだ。だとすると、厄介な疑問が生まれるんじゃない？」

「ああ、そうだ」

29

「ケイトリン・フィリップスの遺体は自宅の裏庭に埋められていた」マックス・ルーカンが言った。「薬を飲まされたあと首を絞められたらしい。ジュリアン・ギャレットはサクラメント郊外の安モーテルに隠れている。部下に監視させている。誰かに接触するか、ギャレットに接触しようとする人間が現われたら連絡する」

「腹を立てたクライアントに先手を打たれるなよ」ファロンが念を押した。

「先だってあったことと矛盾して聞こえるかもしれないが、わたしの部下に抜かりはない」

「そう思っているのはあなただけよ」イザベラは言った。

ファロンが彼女を見た。「言葉をつつしめ、イザベラ。われわれにはマックスの協力が必要だ」

イザベラは鼻に皺《しわ》を寄せた。「わかってるわ」

マックスがファロンに向かって眉をあげている。「そうとう根に持っているようだな」

「いつもじゃない」とファロン。「だが今回は少し事情が違う」

ヴァンタラ邸での出来事は昨日のことだ。

三人は〈ルーカン・プロテクション・サービス〉の社長室にいた。半年近く勤めていたのに、そう言えばマックス・ルーカンのオフィスに一度も入ったことがなかった――イザベラは思った。わたしは明らかにキャリアアップしているらしい。〈J&J〉で働いていると、ある程度の敬意をもって扱われる。

以前の上司と相手の縄張りで顔を合わせるのは気が進まなかったが、社長兼最高経営責任者と会っているところをみんなに見せるのが大事なのだとファロンに言われたのだ。いつまでも消えない噂を一掃するには、それがもっとも効果的かつ手っ取り早い方法だと彼は言い張った。たしかにそうだが、やっぱり落ち着かない。いまは大勢に本名を知られている。わたしの人生はどんどんややこしくなっている。でも、ようやく自分の人生を手に入れたときは、こういうものなのだろう。

「ギャレットとフィリップスはA部門の外でちょっとしたサイドビジネスをやっていた」マックスが言った。「いまいましいことに、どうやら一年近く続けていたらしい。凶器になる超常工芸品を手に入れて、闇市場で売っていたんだ。オーヴィル・スローンは取引をまとめる仲介人だった」

「二人とも、おまえの会社がソサエティと協定を結んでいるのを知っていたから、そうとう用心していたに違いない」

「凶器になる可能性があると思われる装置やアンティークは、最初にソサエティのいずれかの研究室で鑑定しなければならない」イザベラは協定の内容を口にした。「武器として利用できると判明した場合は、分解するか作動しないようにしなければならない。それが不可能な場合は、動力源を絶つ方法が判明するまで厳重に保管する」

男たちの視線を感じ、イザベラはめいっぱい愛嬌のある笑みを浮かべた。

「言わずもがなだったらごめんなさい」愛想よく言う。「でもこれぐらいする権利はあるわ、ミスター・ルーカン。あなたは非合法の武器密売をしているのはわたしだと思いこんでいたんだもの。なぜそう思ったの？」

マックスが考えこんだ顔をした。「きみが逃げたからかもしれない」

「わたしが逃げたのは、自分のパソコンで例のファイルを見つけて、はめられたと気づいたからよ」

「すぐわたしのところへ来ればよかったんだ」

「そうしたら、ジュリアンよりわたしを信じてくれた？」

「それに、きみが問題の密売人でも不思議はないと思った。A部門にいる社員のなかで、首尾よく密売をやってのけられる能力があるのはきみだった」

「じゃあ、わたしはこの能力のせいで悪党の一味だと思われたの？　そういうこと？」

「たしかにそれも大きな要因だった」

イザベラはそれについて検討してみた。「まあいいわ。理由としてははるかにましね」

ファロンの瞳がおもしろそうにきらめいたが、口はつぐんでいる。

「きみが比較的新入りだという事情もあった」マックスが続けた。「社員になってから半年もたっていなかった。それにきみの履歴書を調べたとき、いやな予感がした」

イザベラはむっとした。「わたしの履歴書のどこが変なの？　完璧だったわ」

「少々完璧すぎた。以前の勤め先や親族を調べようとしたがだめだった。きみはまるで幽霊のようだった」

「うまい表現だ」ファロンが言う。「彼女を雇ったとき、わたしも同じ問題にぶつかった」

イザベラは彼をにらみつけて無言の圧力をかけた。

「その反面、ギャレットとフィリップスは数年わたしの下で働いていて、申し分ない実績をあげていた」マックスが続ける。「しかも、二人の話には説得力があった。ケイトリンが疑わしい状況で行方不明になり、スローンと最後に行なった取引のデータを見つけたとギャレットが騒ぎ立てたので、わたしは全力できみを見つけるようにあいつに指示を出した」

「彼は水銀鏡を見つけたかっただけよ」イザベラは言った。「鏡を手に入れたらルーカンをやめて、姿をくらますつもりだったんじゃないかしら」

「従業員の福利厚生制度を見直すべきかもしれない」とマックス。「どうやらわが社の雇用条件は他社より劣っているらしい。今月はハイレベルな超能力者を三人失った。きみ、フィリップス、ギャレット」

イザベラは彼をにらみつけた。「そんな冗談、笑う気になれない」

「心から謝罪する」

「〈J&J〉に守ってもらっているから、いまさら謝ってもらったところで意味はないわ」

ファロンがわずかに身じろぎした。「そろそろ話を本題に戻そう。この件には麻薬王がからんでいるのか?」

「いいや」マックスが答えた。「どうやらジュリアンが少々尾ひれをつけたらしい。だが、ある政府の秘密機関が水銀鏡の噂を聞きつけ、市場から回収するようにわが社に依頼してきた」

「ジュリアンにクライアントがいたのは確かよ。でもそれが政府の秘密機関とは思えない」

「われわれはいまもクライアントが隠れ場所から出てくるのを待っている」マックスが言った。「心配ない、姿を見せたらかならずつかまえる」

「心当たりはあるんでしょうね」

「ああ」とマックス。「現在確認中だ」

「超自然的パワーを注ぎこまれた大昔の凶器に興味を持つコレクターなんて、いったいどのぐらいいるの?」

マックスとファロンが目を合わせた。ファロンが肩をすくめる。そしてマックスも。

イザベラはため息をついた。「いいわ、五人以上はいるのね」

「本当の数字を知ったら驚くぞ」とマックス。

「問題は二つだ」ファロンが言った。「フィリップスとギャレットに超常武器を供給していた人間とクライアント、その両方を見つけなければならない」マックスを見る。「スローンのパソコンでは、役に立ちそうなことはなにも見つからなかったんだな?」

「まだ調査中だが、現時点ではなにも見つかっていない。スローンはかなり用心深かった。そんな男が誰に殺されたのか謎だ」

「撃たれたタイミングを考えると、超常武器を供給していた人間に殺されたんだろう」

「そうなの？」がぜん興味がわいてきた。

マックスは眉間に皺を寄せている。「その可能性は思いつかなかった」

「でも超常武器を持っている人間が、なぜ仲介人のスローンを殺すの？　それにどうして鏡が売れる前に殺すの？　その人にとってスローンは、ケイトリンやジュリアンと同じぐらい必要な存在だったんじゃない？」

「状況が変わったのかもしれない」ファロンが言った。「武器の密売は危険な仕事だ。競争が激しい。おそらく供給役の人間は、もうスローンは必要ないと判断し、彼を邪魔な存在だと考えたんだろう」

「供給役と直接接触していたのはスローンだけだ」とマックス。「スローンが消えれば、彼に武器を供給していた人間を特定できる者はいなくなる。同感だ、ファロン。スローンの死は偶然じゃない。新たな取引開始に備えて、供給役はあらゆるパイプを断ったんだ」

「でも鏡はどうなるの？　ものすごく価値があるものなのに、ヴァンタラ邸のなかで行方不明同然だったのよ」

「おそらく大きな計画のなかで、あの鏡はもう重要ではなかったんだろう」ファロンが言う。「あれがなくなっても、やむをえない損失として片づけるつもりだった」

マックスが椅子の背にもたれた。「だとすると、供給役の新しい取引とはなにかという疑問が生まれるな」

「ああ」とファロン。「次になにを売るつもりなのかという疑問も」

イザベラは身震いした。「ケイトリンとジュリアンより新しいパートナーと組んだほうが、はるかに儲《もう》かると思っているに違いないわ」

ファロンがマックスを見つめた。「ギャレットの監視を続けて、あいつに鏡の入手を依頼した人間を特定するのはおまえに任せる。超自然的な品物の闇市場のことは、わたしを含めて誰よりもおまえがくわしい。だが、供給役は〈J&J〉に任せてくれ」

「わかった」マックスが答えた。「水銀鏡はソサエティの博物館にあった。フィリップスとギャレットが博物館から盗みだしたのは、あれが最初じゃなかったはずだ」

「どうやらしばらく前から博物館の地下室を空っぽにしている人間がいるようだな」とファロン。「気づかなかったのも無理はない。ソサエティは四百年以上蒐《しゅうしゅう》集を続けている。大半の博物館がそうであるように、コレクションの大半は倉庫のなかだ。たまにいくつかなくなったところで、誰も気づかない」

「供給役の特定はおまえに任せる、ジョーンズ」マックスが前に乗りだした。「さっきから気になっていたんだが、その目のまわりのアザはどうしたんだ？　崖から落ちたみたいに見えるぞ」

ファロンがあばらに触れて怯んだ。「気分もそんな感じだ」

マックスがデスクのいちばん下の引き出しをあけ、ウイスキーのボトルを出した。「一杯飲め。効果がある」

「ああ」ボトルを見つめている。「そうだな」

「ちょっと待って」イザベラは片手をあげた。「それって男同士のきずなをつくる儀式かなにか？」

「調査の仕事に携わっている者同士が協力するときに、たまにやることだ」マックスが答える。

「そう」イザベラはにっこり微笑んだ。「それならわたしも一杯いただくわ。わたしも調査の仕事に携わっているのよ、忘れたの？」

ファロンが珍しく笑顔を見せた。「忘れるものか」

ルーカンのオフィスがある高層ビルを出たところでファロンの携帯電話が鳴った。イザベラは足を止めて彼が電話を終えるのを待った。

「ダーガン。なにかわかったか？　なるほど。やっぱりな。そういうこともあるかもしれないと思っていた。ご苦労だった。わたしたちに請求書を送ってくれ。え？　わたし、わたしたちとはどういう意味か？　フルタイムのアシスタント兼調査員を雇ったんだ。オフィスにいるのはもうわたしだけじゃない」

電話を閉じる。

「ダーガンがメッセンジャーのクライアントを突きとめたの？」イザベラは尋ねた。

「キャロリン・オースティン。ジェニーの母親だ」

30

ウォーカーはガソリンスタンドと自動車修理工場の見まわりを終えた。異常なし。そこで〈ストークス食料雑貨店〉の前を通過して右に曲がり、いつものコースで巡回の後半に取りかかった。

午前三時。どの窓も暗く、二階にある〈ジョーンズ&ジョーンズ〉にも明かりがついていない。

ファロン・ジョーンズもイザベラ・バルディーズもまだ戻っていない。ウォーカーは二人のことが気がかりだった。頭を締めつける感覚は二人に危険が迫っている証拠だが、彼にはオフィスとイザベラのアパートを守ることしかできなかった。ジョーンズならイザベラを守ってくれるはずだ――ウォーカーは自分に言い聞かせた――ジョーンズは強い。

ホテルの前をとおって〈シーウィード・ハーベスト〉の裏へまわり、裏庭と駐車場、店舗の裏に置かれたゴミバケツを手際よく調べた。思いがけないものがゴミバケツに入っていることがある。

〈サンシャイン・カフェ〉の裏にさしかかったとき、頭の締めつけがふいに強まった。締めつける力に導かれるまま足を速めると、高速道路へ続く道に出た。ここまで町から離れることはめったにない。ウォーカーは独自の視力を使って道の両側に広がる暗闇を探った。

道沿いの木立のなかに、大きなSUVのシルエットが見えた。ヘッドライトが消えている。すると、男と女がドアをあけて外に出てきた。木立を抜けて町のほうへ歩いていく。先を歩く男の足取りに迷いはなく、ウォーカーのように特殊な視力を備えていると思われた。一方、女はなにかにつまずいて立ちどまった。

「そんなに速く歩かないで」女が言った。「あなたは前が見えてるんでしょうけれど、わたしは見えないのよ」

「手をつないでやる」男が戻ってきて女の手を取った。

よそ者――ウォーカーは思った。スカーギル・コーブにそぐわない人間。

ウォーカーは小走りでSUVに近づいた。

「まずい」男がささやいた。「誰か来る。ハンターの動きじゃないが、夜目が利くらしい」

「きっとウォーカーと呼ばれている男よ。頭がおかしいらしいわ」

「頭がおかしかろうがそうじゃなかろうが、おれたちを見られた。始末するか？」

「ええ」女が答える。「急いで。でもきれいにやって。血はなしよ。証拠もなし。死体は岬から海に捨てればいいわ。頭がおかしいと思われているから、みんな飛びこんだと考える」

「首の骨が折れていれば、いかにもそれらしく見えるだろう」

男がウォーカーに突進してきた。鹿に襲いかかる大型の猫科の動物のように木立のあいだを駆け抜けてくる。

ウォーカーは動かなかった。特殊な視力が自分を守ってくれるとわかっていた。

男が二メートルほど離れたところでぴたりと足をとめた。きょろきょろあたりを見まわしている。

「見失った」男が毒づいた。「くそっ、手ごわい野郎だ。動いたのもわからなかった」

それは動いていないからだ――ウォーカーは思った。

「探すのよ」女が叫んだ。「見られたわ」

「ほんとうにもういないんだ。逃げた」

「超能力者ね」女が言う。「いいわ、退散しましょう。考えないと」

二人があわてて車に乗りこんだ。エンジンがかかり、ヘッドライトが点灯する。そしてバックで車道に出ると、高速道路のほうへ猛スピードで走り去った。

ウォーカーは夜明けまで見張っていたが、二人が戻ってくることはなかった。太陽が昇ると、彼は歩いて町へ戻った。いつものように、〈サンシャイン・カフェ〉の裏に置かれたゴミバケツの蓋《ふた》にマフィンが載ったプラスチックの皿が置いてあった。厨房でマージが鍋やフライパンを操る音が聞こえる。

ウォーカーはマージに話そうかと迷った。だがなにがあったか話してもしょうがない。どうすればいいかマージにわかるはずがない。それはほかの住人も同じだ。侵入者の問題をうまく処理できるのは、ファロン・ジョーンズだけだ。

仕方がない――ウォーカーはあきらめた。ジョーンズが戻るまで待つしかない。マージが常連客の一人に話していた内容を漏れ聞いたところによれば、ジョーンズとイザベラは今朝帰ってくるはずだ。それまで岬の温泉につかって日課の瞑想をしていよう。温泉に入るといつも心が静まるし、二時間ほど瞑想したあとは決まって普段より頭が冴えたように感じられる。

温泉と瞑想のあとは、たいてい眠ることができる。目覚めるころには二人も戻っているだろう。ジョーンズならどうすればいいかわかるはずだ。

午前九時、温泉と日課の瞑想で一時的に不安がやわらいだウォーカーは、一、二時間睡眠を取るためにキャビンに戻った。

熱にうかされた夢にワルツの曲が侵入してきた。ウォーカーははっと目を覚ました。いつものようにいっきに不安が舞い戻っている。頭の締めつけは耐えがたいほどだ。彼はどうにかベッドを出てよろよろと廊下を進み、狭い居間へ向かった。

ワルツのボリュームがどんどん大きくなって執拗《しつよう》さを増していく。頭蓋骨《ずがいこつ》が破裂しそうだ。ウォーカーはどさりと床に倒れこんだ。ワルツのすさまじいエネルギーが、彼を暗闇へ連れ去った。

31

　マージがカウンターに両肘をつき、イザベラに期待の眼差しを向けた。

「それで？」と催促する。「舞踏会は楽しかった、シンデレラ？」

　イザベラは紅茶をひとくち飲み、スツールをゆっくり左右に動かしながらどう答えるか思案した。

「とても刺激的だったわ」慎重に選んだ言葉を口に出す。

「写真はあるの？」とマージ。

「いいえ。はっきり言って、写真なんて思いつきもしなかった」

「まあ、つまらない」

　ドアにつけたベルがチリンと鳴った。バイオレットとパティがレインコートから水滴をしたたらせながら入ってくる。

「くわしい話を聞きに来たわよ」バイオレットが宣言した。「写真はあるの？」

　イザベラはマグカップを置いた。「いまマージに写真はないと話していたところだったの。じつは、セドナでちょっとした事件があったのよ。部屋に男が忍びこんできて、わたしが賄《わい》賂《ろ》を受け取っているように見せかけるために買収しようとしたから、ファロンがやっつけたの。そのあとカクタス・スプリングスへ行って祖母のトレイラーを調べていたら、べつの男が現われて古い工芸品を探すのを手伝ってほしいと頼んできた。それをわたしが見つけると、男がファロンを殺そうとしたから、彼はまた相手をやっつけて、それでようやく帰ってきたの」

マージとバイオレットとパティが目を見合わせている。

マージがイザベラに険しい顔を向けた。「それで終わり?」

「だいたいそんなところよ」

「なんてこと」とバイオレット。「もう二度とあなたとファロンをロマンチックな旅行になんか行かせないわ」

マージは首を振っている。「信じられない。すてきなドレスとガラスの靴と一緒に舞踏会へ送りだしたのに、襲われたですって?」

「いちばんいい点は、祖母が生きているのがわかったことだけれど、祖母を危険にさらす可能性があるから連絡はできないの」

バイオレットがぽかんとしている。「おばあさまは亡くなったと言ってなかった?」

「ファロンは無事だと確信しているわ。わたしたちがこの件を解決するまで祖母は身を潜めているの」

マージの眉があがった。「あなたのおばあさんは、なかなか興味深い人みたいね」

「ええ」と断言する。「そういうわけで、いろいろあった旅だったけれど、戻ってこられて嬉しいわ」

「スカーギル・コーブから女の子を取りあげることはできるけれど、女の子からスカーギル・コーブを取りあげることはできないのよ」とパティ。「おかえりなさい、シンデレラ」

「ありがとう」イザベラは言った。「気休めかもしれないけれど、タキシード姿のファロンはとってもすてきだった」

マージがにやりとした。「大金を払ってでもタキシード姿の彼を見たいものだわ」

「お金を払う価値はあったわ」

バイオレットが明るく笑っている。

マージがフンと鼻を鳴らして体を起こし、バイオレットとパティに訊いた。「コーヒーはいる？」

「もちろん」

パティが答えてスツールに腰をおろした。べつのスツールにバイオレットも腰かける。

マージがコーヒーメーカーへ向かった。

「今日ウォーカーを見かけた？」イザベラはみんなに尋ねた。

「マフィンはなくなっていたわよ」とマージ。「だから朝の見まわりには来たはずだわ」

「きっと温泉にいるのよ」バイオレットが言った。「日中はよくあそこにいるから。どうして？」

「わからない。ただ今朝はなぜか彼のことばかり考えてしまうの」

マージが二つのマグカップにコーヒーを注いだ。「心配ないわ、そのうち現われるわよ」

イザベラはするりとスツールから降りた。「食料雑貨店に郵便を取りに行ってくる。でもその前にウォーカーの小屋に寄って、そこにいるか確認するわ。具合が悪いのかもしれない」

「驚かせないように気をつけてね」マージが忠告した。

「気をつけるわ」

黄色いレインコートに腕をとおして傘を持ち、外の通りに出た。いっとき立ちどまって〈ジョーンズ&ジョーンズ〉の窓を見あげた。ファロンの姿はない。おそらく電話を耳にあてたままパソコンに向かい、水銀鏡をスローンに渡した人物を特定しようとしているのだろう。

イザベラは通りの端まで歩き、断崖沿いの道をたどってウォーカーが自分のうちと呼んでいる古ぼけた小屋へ向かった。小屋はいつもと変わらないように見えた——打ち捨てられてさびれた雰囲気。でもイザベラはここに来るたびにぐらつかない強さのようなものを感じ取っていた。時の経過や風雨による荒廃などおかまいなしに、じっと耐えているように見える。おそらくウォーカーのエネルギーとオーラが吹きこまれているのだろう。

壊れた二段めを慎重にまたいでいまにも崩れそうなステップをあがり、足をとめた。カーテンが閉まっているが、それはいつものことだ。煙突から煙は出ていないが、それもいつものこと。なのになぜか両腕に鳥肌が立った。イザベラは感覚を解き放った。

おぞましい冷たい霧が小屋を包みこんでいた。もともとここは秘密でいっぱいだったが、これまで目にした霧は古い秘密の冷気をわずかに帯びているだけだった。今日は違う。

今日の霧は黒ずんだ不気味な輝きを放って煮えたぎっている――差し迫った死を警告する輝き。マージの忠告も忘れてイザベラは拳でドアをたたいた。

「ウォーカー、わたしよ。イザベラ。いるの？」

そのとき、心地よいメロディがうっすら聞こえた。断崖で砕ける波の音にまぎれ、軽やかなワルツの旋律がかろうじて聞き取れる。神経にさわる薄気味悪さを秘めた音色。イザベラの直感が叫んだ。

逃げて。

その瞬間、一点の疑いもなく確信した。ウォーカーが死に瀕している。

イザベラはパニックを押しのけてドアノブをまわした。てっきり鍵が閉まっていると思っていたが、意外にもすんなりひらいた。ワルツのボリュームが大きくなった。飾り気のない狭い居間で、煮えたぎる霧が渦巻いていた。エネルギーの嵐の真ん中にウォーカーが倒れている。

「ウォーカー」

駆け寄って隣りにしゃがみこみ、脈を調べた。ほっとしたことに、まだ息がある。生きてはいるが、意識がない。血は出ていない。ぼさぼさの髪をすばやく探ってみたが、怪我はしていなかった。

ワルツはどんどん大きくなっているように感じられた。凍えそうな旋律のせいで、なぜかうまく頭がまわらない。

周囲に視線を走らせ、心をかき乱す音楽の発生源を探した。小さなテーブルの上に、金箔とエナメルの美しいオルゴールが載っていた。ガラスの蓋があいている。十九世紀末の舞踏服をまとった小さな人形が二つ――男と女――、ゆっくりぎくしゃくまわっていた。

ヴィクトリア時代のオルゴールらしい。

目がよく見えなくなっていた。周囲の景色がゆるやかにまわっている。外に出なければ。短い廊下で足音がした。ハイテクのヘッドフォンをつけた人影が見えた。

「そんな」

死にものぐるいで能力を振り絞ると、自分を呑みこもうとしているワルツの黒い波をつかのま押し戻すことができた。

レインコートのポケットに手を突っこむ。名刺はまだそこに入っていた。それを握りしめたまま、イザベラは床に崩れ落ちた。

ファロンが探しに来てくれる。彼は不自然なものや辻褄が合わないものを絶対に見逃さない。名刺はウォーカーのインテリアに対する考え方と矛盾する。

ワルツは一定のリズムを刻むようになっていた。もう抵抗できない。

イザベラは果てしない夜へ引きずりこまれていった。

32

「今朝コンロイ・オースティンが会いに来た」ザックが言った。「理事を辞任するそうだ。表向きの理由は、よくあるものにする」

ファロンは受話器を肩で押さえてデスクの角に両足を載せた。「家族や友人ともっと一緒にいられるように、引退するというやつか?」

重要な電話なのに、ファロンは会話に集中できずにいた。心がざわめいて、どうにも落ち着かない。

「そうだ」ザックが答えた。「おまえに関するデマはすでに下火になっている。広めたのがキャロリン・オースティンだという噂がいっきに広がったんだ。今朝、ヘクター・ゲレロとマリリン・ヒューストンと話した。二人とも、理事会は〈J&J〉と夜陰プロジェクトに対する資金提供の続行に同意すると確信している」

「なによりだ。プロジェクトはまだ終わっていないからな」ファロンはうなじをこすって数分前からつのっている不安を消そうとした。

「同感だ」とザック。「ジェニーはようやくタッカーが死んだ夜ほんとうにあったことを父親に話したらしい。自分の役割も含めてな。彼女は両親が兄の正体を知らずにすむように必死で、同時に自分の罪悪感と懸命に折り合いをつけようとしていたんだ。息子を亡くしたあと、キャロリン・オースティンが鬱状態になったのは、おまえも知っているだろう」

「ああ」

「回復まで一年以上かかった。回復したあとは復讐の塊になった。すべておまえとジョーンズ一族のせいだと考えたんだ。そしてソサエティでのわれわれの支配力を打ち砕こうとした」

「ああ。復讐は理解できる。復讐は強い動機になる。だがタイミングが納得できない」

「どう納得できないんだ？」

「タッカーが死んでから三年近くたつ。なぜいまになってジョーンズ一族を狙うんだ？」

電話の向こうで長い沈黙が流れた。

「キャロリンが計画を練るのにそれだけかかったんだろう」

「キャロリンの計画とは思えない」

「なにか考えでも？」とザック。

「キャロリン・オースティンの復讐心を利用した人間がいる気がする。そいつがソサエティでのわれわれの支配力を打ち砕く方法を教え、キャロリンはそれに従ったんだ」

「夜陰のしわざだと思ってるんだな？」

「そうだ」

「そっちの調査はおまえに任せる。ぼくは理事たちが〈J&J〉に寛容になっているうちに、予算をとおしてしまいたい」

「おめでとう」ファロンは言った。「ジョーンズの力の誇示は成功したようだな」

ザックが笑った。「どこを見てもジョーンズがいるという状況が流れを変えたとは思えない」

「おそらく超能力を備えたシャーロック・ホームズというわたしの新しいイメージが功を奏したんだろう」

「ぼやくな。イザベラがおまえの調査能力を弁護してくれたおかげなのは間違いない。理事会の主要メンバーの数人は、おまえをシャーロックと呼びはじめている」

ファロンはうめいた。「勘弁してくれ」

「言葉がすべてという証明だな」ザックが言った。「ソサエティでのおまえのイメージを刷新してくれたアシスタントに感謝しろ」

「そっちこそ、コンロイ・オースティンの辞任のきっかけをつくった彼女に感謝するんだな」

「そうなのか?」興味を引かれている。

「ジェニーとわたしはホテルのテラスで話していた。イザベラもそこにいて、タッカーが死んだ晩の出来事をジェニーが乗り越えられるように救いの手を差し伸べたんだ。ジェニーは泣きじゃくっていたが、そのあとはいくぶん楽になったように見えた」

「イザベラのおかげで？」

「ああ」

「新しいアシスタントにはいいエネルギーがあるらしい」

「いまはフルタイムの調査員だ」

「そうだったな。で、いつ彼女と結婚してパートナーにするんだ？」

ファロンは自分のなかでなにかがプツンと切れた気がした。「そんなに簡単な問題じゃない」

「おいおい、落ち着けよ。動揺させるつもりはなかったんだ。てっきり――」

「イザベラに関して、思い込みは厳禁だ」ファロンは受話器をつかんで立ちあがった。「彼女との結婚が簡単にいくと思うのか？」

「さあな。だがメアリアンおばさんはイザベラを気に入っている。おまえの両親に、似合いのカップルだと言ったらしい。そして言うまでもないが、おまえの両親はぼくの両親に話した」

「つまり、いまやジョーンズ家の人間はみんな、わたしがイザベラと結婚すると思っているんだな？」

「理屈で考えれば、それが自然な流れじゃないのか？」慎重な口ぶりになっている。

「理屈でどうこうする問題じゃない」

「おまえの場合は、なんでも理詰めで考える。それともまだぼくに話していないことがあるのか？」

「イザベラの家族は結婚をしないんだ」歯嚙みしながら言う。

「宗教上の理由で？」

「陰謀説上の理由だ。結婚には証明書がつきものだ。イザベラは書類を残さない生き方をするように教育された。出生証明書すらない」

「紙っぺら一枚の話をしてるのか？」

ファロンはゆっくり息を吐き、自制を取り戻した。「どうやら過剰に反応しているらしい」

「たしかに珍しく神経質になっているようだな。だがおまえはジョーンズで、恋をしている。ジョーンズ一族は、こういうことでは感情的になりがちだ」

「問題は結婚証明書だけじゃない」ひとしきり間を置いてからファロンは言った。「イザベラに感謝の気持ちや憐れみから一緒にいてほしくない」

「感謝？　憐れみ？　断わっておくがな、ファロン、おまえにはみんないろんな感情を抱くが、そこに感謝や憐れみがくわわることはめったにない。イザベラだって同じはずだ」

「話は終わりだ。仕事がある」

「待て、切るな」

「おまえが〈J＆J〉の契約職員として働いていたとき、何度も先に電話を切った報いだ」

ファロンは電話を切って窓に歩み寄った。ここからだと〈サンシャイン・カフェ〉のカウンターをほぼ見渡せる。店内にイザベラの姿はなかった。午前中の休憩を終えて、角を曲がった先にある食料雑貨店へ行ったに違いない。そこで郵便を回収するついでにハリエット・ストークスと世間話をするのだろう。

彼女は無事だ。

けれどジョーンズ一族の勘が激しく反応し、うなじの産毛が逆立っていた。イザベラを見つけなければならない。銃を携帯する理由はなかったが、デスクのいちばん下の引き出しをあけて銃とホルスターを出した。

ホルスターを装着し、壁のフックから革ジャケットを取ってドアへ向かった。ぶらりと食料雑貨店まで行って、郵便を持って店を出てくるイザベラをつかまえよう。そのあと一緒にカフェに戻り、コーヒーとお茶を飲んでもいい。

パソコンがピンと鳴った。重要な情報が届いた証拠だ。ファロンは届いたばかりの情報を確認するためにデスクに戻った。

まるでパブロフの犬だな——むっつりとひとりごちる。パブロフの犬がベルに反応したように、パソコンのあの音に反応してしまう。よだれが出る。もらえる褒美はドッグフードではなく超自然的グリッドで新たに輝く光点だが、違いはそれだけだ。自分は習慣にとらわれた話下手な人間だ。悪党どもでさえ、わたしの話には退屈する。ギャレットも言っていたじゃないか——〝超物理学の講釈はやめろ。さっさと撃て〟

たとえイザベラが証明書やデータを残すことを病的に恐れていなくても、こんな自分と結婚したがるはずがない。まったく、なんてことだ。自分で自分を憐れみはじめている。

暗号化されたメッセージは、マックス・ルーカンからだった。

例の鏡の引き渡しを依頼したバイヤーが、ギャレットが潜伏中のモーテルに現われた。サンダー・クレイ。この名前にピンと来るものがあるはずだ。〈クレイ・テク・インダストリーズ〉の最高経営責任者をしている。FBIはクレイが非合法な武器（一般的なもの）の密売に関わっているとにらみ、数カ月前から監視している。わたしの部下が、ギャレットを始末しようとしたクレイを捕らえた。音声つきで一部始終を映像に収めたので、すべてFBIに渡した。ギャレットはぺらぺらしゃべっている。ケイトリン・フィリップを殺害したことまで認めた。

こちらの仕事は終了した。そっちは順調にいってるか？

ファロンは体を起こした。いまは返信する時間がない。イザベラを見つけなければならないという気持ちが強まっている。

ふたたびドアへ向かったとき、またピンと音がした。無視したい気持ちはやまやまだったが、勘が重要な情報だと告げていた。

新しいメールは、ロサンジェルスのアーケイン博物館の警備主任から届いたものだった。

スタッフ全員が、そちらから推薦された嘘発見能力者クレア・ランカスター・ジョーンズの質疑応答を受けたことを確認しました。一人残らず検査にパスしました。スタッフのリストを添付します。水銀鏡が盗まれた経緯はまったく不明です。現在、ほかに盗まれたものがないか調査中で――

切迫感でアドレナリンが噴出していたが、なんとしても答えを知る必要があった。ファロンは嘘を見抜く能力を持つクレアの検査をパスしたスタッフのリストをひらき、博物館の人事部から以前届いたリストと見比べた。

職員リストのなかに、クレアの質疑応答を受けていない者が一人いた。

点と点がつながった瞬間、超自然的グリッド一面で光点が輝いた。ついに水銀鏡を盗んだ犯人がわかった。闇市場に流れたものはほかにもたくさんあるに違いない。だがいまはイザベラを見つけるのが先だ。

ファロンは階段で空室になっている一階へおり、通りに出て食料雑貨店へ向かった。

カウンターにハリエット・ストークスがいた。店に入ってきたファロンに気づき、園芸雑誌から顔をあげている。

「おはよう、ファロン。元気?」

「ああ」ファロンは店内を見渡した。ずらりと缶詰がならぶ棚、狭い冷凍食品コーナー、容器に入った大量のナッツや穀類。「イザベラはいるか?」

「今朝はまだ来てないわ」雑誌を置く。「カフェでマージとバイオレットとパティとコーヒーを飲んでいるのは見かけたけれど。みんなシンデレラから舞踏会の話を聞きたがっているのよ」

「舞踏会？」

「すてきなドレスとガラスの靴で行く舞踏会」

「なんの話をしてるんだ？」ドアへ向かう。「まあいい、いまは時間がない」

外に出て、急いで〈サンシャイン・カフェ〉へ戻った。ドアをあけた彼に、マージとバイオレットとパティの視線が集まった。

「イザベラはどこだ？」

マージが眉をしかめた。「少し前に出て行ったわよ。郵便を取りに行くと言ってたわ」

ファロンの背筋に寒気が走った。「取りに行っていない」

バイオレットが微笑んだ。「心配ないわ。その前にウォーカーの様子を見に行くと言っていたもの。なんだかちょっと心配なんですって」

「くそっ」

ファロンは全速力で駆けだし、崖の上に立つウォーカーの小屋へ向かった。マージとバイオレットとパティが追いかけてくるのがぼんやりわかった。通り沿いの戸口や窓からみんながなにごとかと見ている。

〈スカー〉の前にさしかかったとき、オリバー・ヒッチコックが店から出てきた。

「おい、ジョーンズ。どうした？」

「イザベラが」ファロンは答えた。「彼女が危ない」

雷鳴と稲妻が雨の到来を予告していた。

ウォーカーの小屋に着いたときは、全身ずぶ濡れになっていた。でも寒さは感じなかった。凍るようなエネルギーの熱が体内で燃え盛っていた。

ステップをあがって玄関をたたく。

「イザベラ。ウォーカー。開けろ」

返事はない。ドアを蹴破ろうとしたとき、鍵がかかっていないことに気づいた。

がらんとした室内に、暴力の不吉なエネルギーがあふれていた。ひしひしと感じるそのエネルギーに激しい怒りをぶつけてやりたかったが、自分を抑えてすばやく室内をチェックした。

足跡でなにがあったかある程度わかった。イザベラは小屋に入っている。床に泥がついた小さな足跡が残っていた。スニーカーを履いた人間が二人裏口から入ってきて、廊下をバスルームまで歩き、そのあと居間へ戻っている。

ファロンはキッチンを抜けて裏庭に出た。まだ新しいタイヤの跡が、さらなる情報を教えてくれた。ウォーカーは車を持っていない。この深いタイヤ痕はＳＵＶのものだ。

自分はなにか見落としている。間違いない。血を煮えたぎらせる熱のせいで注意がおろそかになっている。立ちどまってよく考えないと、イザベラを救えない。

小屋のなかに戻ってつかのまじっとたたずみ、焦点を定めようとせずに感覚を解き放った。

見覚えのあるエネルギーの残痕が揺らめいていた。行方不明になっているヴィクトリア時代の作品が放つエネルギー。犯人は、あれを使ってイザベラをつかまえたのだ。

ラグの下から名刺の角がのぞいていた。ファロンはそれを拾いあげた。名刺に記された名前が、事態に対する彼の解釈を裏づけていた。

「くそっ」ふたたび悪態が口をつく。

そのとき遅ればせながら、ポーチに人が集まっていることに気づいた。開けっ放しの玄関から外を見ると、住民の半数が追いかけてきていた。

ヘンリーが前に出た。「どうかしたのか、ジョーンズ？　イザベラとウォーカーは？」

「連れ去られた」ファロンは答えた。

全員が呆然《ぼうぜん》と彼を見ている。

「なんでウォーカーとイザベラが誘拐されるの？」とマージ。「お金持ちじゃあるまいし。身代金なんて払えないわ」

「目的は金じゃない」ファロンは言った。「ブライドウェルの作品が目的だ。おそらくウォーカーは見てはいけないものを見てしまったんだろう。そしてイザベラはたまたまずいときに居合わせたせいで、一緒に連れ去られたんだ」

「イザベラが連れ去られたのは偶然じゃないわ」パティが言った。「ウォーカーの身になにか起きているのを感じていたの。だからようすを見に来たのよ。病気かもしれないと言って」

「どうするの?」とバイオレット。「警察に通報する? 二人が行方不明になったことをまともに受け取ってくれたとしても、警察がここに来るのはきっと何時間も先になってしまうわ」

「誰がウォーカーとイザベラを連れ去ったかは、わかっている」ファロンは言った。「おそらく二人ともまだ生きていて、夕方までは無事なはずだ。裏にいる女は証拠をいっさい残さないように用心を重ねてきた。いまになってその方針を変えるとは思えない。女には仲間がいる、力仕事を担当する仲間が。犯人は暗くなるまで待ってから、われわれがラッシャーの遺骨にやろうとしていることをやるつもりなんだろう」

「海に捨てるの?」マージが震えあがっている。

「ああ。SUVのうしろに誘拐した人間を二人乗せたまま、遠くまで行こうとは思わないはずだ。警察にとめられるリスクが高い。ウォーカーとイザベラを安全に始末できるようになるまで、どこかに隠しておくつもりだろう」

マージがファロンを見た。不安で居ても立ってもいられない顔をしている。「さっきからずっと女と言ってるわ。ウォーカーとイザベラを連れ去ったのは女だと思ってるの?」

「名前はドクター・シルビア・トレモント」ファロンは答えた。「ロサンジェルスのアーケイン博物館の学芸員だ。みんな彼女はロンドンで研究休暇中だと思っていた。だがそうではなかった。ウィロー・クリークでノーマ・スポルディングと名乗って不動産屋をやっていたんだ」

33

〈スポルディング不動産〉は、ウィロー・クリークのメインストリート沿いに建つ、味わいのある古風な商業ビルに入っていた。ウィンドーに〝閉店〟のプレートが出ている。ファロンはさも角のドラッグストアに向かっているように店の前を通り過ぎた。

そして不動産屋と隣りのレストランのあいだにある雑草が生えた細い路地に達したところで、すばやく向きを変えて店舗の裏へまわりこんだ。

裏口には鍵がかかっていたが、それは予想していた。ファロンはジャケットの内側に手を入れ、〈J&J〉の調査員にキャンディのように配っているコンピュータ式ピッキング装置を取りだした。三秒もしないうちにドアがひらいた。シルビア・トレモントにどんな秘密があるにせよ、この事務所に隠しているとは思えなかった。

〈スポルディング不動産〉の裏側にある部屋は、やけにきれいに片づいていた。書類の山もパンフレットの束も事務機器もない。パソコンを調べた結果、四週間前にこの事務所を開いてからノーマ・スポルディングが成立させた取引は一件もないことが二分で判明した。

ファロンは表側の部屋へ移動した。成立した取引が皆無でも、〈スポルディング不動産〉

にわが家の売却を依頼した人間が多少はいたらしい。古ぼけたキャビン六軒とザンダー邸の魅力に欠ける写真が壁にかかっている。

　ザンダー邸はぶいていいだろう。すでに犯行現場ではなくなっているが、悪趣味な観光客や怖いもの見たさの人間が見学にくるようになっている。イザベラとウォーカーの監禁場所には向かない。

　もう一つの感覚を高め、冷血な人殺しの目で物件を検討した。ウォーカーの小屋からの距離やそれぞれの物件の地理的な孤立具合、二つの遺体を海に捨てても証拠が残らないほど海流が強い地域にある二軒までの近さをすばやく計算する。

　トレモントが岬を使うとは思えない。スカーギル・コーブに近すぎる。嵐の真っただ中であろうと、住民の誰かに自分か仲間の姿を見られる可能性が高い。だとすると、残るは二つめの場所だ。岩の割れ目から波しぶきが吹きあがる場所。あのあたりは波が高く、潮の流れも速い。夏のあいだは観光客に人気の場所だ。道沿いに恰好《かっこう》の待避所もある。

　最終的に、ここしかない場所として一軒のキャビンが残った。全身に確信が広がる。

　ファロンは壁から物件のリストをはがしてドアへ向かった。九九・二パーセント自分の目算に確信があったが、ごくわずかながら間違っている可能性も否定できない。万全の準備を整えておく必要がある。イザベラの命がかかっているのだ。彼は携帯電話をひらいた。

　最初の呼び出し音が鳴り終わらないうちにヘンリーが出た。

「イザベラとウォーカーが監禁されている可能性がある場所が六カ所ある」ファロンは言っ

た。「わたしはそのうちの一軒に向かう。いまから残りの五軒を言うぞ。いずれも崖沿いに建つ空き家だ。みんなでチェックしてくれ。一人では行くな、いいな？」

「銃は？」とヘンリー。

「もちろん」ファロンは答えた。「銃を持っていけ。それと犬も。犬たちはイザベラを知っている。彼女がキャビンにいれば、犬が教えてくれるはずだ」

「あいつらはイザベラが大好きなんだ。彼女を痛い目に合わせようとするやつがいたら、そいつの喉を嚙み切ってくれるさ」

34

イザベラは夢を見ていた……

ファロンとワルツを踊っている——身につけているのは、あのミッドナイト・ブルーのすてきなドレスと黒いクリスタルがついた靴。タキシード姿のファロンは輝くばかりにハンサムだ。究極のパワースーツ。

二人は執拗に続くリズムに合わせてきらめく大広間をくるくるまわっていた。うっとりするほど幸せなはずなのに、あらゆるものに違和感を覚える。

広間は目に沁みるほど明るく、スペクトルのもっとも心をかき乱す領域から放たれた超自然的光で煌々《こうこう》と照らされている。その明るさに目がくらみ、踊っているほかの人間も楽団も見えない。なにより気にさわるのは音楽だ。やんでくれればいいのに——知らず知らずのうちにそんなふうに思ってしまう。

それにファロンのようすが恋人らしくない。超常エネルギーで熱く燃える危険な目でこちらを見ている。

「きみのところに向かっている、イザベラ。わたしが着くまで、ありとあらゆる手を尽くして生き延びろ。聞こえるか？」

「ええ」イザベラは答えた。「聞こえるわ。でもこの音楽はなに？」

「どこから聞こえるか調べてとめろ」

「どうやればいいの？」

「自分で考えろ。〈J＆J〉の職員だろう。一人でもできるはずだ」

イザベラは眉を寄せて考えた。「あなたはほんとうはここにはいないのね？」

「ああ」

「それならなぜわたしに話しかけられるの？　テレパシーなんて存在しないわ」

「そうだ」ファロンが言った。「だが、きみはわたしをよくわかっているから、もしわたしが一緒にいたらなんと言うかわかるんだ」

「ええ」

イザベラは周囲を見渡し、大広間に焦点を合わせて音楽の発生源を突きとめようとした。できるはずだ。なにかを見つける能力があるのだから。

屋根をたたきつける雨音と岸に打ち寄せる荒波の音で目が覚めた。すぐに、固い木の床に横たわっているのがわかった。寒くて体がこわばっている。動こうとしたが、手首と足首にダクトテープが巻かれていた。さいわい、口にテープは貼られていない。でもこれは、大声を出されても問題ないと犯人が考えている証拠でもある。言い換えれば、このキャビンは助けを呼べないほど人里離れた場所にあるのだ。

あいかわらずワルツが聞こえるが、音はかなり小さくなっていた。首をめぐらせると、隣りにじっと横たわるウォーカーが見えた。やはり手首と足首にテープを巻かれている。

そのとき、ようやくヴィクトリア時代のオルゴールが目に入った。近くのテーブルに載っている。すでに人形はほとんど動いていない。ぜんまいがゆるんだのだ。たぶんそのおかげで意識を取り戻したのだろう。

大事なことをまず片づけなければ。イザベラはテーブルまでぎこちなく床を這《は》った。仰向けになって膝を曲げ、テーブルの脚の一つに足の裏をあてて思いきり押す。

古いテーブルは簡単に倒れた。オルゴールが天板をすべって床に落ち、ゴツンという音とガラスが割れる痛快な音をたてた。唐突にワルツがやんだ。はずれた人形がカタカタと床を転がり、壁にぶつかってとまった。

確実に動かなくするために、イザベラは床を這っていき、壊れたオルゴールに背を向けて自由にならない手でなんとかつかんだ。数回床にたたきつけると、部品がいくつか転がり落ちた。

「これでだいじょうぶね」イザベラはつぶやいた。「ウォーカー？　意識はある？」

返事がない。

あらためて薄暗い室内を見渡し、ダクトテープを切れそうなものを探した。狭いキッチンになにかあるだろうか。このキャビンはあきらかにかなり長期間空き家だったようだが、運がよければ引き出しにナイフの一つも残っているかもしれない。イザベラはキッチンへ向かって床を這っていった。

「ウォーカー？」

今回はうめき声が聞こえた。

「ウォーカー、わたしよ。イザベラ。起きて」

ウォーカーがふたたびうめいて身じろぎした。目があいた。まっすぐイザベラを見ている。

「だいじょうぶよ」イザベラはやさしく声をかけた。「ファロンがきっと来てくれるわ」

意外なことに、ウォーカーのまなざしにパニックはうかがえなかった。物悲しい受容があるだけだ。

「あ、あの女に出し抜かれたんだな？　とめようと、し、したんだ」

「わかってるわ、ウォーカー。でも相手は秘密兵器を使ったのよ」

「宇宙人の武器？」

「ええ、でも心配ないわ。もう使えない。わたしが壊したから。いまのうちに逃げないと。ポケットナイフなんて持っていないわよね？」

「〈ジョーンズ&ジョーンズ〉の裏のゴミバケツで、す、数カ月前に上等なナイフを見つけた」ウォーカーが言った。「最近は、び、びっくりするようなものが捨てられている」

「いま持ってる？」

て信じられない」
「あ、新しいコートに入ってる。ポケットに。こんな上等なコートを捨てる人間がいるなん
「よかった」イザベラは体の向きを変えてウォーカーのほうへ這いはじめた。「横向きにな
って。そうすればナイフを取れると思う」
ウォーカーが言われたとおりにした。
「左のポケットだ」かすれ声で言う。「隠しファスナーがある」
背中で両手をしばられた状態で内側のファスナーをあけるには、うんざりするほど時間が
かかったが、なんとかやり遂げることができた。
ポケットに手を入れたとき、表のステップで足音がした。イザベラは凍りついた。ウォー
カーも同じように反応している。
キャビンのドアがひらいた。ノーマ・スポルディングが入ってくる。手に銃を持っていた。
朝昼晩の食事がわりにステロイドを取っていそうな筋肉隆々の男がうしろに立っている。
「あてずっぽうを言ってみましょうか」イザベラは言った。「あなたはノーマ・スポルディ
ングじゃないし、不動産屋でもない」
「あたりよ、自己紹介するわ。わたしはシルビア・トレモント。ロサンジェルスのアーケイ
ン博物館の学芸員」
「なるほどね。それでいくつか謎が解けたわ」男に視線を動かす。「そっちは？」
「ヴォーゲルよ。雑用のスペシャリストみたいなもの。最後の仕上げを手伝ってくれる人間

が必要だと言ったら、新しいパートナーが二日前によこしてくれたの」

「お、おまえたちを見た」緊迫した口調でウォーカーが言った。「ゆ、ゆうべ見かけた。町に、し、忍びこもうとしていた」

シルビアがウォーカーをひとにらみした。「見られたのは気づいていたわ。だからこれからたっぷり泳いでもらう」

「忍びこんでどうするつもりだったの？」イザベラは訊いた。

「わたしの新しいビジネスパートナーが、〈ジョーンズ＆ジョーンズ〉の予測不可の要素になったあなたは今後厄介な存在になると判断したの。そして、言うなればあなたを無力化するに越したことはないと考えた。わたしは彼女から、実験段階の薬をもらっていた。危険で一貫性のない行動を取らせるように超能力に影響を及ぼす薬。ジョーンズは、薬の影響を受けたあなたを頭がおかしくなったと考えたはず。そうなればあなたは彼にとって用なしになる。でも、あなたが今日この変人のようすを見に現われたせいで計画が狂ったわ。こうなったら、二人とも始末するしかない」

「わたしたちを殺したら、とんでもないことになるわよ」

「信じてもらえないかもしれないけど、わたしだってできれば避けたかったわ。ファロン・ジョーンズがあなたたちを探すのはわかってる。好ましい展開じゃない。でもわたしはずっと用心していたから、最終的にはジョーンズも、あなたはこれまで何度もしたように姿をくらませただけだと思うでしょうね」

「ファロンはかならずあなたを見つけるわ」イザベラは断言した。「見つけるまで絶対に探しつづける」

「これが終わったら、わたしは跡形もなく姿を消すから、ファロン・ジョーンズでも見つけられない」オルゴールの破片に視線を走らせる。「あれを壊すなんてどういうつもり？　特定の世界でどれだけ価値があるかわかってるの？」

「お金の話で思いだしたけれど、〈ジョーンズ＆ジョーンズ〉に対する五〇〇ドルの支払いがまだよ」

シルビアがにやりとした。「集金に来たの？」

「そうよ」

「幸運を祈るわ」ちらりと腕時計を見る。「あと数時間で暗くなる。日が暮れたら、あなたたちは断崖から海に飛びこんでもらうわ。誰にも見られないように夜中まで待つつもりだったけれど、嵐のおかげで先延ばしする必要もなさそうね。ゴミを捨てるために観光客が潮吹き近くの待避所に立ち寄ったところで、誰も気づかない」

「せっかく時間がたっぷりあるんだから」イザベラは言った。「ブライドウェルの作品をどうやって見つけたか教えてくれない？」

「ずっと探していたのよ」シルビアが答えた。「ある程度までは博物館のデータを利用できたけれど、あくまでもめだたないようにやる必要があった。同僚や〈J＆J〉の目に留まるのは避けたかった。でもある時点から、自分の資金で捜索することにしたの」

「そしてそのためにはお金が必要だった。大金が」

「博物館の給料でまかなえないぐらいのお金がね」

「だからオーヴィル・スローンを仲介人にして、ジュリアン・ギャレットとケイトリン・フィリップスに風変わりな超常武器を横流ししてお金を稼いだのね」

「スローンは超常武器の市場に通じていたわ」とシルビア。「想像がつくでしょうけれど、あの市場はきわめて特殊な世界なの。ギャレットとフィリップスの二人と手を組もうと言ったのはスローンだった。数カ月はとてもうまくいったわ。そんなとき、ブライドウェルの作品の隠し場所に関する確実な手がかりをつかんだの」

「防空壕での爆発を生き延びた男の一人を見つけたのね？　ケルソー？　昔ロッジを所有していた一家はそういう名前だった」

「名前はジョナサン・ケルソーよ。一家の最後の生き残りで、精神が不安定になっていた。わたしが居場所を突きとめたときは、精神科施設に入っていたわ。ケルソーは、自分とほかの二人がブライドウェルのぜんまい仕掛けの芸術品を見つけたときの興味深い話をしてくれた。彼らは芸術品がどう機能するのか突きとめようとしたけれど、危険なのはわかっていた。ケルソーはロッジの裏に古い防空壕があるのを思いだして、実験にはもってこいだと考えた」

「それでここに運びこんで稼働させたものの、手違いが起きた」

「ケルソーは爆発が起きたと話していたわ。三人のうち一人が即死した。二人めは膨大に浴びたエネルギーで精神に深刻な影響を受けていて、数カ月後に自殺した。悪夢を見つづけたかなにかが原因で。ケルソーも最終的には、さっき言ったように精神科施設に入るはめになった。でも、実験をしていたときスカーギル・コーブで暮らしていた共同体の話をすることはできた。それでわたしは調べてみたの」

「レイチェル・スチュワートを見つけたのね」

「見つけたときは癌で死にかけていて、強い鎮痛剤を使っていたわ。話には支離滅裂なところもあったけれど、あれこれまとめたら筋がとおる状況が見えてきた」

「レイチェルはシーカーのメンバーだったのよ」イザベラは言った。「ゴードン・ラッシャーと逃げたと思われていた」

「ええ、本人もそのつもりだった。でもラッシャーが彼女に興味を持ったのは、レイチェルにガラスのエネルギーに対する強い親和力があるからにすぎないと気づいた。彼女は芸術品の影響を受けないだけでなく、あれがどう機能するか本能的に理解できたの。しかも遠くからでも感知できた」

「だから防空壕に通じる洞窟を見つけられたのね」

「そうよ」とシルビア。「ラッシャーはレイチェルを利用して防空壕からブライドウェルの作品を運びだすつもりだった」

「彼女は一つ盗みだしたわ。時計を」

「ええ。町から持ちだして売り飛ばす方法をラッシャーが思いつくまで、ザンダー邸に隠しておくつもりだったの。でもほかの作品を取りに防空壕に戻った二人は、そこで言い争いになった。レイチェルはラッシャーが自分を愛していなくて、利用していただけだと気づいたのよ。彼女にとっては、まさかの展開だった」

「それでタイヤレバーで頭を殴ったの？」

「違うわ」シルビアが言った。「もう一人いたのよ。レイチェルの話だと、頭のねじが一本はずれた男だったみたい」

「おれがやった」ウォーカーが言った。前後に激しく体をゆすり、目で涙が光っている。

「あいつはレイチェルに手をあげた。彼女を殴ってののしった。う、宇宙人の武器は全部自分のものにすると言った。レイチェルは、な、泣きだした。だからあいつを殴ってやった。

レイチェルは悲鳴をあげて洞窟から逃げだし、そのまま二度と戻ってこなかった」

「いいのよ、ウォーカー」イザベラはやさしく声をかけ、シルビアに視線を戻した。「レイチェル・スチュワートのおかげで、あなたはザンダー邸のどこかに時計があって、残りはまだ防空壕に入ったままの可能性があると知ったのね」

「そう。だからウィロー・クリークで不動産屋をはじめて、その立場を利用してザンダー邸を調べた。建物のどこかに時計があるのはわかったけれど、見つけられなかった」

「連続殺人犯が地下室に張った床板の下に隠れていたから」

「時計を見つけたとしても、残りを手に入れるために防空壕に入れないのはわかっていた。

あそこは何頭もの犬や頑丈な鍵にくわえて、スカーギル・コーブの善良な住人にがっちり守られていた。洞窟から入るルートもわからなかった。わたしにはレイチェルみたいに遠くからガラスのエネルギーを感知する能力はない」

「それで〈ジョーンズ&ジョーンズ〉に依頼したのね。ファロンがあの家に入れば、時計の存在を感じ取って、家をばらばらにしてでも見つけ出すに違いないと考えた」

「〈ジョーンズ&ジョーンズ〉はブライドウェルの芸術品と因縁がある。ファロン・ジョーンズがひとたび追跡をはじめたら、いずれかならず防空壕にある残りも見つけるはずだとわかっていた。必要なら二十二年前にあったことをほのめかすつもりだったけれど、予想どおりファロンは二十四時間もしないうちに防空壕を見つけ、その二十四時間後にはロサンジェルスに向けて作品を運びだしていた。たいしたものだわ」

「一人でやったんじゃないわ」むきになる状況ではなかったが、たとえ銃口を向けられていようが、調査員はプロとしてのイメージを守る必要がある。

「あなたに高い能力があるのは気づいていたわ」シルビアが言った。「そうでなければジョーンズが雇ったはずがない。いまさらこんなことを言ってもしょうがないかもしれないけれど、連続殺人犯があの家をゴミ捨て場にしているなんて知らなかったのよ」

「気休めをありがとう。あそこにいるとき、よく犯人に見つからなかったわね」

「ザンダー邸には一度しか行ってないもの」

「研究休暇を切りあげて、〈アーケイン・ソサエティ〉の研究者ラファネリと芸術品の研究をするつもりなのね」イザベラは言った。「そしてある程度時間がたったあと、博物館の保管室からこっそり持ちだすつもりでいる」

「気の毒だけれど、芸術品が消えたことをジョーンズ一族が知ったとき、非難されるのはドクター・ラファネリでしょうね。でもしかたないわ。誰かが責任を負わなければならない。わたしは頃合いを見て辞職して、姿をくらますつもりよ」

「なぜブライドウェルの作品にそこまでこだわるの？」

シルビアが目をしばたたいた。「うっかりしていたわ。そうね、あなたが知っているはずがない。わたしはミリセント・ブライドウェルの直系の子孫なの。そしてブライドウェルと同じような能力がある。彼女の作品に込められたエネルギーを使いこなせるの」

「使いこなせるはずだと思っているだけでしょう。ブライドウェルがガラスとエネルギーでなにをやったか、まだ解明されていないとファロンは言ってたわ」

シルビアがあからさまにむっとした。「彼女がつくったオリジナル作品のほとんどを入手できるんだから、解析も可能よ。わたしの目標は、解析を進めて、オリジナルを上まわる効果のある現代版をつくること。ぜんまい仕掛けではなく、最新テクノロジーで動くようにするの」

「そんな計画には膨大な予算がいるわ」

「ええ、そうよ」表情がこわばっている。「そして愚かにも武器の研究を禁じているソサエティが、この計画に資金を出すはずがない。でも新しいパートナーは資金が潤沢で、最高級の研究室を提供してくれるの」

「あのオルゴールをどこで手に入れたの？」

「先祖伝来の品よ。ミリセント・ブライドウェルがつくったもの」

「それならあれを研究すればよかったじゃない」

「そんな単純な話ではないわ」声に怒りがこもっている。「あのオルゴールはブライドウェルの作品のなかでもひときわ難解なの。長年研究してきたけれど、どうやってガラスにエネルギーを吹きこんだのか突きとめられなかった」

「ほかの作品を調べたところで、どうせ同じよ。あなたが期待に添えないと知ったら、新しい仕事仲間はどう思うかしらね」

シルビアの顔を憤怒がよぎった。「時間とまともな研究室さえあればできるわ」

「宇宙人のテクノロジー」ウォーカーがつぶやいた。あいかわらず体を前後にゆすっている。

「危険すぎる。せ、政府には渡せない」

シルビアがいらだたしそうにウォーカーに視線を投げた。「心配は無用よ。政府には絶対渡さない」

そのときはじめてヴォーゲルが口をひらいた。

「犬だ」窓のほうを見ている。

シルビアが眉をしかめた。「なにも聞こえないわ」

ウォーカーがじっとヴォーゲルを見つめた。

「う、宇宙人の薬を使ってるな。毒を」

「なんだと？」ヴォーゲルがくるりと振り向いた。突然の激高で顔が赤黒くなっている。

「黙れ」

「間違いない」ウォーカーが激しく体をゆすった。「う、宇宙人の薬を使ってる」

「口を閉じないなら、黙らせてやる」ヴォーゲルが声を荒げてポケットからダクトテープを出した。

「まあ」イザベラは言った。「噂に聞く〝ステロイドによる激高〟ってそれ？　ステロイドを使っている人によく見られる問題だって聞いたことがあるわ。自制が利かなくなるとかなんとか」

「黙れ」ヴォーゲルが怒鳴った。顔をひきつらせ、ウォーカーではなくイザベラへ向かってくる。

「ヴォーゲル、やめなさい」シルビアが一喝した。「わたしの言うとおりにするのよ」

ヴォーゲルは命令を無視してイザベラの腕をつかみ、引っ張って立たせようとした。

イザベラは焦点を定め、相手へ送りこむエネルギーにありったけを注ぎこんだ。

「消えて」とつぶやく。

ヴォーゲルが凍りついた。イザベラの腕から手を放し、表情はうつろだ。くるりと体の向きを変え、落ち着いた一定の足取りで玄関へ歩いていく。

「ヴォーゲル」シルビアはすっかりあわてていた。「戻りなさい。どこへ行くの？　どうしたの？」

ヴォーゲルは反応しない。玄関をあけてポーチを横切り、ステップをおりていく。

「戻りなさい」シルビアが怒鳴った。

ヴォーゲルは前庭を歩きつづけている。やがて土砂降りの雨のなかにその姿が見えなくなった。遠くで犬が吠えている。

シルビアがくるりとイザベラに振り向いた。怒りで顔がゆがんでいる。「彼になにをしたの？ ものを見つけられるだけのくせに」

「きっと神経が参ってしまったのよ」イザベラは言った。「気の毒に。たぶんウォーカーが言ったとおり、薬を使っているんだわ」

シルビアがウォーカーをにらんだ。「どうしてわかったの？」

ウォーカーは体をゆすっている。

イザベラの頭のなかでピンとベルが鳴った。ファロンのパソコンが立てる音とそっくりな音。

「そうだったのね」思わずつぶやく。「あなたの言うとおりよ、ウォーカー」

「どうして薬のことがわかったのか言いなさい」シルビアが詰め寄っている。

「やめて」イザベラは言った。

シルビアがイザベラのほうへやってきた。「どうやってヴォーゲルをゾンビにしたの？」

嵐が激しくなっていた。空で稲妻が光っている。その光を背に、ファロンの黒いシルエットが浮かびあがった。すさまじいエネルギーとともに戸口を駆け抜けてくる。

「とまって」シルビアがイザベラのうしろにしゃがみこみ、頭に銃口を向けた。

「一歩でも動いたら、この女を殺すわよ。はったりじゃない。さがって」

周囲の温度があがっていく。イザベラはファロンがやろうとしていることがわかった。シルビアも不吉な前兆を察知したに違いない。

「やめなさい」シルビアが怒鳴った。「なにをするつもりか知らないけど、わたしに手を出す前にこの女は死んでるわよ。引き金を引くのにたいして時間はかからない。わたしより先にこっちが死んでるわ」

イザベラはファロンを見た。「だいじょうぶよ。信じて」

ファロンの体から力が抜けた。

「そうよ」シルビアが落ち着きを取り戻した。「それでいいの、ジョーンズ。賢明だわ。わたしはイザベラと失礼する。誰も追ってこないかぎり、イザベラは生かしておく。いいわね？」

「わかった」口ではそう答えたものの、ファロンの目には殺意がみなぎっていた。

「オーケイ」シルビアがゆっくり立ちあがった。「床にナイフがあるわ。それでイザベラの足首に巻いてあるテープを切りなさい」

犬の吠え声が近づいている。イザベラの耳には地獄の番犬の群れのように聞こえた。

ファロンが部屋を横切ってナイフを拾いあげ、イザベラの足首に巻かれたダクトテープを切った。

「ほんとうにこれでいいのか？」小声で訊いてくる。

「ええ」イザベラは答えた。

「黙って」シルビアが制した。「立ちなさい、イザベラ」

ぎこちなく立ちあがろうとしたイザベラは、周囲でさっきとは違うエネルギーが高まっていくのを感じた。シルビアはファロンを殺すつもりなのだ。

「立てないわ」イザベラはつらそうに訴えた。「脚がしびれて」

シルビアがイザベラの背中に手をあてて、荒々しく玄関へ押した。「行くのよ」

直《じか》に触れたことで焦点が定まった。イザベラはシルビアのオーラにエネルギーを送りこんだ。これまでで最大のエネルギーを。一瞬でイザベラはエネルギーで燃えあがっていた。轟《ごう》音《おん》をあげるエネルギーが全身を貫き、部屋を満たす。

ネクサスのエネルギーだわ——イザベラは思った。わたしはこの周辺にある自然のエネルギーを引き寄せている。

「走って」イザベラはささやいた。「まっすぐ走りなさい」

つかのまシルビアはぴくりとも動かなかった。手から銃が落ちた。見えない稲妻がふたたび周囲をつんざく。ファロンが身がまえた。

「だめ」イザベラは彼にささやきかけた。

シルビアが玄関に突進し、土砂降りの雨のなかに飛びだしていった。

犬たちはもうすぐそこまで来ている。激しく吠えたてている。

嵐のなか、強風と荒れ狂う波の音を貫いて、か細い悲鳴が聞こえた。数秒後、唐突に悲鳴がやんだ。

犬が吠えなくなっている。

ファロンがイザベラを抱き寄せ、二度と放さないとでも言うようにきつく抱きしめた。ほどなくポピーとクライドとほかの犬たちがキャビンに駆けこんできた。イザベラを見て大喜びしている。ヘンリーとヴェラ、さらに数人の見慣れたメンバーもポーチを駆けあがってキャビンに入ってくる。

「みんな無事か?」ヘンリーが尋ねた。

イザベラはファロンの肩から顔をあげ、友人や隣人を見た。

「ええ。もうだいじょうぶよ」

35

イザベラとファロンは黒いＳＵＶの前の座席に座っていた。後部座席でウォーカーがゆっくり前後に体を揺らしている。彼らの前で、保安官と二人の保安官補がシルビア・トレモントの遺体をヴァンに運びこんでいた。

火がついたようにキャビンを飛びだしていったシルビア・トレモントは、崖から下の岩場に転落して首の骨を折った。

「崖から落ちるとわかっていたんだな」ファロンが静かにつぶやいた。質問ではない。「だからわたしにとめるなと言った」

「ええ」イザベラの体に身震いが走った。自分がしたことの衝撃が、いまになって襲ってきている。「崖の端まで走りつづけるのはわかっていたわ」

ファロンがハンドルから右手を放してイザベラの左手をきつく握った。

「こんなふうに能力を使ったのは初めてだったんだな」今度も質問ではない。

「言ったでしょう、死体にはそれなりに遭遇してきたって」

「だが、死なせる側にまわったことはなかった」

「ええ」

「きみはわたしをその立場にしたくなかった」

「ええ」

「わたしには女を殺せないと思ったのか？」

「いいえ」身震いがとまらない。「そもそもの原因をつくったのはわたしだからよ。シルビアという災いを呼び寄せたのはわたしだった。ザンダー邸を調べると言い張らなければ――」

「その場合シルビアは、〈J&J〉にブライドウェルの作品の隠し場所を突きとめさせるほかの手段を見つけていただろう」ファロンが言った。「あれは、いつ爆発してもおかしくない、きわめて不安定かつ予測がつかない時限爆弾だった。防空壕に入って作品を安定させ、安全に研究室に運ぶためにはわれわれが不可欠だった。ロサンジェルスで無事保管されたら、いつでも盗みだす手はずを整え、盗難の責任をラファネリに負わせることが可能だったはずだ」

「そう思う？」

「間違いない」とファロン。「シルビア・トレモントは、こうと決めたらあきらめない女だ。冷酷にスローンを殺し、そのあときみとウォーカーも殺すつもりでいた」

「そうね」イザベラは言った。「そのとおりよ」

「わたしに任せるべきだった」

「そうはいかないわ」このあたりで話題を変えたほうがいい。「ボディガードは見つかったの？」

「まだだ」

「たぶんまだ歩きつづけているわ。消えろと指示したから、言われたとおりにしているのよ」

「宇宙人の薬」ウォーカーがぼそりとつぶやいた。「毒」

ファロンがルームミラーに映るウォーカーに目をやる。「薬？」

「言っただろう、う、宇宙人の薬だ」躍起になっている。

イザベラはファロンを見た。「ボディガードはステロイド漬けに見えたわ。薬を使っていたんだとウォーカーは思ってるのよ」

「気づいていた」ファロンがハンドルをきつく握りしめた。「夜陰だ」

36

二人はへたったソファにならんで座り、小さなコーヒーテーブルに足を載せてウイスキーを飲んでいた。

「また二人で緊張を解いているな」ファロンが言った。

「ええ」

「一週間で二度めだ」

イザベラはグラスの中身に目を凝らした。「今週はずいぶんいろいろあったもの」

「たしかに」

「なにを考えてるの？」

「夜陰の残党が超常武器の入手をもくろんだ。その種の品物の市場に入りこみ、オーヴィル・スローンという仲介人に出会った」

「そして今度はスローンが彼らをシルビア・トレモントに引き合わせた」イザベラは言った。

「シルビアは、ソサエティの博物館の地下室にある超常武器をせっせと売りさばいていた。ソサエティから貯蔵品を盗むという危ない橋をすでに渡っていたなら、ほかの組織からの採用オファーも躊躇《ちゅうちょ》なく受けたはずよね。夜陰のメンバーに声をかけられたんだわ」

ファロンが両手に載せた水銀鏡をひっくり返した。「新しいパートナーからガラスのエネルギーを実験する専用の研究室と無制限の資金提供を約束され、シルビアは有頂天になった」

「ええ」

「最新式の研究室を運営するには膨大な金がかかる。どうやら夜陰の残党の少なくとも一つはまだ勢いがあるらしい。早く見つけないと」

「心当たりはあるの？」

「たぶん」

「ほんとうはたぶんじゃないんでしょう？」

「シアトルでジャック・ウィンターズとクロエ・ハーパーが危うく殺されかけた少し前、オレゴン州ポートランドとの関連が浮上した。死亡した夜陰の一人、ジョン・スティルウェル・ナッシュは〈カスカディア・ドーン〉という健康食品メーカーのCEOだった」

「サプリメントやビタミン剤を売る会社なら、非合法な薬物研究室の絶好の隠れ蓑《みの》になるわ。調べたの？」

「ずっと監視させている。ナッシュの死後間もなく新しいCEOが引き継いだ。ほかの名前を名乗っているが、ヴィクトリア・ナイトの可能性があると思っている。それ以前はニッキ・プラマーと名乗っていた」

「ニッキ・プラマー？」

「夜陰のスパイだ。ザックとレインが関わった案件に登場した。事件後精神科施設に収容された。自殺したとされているが、わたしは疑念を抱いている」

「その人がヴィクトリア・ナイトになったと思ってるの？」

「もしそうなら、数週間前のバーニング・ランプの一件でラスベガスに現われた催眠能力者も彼女だ。〈カスカディア・ドーン〉の新しいＣＥＯは彼女の気がする。だがヴィクトリアが最初にやったのは、会社を売却してふたたび姿をくらますことだった」

「なぜ売却したの？」

「おそらくわれわれがあの会社の存在に気づいたのを察知したんだ。それにヴィクトリアには金が必要だった。収益の多い会社を売り、その金を持って活動を再始動できる場所へ移動したんだろう。わたしは彼女がふたたび姿を現わすのを待っていた。きっとそのときが来たんだ」

「辻褄は合うわね。シルビアは、新しいパートナーは女性で、わたしを無力化するべきだと考えていると話していたもの」

「きみに薬を盛るのはそう簡単にはいかなかっただろう」ファロンが言った。「きみならあの薬の近くにある不快なエネルギーを感知したはずだ。ただウォーカーにはとても感謝している。借りができた」

「みんなそうよ」

「ナイトの痕跡は見失ってしまったが、はっきりしていることが一つある」ファロンが続けた。「これまでの夜陰の事件に共通していたように、武器獲得作戦も西海岸が中心になっている。理由はどうあれ、どうやら夜陰かその残党の本拠地は、この国の西側にあるようだ」

「クレイグモアが夜陰を設立した場所だからじゃない？」

「その可能性もある」とファロン。「だがひょっとしたら、ワシントンからオレゴン、カリフォルニア、アリゾナへと流れる自然エネルギーに関連があるのかもしれない。スカーギル・コーブに匹敵するほど強いネクサス・ポイントはそう多くないし、少なくともはっきりそうとわかるものはない。だがセドナにあるようなエネルギーが渦巻く場所、ボルテックスはあちこちにある。おそらくまだ発見されていない場所がポートランドにあるんだろう」

「ドクター・ハルゼイは秘薬の効果を高めるために、そのエネルギーを利用しようとしているんだと思ってるの？」

「そんな気がする。もしそうなら、調査の範囲をせばめられる」

「ワシントンとアリゾナはかなり離れているわ」

「ああ。でも長年のあいだに複数のホットスポットが見つかっている。それにネクサスやボルテックスの感知が得意な超能力者が何人かいる。夜陰の研究室がありそうな場所の地図をつくれるかもしれない」

イザベラはウイスキーに口をつけてグラスをさげた。

「今日、あることがあったの。トレモントを催眠状態にしたとき」と話しだす。「どうやったのか自分でもわからないけれど、一瞬、あそこにあるネクサスのエネルギーと接触した気がするの。わたしの能力は高いけれど、あんなものはこれまで感じたことがなかった。すごく不思議な感覚だった」

「高い能力を持つ者がネクサスのエネルギーを引き寄せるのは、これまでもあっただろう。だが遊びでやるにはリスクが高すぎる。電流が流れている電線に触れるようなものだ。触れた人間の感覚をショートさせたり、悪くすれば殺してしまうかもしれない。習慣にしないと約束してくれ」

あのときの記憶がよみがえり、寒気が走った。「約束するわ」イザベラは言った。「それで、これからどうするの？」

「〈カスカディア・ドーン〉で研究をしている人間がいるなら、建物のなかに痕跡があるはずだ。調査員を送りこんで調べさせる」

「誰を？」

「以前シアトルであと片づけをした人間だ。幻覚能力者。氷のように冷たい男だが、仕事の腕はいい。だが、仕事を終えたあとのあいつには、くわしいことを訊かないようにしている」

イザベラはちらりとファロンをうかがい、微笑んだ。さんざんな一日だったけれど、活力にあふれて見える。解明すべき新たな手掛かりをたっぷり手に入れたシャーロック・ホームズ。

「いま夜陰の内部でなにが起きていると思ってるの？」

「上層部で激変が起きているはずだ。創設者の死後、命令系統がめちゃくちゃになり、まだ立て直せずにいる。果たして立て直せるのかもわからない。ようやく新しい組織の全貌が見えはじめたところだ」

「以前の夜陰よりおとなしい存在になったとは見ていないのね？」

「ああ。当分のあいだは、ばらばらに活動しているいくつかの小規模の夜陰を相手にすることになるだろう」

「一つの犯罪組織ではなく、複数のギャンググループを相手にするようなもの？」

「そうだ」ファロンがコーヒーテーブルから足をおろした。体を前に倒して太ももに腕を載せ、両手でグラスを包みこむ。瞳が見慣れた光できらめいていた。「だとすると、ギャング同士で全面戦争が始まる可能性が高い。よくある社内での駆け引きと同じだ。同盟関係が変化する。権力争いが起きる。謀略。裏切り」

「バースデー・プレゼントを山ほどもらった子どもみたいな顔をしてるわよ」

ファロンの瞳がわずかに熱を帯びた。周囲でエネルギーがパチパチ音をたてているのが聞こえるようだ。

「内輪もめが起これば、こちらにとって好都合だ。つけこむひびや裂け目がたくさんできる」

「秘薬はどうするの？　あなたの話だと、秘薬を握った人間が夜陰も握ることになるわ」

「クレイグモアが生きていたとき、秘薬は複数の場所でつくられていた。どうやらそれぞれの研究室はばらばらに活動し、オリジナルの秘薬を独自に研究していたらしい」

「どこも秘薬の副作用をなんとかしようとしていたの？」

「そうだ。五つの研究室を閉鎖したが、まだ発見できていないものがいくつかある。研究はいまも続いていて、複数の新しいバージョンの製造が進行中だと考える必要がある。なかにはほかのバージョンより効果が高いものもあるはずだ。生産者はいずれも自分の製造法を必死で隠し、その一方でもっと効果のあるバージョンを盗もうとする」

「つまり、内輪もめや謀略や裏切りにくわえて、夜陰の残党のなかで産業スパイも起こるということね」

「それも利用できる」ファロンが言った。「スパイ行為があるところでは、二重スパイや寝返る人間や泥棒が大勢必要になる」

「それに人殺しも？」

「ああ」満足顔でファロンが答えた。「シアトルにいる例の幻覚能力者ならまさに適任だ」

37

イザベラのダブルベッドで目を覚ましたファロンは、まだ夜明けには程遠いことに気づいた。彼はほんのり光る腕時計の文字盤に目をやった。

午前二時。

隣りにいるイザベラがぴったり寄り添っている。ふいに猛烈な欲望がこみあげた。

イザベラの寝巻の裾から手を入れ、あたたかい太ももに手のひらを這わせた。片肘をついて体を起こし、肩にキスをする。

「起きてるか？」

「いいえ」

ファロンは太もものあいだに手をすべりこませた。「ほんとうに？」

「ほんとうよ」

「そうか。どっちかなと思っただけだ」

やわらかいヒップに股間を押しつけ、耳たぶを甘嚙みしながら指先でそっと愛撫する。

イザベラが吐息を漏らして仰向けになった。暗がりでエネルギーが強まっている。感覚を高めると、イザベラの瞳が穏やかに燃えているのがわかった。彼女が首に腕を巻きつけてきた。

「いま目が覚めたわ」

「わたしもだ」

「わかっていたわ」

ファロンはイザベラに覆いかぶさって唇を重ねた。甘く物憂い吐息とともにイザベラが体をひらき、ぬくもりの場所へいざなってくる。ゆっくり時間をかけて愛撫を続けると、昇りつめていくイザベラが腕のなかで身震いし、体の奥がきつくしまっていくのがわかった。そうなってからようやくファロンは彼女のなかに入った。

「ファロン」

イザベラはあっというまに絶頂に達し、ファロンもそれに続いた。

しばらくのち、彼はしぶしぶ体を放して仰向けに横たわった。二人のあいだに手を伸ばし、イザベラの手を握る。そのまま息切れが治まるまでじっとしていた。

「明日イクリプス・ベイまで海岸線を北上して、きみのおばあさんに会いに行こう」

「ほんとうにそこにいると思ってるの？」

「ああ」ファロンは答えた。「もうおばあさんに会ってもだいじょうぶだ。朝になったら電話するといい。危険は去った」

「〈J&J〉のおかげね」

ファロンは自分が握りしめているイザベラの手を強く意識しながら天井を見つめた。「きみもう安全だ」

「そうね」

「どこでも好きなところへ行ける。スカーギル・コーブに隠れている必要はない」

「隠れてなんかいないわ。いまは違う。わたしは生まれてからずっと、本物の人生を送っている人たちを窓の外からのぞきこんで生きてきた。いまは自分の人生が手に入ったんだもの、このまま生きていく」

「ほんとうにそれでいいのか？」

「スカーギル・コーブにいると落ち着くの。やりがいのある仕事。すてきな住人。きっと小さな町での暮らしが性に合ってるんだわ」

「〈J＆J〉の仕事を気に入ってるのか？」

「天職よ」

「それはよかった。きみの協力が不可欠だからな」

「そうね」

「結婚してくれ、イザベラ」

返事がない。

カオスの消えない炎が凍りついた。時間がとまった。たぶん自分の心臓もとまったのだろう――ファロンは思った――息ができない。聞きたい返事を聞けないなら、息をしたくない。

「わたしを〈J&J〉にとどめておくために結婚する必要はないわ」やがてイザベラが口をひらいた。「わたしはずっとあなたのそばにいる」

「わたしはジョーンズだ。ジョーンズ家の人間は結婚する。式、許可証、もろもろすべてひっくるめて」

「変わったしきたりがある家族ね。わたしの家族は正式な手続きとは無縁なの」

「できればきみにもうちのしきたりに従ってほしいが、いやならほかの方法を考える」

「わたしの家族のしきたりを一つ受け入れてくれるなら、そちらのしきたりに従ってもいいわ」

「きみのためならなんでもする」ファロンは即答した。「言ってくれ」

「わたしの家族は恋に落ちるの。わたしを愛せる？　だって、わたしはあなたを愛しているんだもの、心から」

カオスの光り輝く炎がふたたび燃えあがった。時間が動きだす。心臓もまた鼓動を打ちはじめた。息もできる。

「イザベラ」ファロンはイザベラを抱き寄せ、きつく抱きしめた。「死ぬまできみを愛しつづける。死んだあとも」

「それなら」イザベラが言った。「喜んで家族のしきたりをいくつか破ってあなたと結婚するわ。どれだけあなたを愛しているか証明するために、結婚許可証に本名を書いてもいい」

笑い声をあげたファロンの全身に至福のエネルギーがほとばしった。彼はイザベラにキスをし、イザベラも彼にキスを返し、夜に火がついた。

翌朝、ウィロー・クリークの新聞に死亡記事が載った。ファロンはコーヒーを飲みながらイザベラに読んで聞かせた。

今日未明、密かに運営されていたマリファナ畑で身元不明の男性の射殺遺体が見つかった。警察は、偶然さまよいこんでしまったか、マリファナを盗むために侵入したものと考えている。畑を監視するために雇われていた番人に射殺されたらしい。保安官事務所の発表によると、マリファナは処分される予定とのこと。栽培に携わっていた複数の人間に容疑がかかっている。関係者に関する情報を持っている人は連絡してほしいと警察は述べている。

「消えろと言ったの」イザベラが言った。「秘密のマリファナ畑にうっかりさまよいこんで撃たれてしまったのね」

「気休めかもしれないが、どうせそう長くは生きていられなかったはずだ」ファロンは言った。「もし秘薬を使っていたなら。いまわかっている最新の情報によると、秘薬を使っている人間は一日に二度摂取しなければならない。一度でも摂取しそこなうと判断力が低下する。たいがいは四十八時間以内に正気を失って死に至る」

「ええ、知っているわ」
「でも気持ちは楽にならない」
「ええ」

38

最悪の一週間だった。

ヴィクトリア・ナイトはワインが入ったグラスを持って自宅のコンドミニアムのベランダに出た。雨のなかでシアトルの街の明かりがきらめいている。

最悪の一週間。

周到に練った計画が二つとも失敗に終わった。その一つ、キャロリン・オースティンを巻きこんだ計画は、たしかに最初から賭けだった。成功の見込みは薄かったが、ソサエティ内部にいる新しい協力者からこのアイデアを切りだされたとき、ためす価値はあると思ったのだ。〈J＆J〉を弱体化させ、さらにはソサエティからジョーンズ一族の支配力を切り離せるかもしれないチャンスを見逃すことはできなかった。根深い復讐心に駆り立てられた悲嘆にくれる母親のむきだしのエネルギーを利用しようと試み、あと一歩でうまくいくところだった。あと一歩で。

二つめの計画は、一つめよりさらに入念に練りあげて実行した。絶対にうまくいくはずだったのに——グラスの繊細な脚を持つヴィクトリアの指に力が入った。ブライドウェルの発明品をベースにした超常武器の研究室をひらくというアイデアは、すばらしかった。うまくいくはずだった。

どちらの計画もイザベラ・バルディーズのせいで台なしになった。それとおそらくスカーギル・コーブという町そのものが原因で。シルビア・トレモントがイザベラのキッチンに毒を持ちこむのを失敗したのは痛恨の極みだ。でも、あれもまた見込み薄の賭けではあった。

それにひきかえ、スカーギル・コーブはさながら一種の防護力場で守られている小さな共同体のようだ。

二つのすばらしい計画が破綻《はたん》した。夜陰がクレイグモアに統率されていたころだったら、こんな失態は死をもって償わされていただろう。

だが夜陰は変わった。クレイグモアの死後、幹部たちはまだ新しいリーダーを選べずにいる。それどころかいがみあってたがいの喉首につかみかかり、比喩ではなく文字どおりそうなってもいる。上層部の人間二人の遺体が最近見つかった。いずれも公には自然死とされているが、そんなはずがない。競争相手を始末している人間がいるのだ。

とうぶんのあいだ、生き残ったグループは自力で活動していくことになる。自分が陣頭指揮を執っているグループのほかにいくつあるのか知りようがないが、独自に開発した秘薬を持っているグループがあるのは間違いない。

けれど、わたしにはハンフリー・ハルゼイがいる。研究者のなかでもっとも優秀な男が、わたしのもとで秘薬を研究している。いまこの瞬間も、ハルゼイは新しい研究室の建設を監督している。ハルゼイの研究室でつくられる秘薬は、もっとも強力でもっとも安定したものになるはずだ。

もっとも強力な秘薬を握ったものが、夜陰を支配する。

最悪の一週間だった。けれどソサエティ内部で裏切り者を三人見つけたのだから、基本的な戦略は間違っていない。キャロリン・オースティンとシルビア・トレモントはしくじったが、あの二人の存在は、ジョーンズ一族に刃向かうことも辞さない敵がいる証明だ。

ジョーンズ一族の三人めの敵は、現在新しいビジネスパートナーになっている。ソサエティの上層部にくわわった彼は、今後きわめて貴重な存在になるだろう。彼はジョーンズ一族に対し、先祖から脈々と受け継がれた、たぎるような憎しみを抱いている。

「ワインのおかわりは、ヴィクトリア？」ビジネスパートナーにうしろから声をかけられた。

下を見たヴィクトリアは、グラスが空になっていることに気づいた。うしろへ振り向く。

「ええ、いただくわ。今週は思うようにいかない一週間だった」

エイドリアン・スパングラーが微笑んだ。周囲で冷たいエネルギーが震えている。

「すぐに事態は好転するさ」エイドリアンが言った。「きみとぼくの二人で、ジョーンズ一族とあいつらがつくりあげたものすべてを叩き潰すんだ。そしてぼくたちがソサエティの支配権を握る」

エイドリアンがワインのボトルを手に近づいてきた。グラスに注ぐ前にヴィクトリアにキスをする。ヴィクトリアの血がかっとほてった。

ソサエティでの立場ゆえに、エイドリアンは役に立つ存在だ。ヴィクトリア同様、高い能力を備えているし、ハルゼイが秘薬の安定性を保証するまで薬を使わないだけの分別もある。二人は初対面のときから肉体的に惹かれあった。

エイドリアン・スパングラーは、わたしが目的を達成するために必要なすべてだ——ヴィクトリアは思った。でも、最近はどちらがどちらを利用しているのか、わからなくなりはじめている。

たまにエイドリアン・スパングラーがひどく恐ろしくなる。

39

二人は日没直後にイクリプス・ベイに到着した。冬の海岸沿いの小さな町がどこもそうであるように、イクリプス・ベイも閑散としていて、建物の明かりもほとんどついていなかった。メインストリートの店はどれも閉まっていた。

ファロンはイザベラに教わった道をたどり、雨風で色落ちしたキャビンの私道に入った。窓に明かりが灯っている。私道には車が一台とまっていた。緑と茶色の迷彩色のSUVだ。

車のエンジンを切らないうちにキャビンの玄関がひらいた。女性が二人ポーチに出てくる。どちらもきつくパーマをかけた銀髪を年配の女性に多い短いボブにカットにしていた。背が高いほうの女性は軍服のような服装で、頑丈な黒いブーツを履いている。背が低いほうは色《いろ》褪《あ》せたデニムシャツにジーンズ、スニーカーという格好だ。年齢のわりに、どちらからも筋金入りの迫力めいたものが感じ取れる。

イザベラが微笑んだ。「背が低いほうが祖母よ。ここではバーニス・フィッツジェラルドと名乗っていると電話で話していたわ」

「となると、もう一人がアリゾナ・スノーだな」ファロンは言った。「電話で一、二度話したことがあるが、会うのははじめてだ」

「昔政府の秘密機関で働いていたというのもうなずけるわね。二人ともかなりタフそうだもの」

「ああいう女性は嫌いじゃない。バーで喧嘩《けんか》をするときは、どっちかに加勢してもらいたいものだ」

イザベラが笑ってシートベルトをはずした。「あなたにはわたしがいるじゃない」

「そうだな」

イザベラが車のドアをあけ、ポーチへ駆けだした。

「おばあちゃん。絶対生きてるって思ってたわ」

背が低いほうの女性が腕を広げた。「そろそろ来るころだと思っていたよ。なんでこんなに時間がかかったんだい？」

ファロンは車を降りて軍服姿の女性を見た。「お会いできてうれしいです、アリゾナ・スノー」

「おやおや、じゃあ、あんたがファロン・ジョーンズだね」アリゾナが頭のてっぺんからつま先までじろじろファロンをながめ、納得したようにこくりとうなずいた。「まさに想像してたとおりだ。さあ、二人とも入りな。ぎりぎり夕食に間に合ったよ」

四人は古ぼけたオークのテーブルを囲み、バーニスがつくったクミンの香りのする栄養たっぷりのシチューを食べていた。カリカリのパンとサラダもある。

「イザベラからの電話で、新しい勤め先で陰謀をあばいたという話を聞いた瞬間、この子がとてつもない危険に巻きこまれたとわかったんだ」バーニスが言った。「だから姿を消せと言ったんだよ。それがうまくいかなかったら、スカーギル・コーブへ行ってファロン・ジョーンズに会えと。彼ならどうすればいいかわかるってね」

「予想以上に一筋縄ではいかない状況だったのよ」イザベラはパンをひとくち嚙みちぎってもぐもぐ嚙んだ。「あの会社で起きていた陰謀には、盗まれた超常武器や、夜陰と呼ばれている団体につながるもっと大きな陰謀がからんでいたの。夜陰はソサエティから創設者の秘薬を盗んだ。その薬は超能力を高めるけれど、とんでもない欠陥がある。正気を失わせてしまうの」

　バーニスの目が細まった。「ルーカンの商売は氷山の一角だって気がしてたんだ」

　アリゾナがわけ知り顔でむっつり椅子の背にもたれた。「盗まれた秘薬に超常武器だって？　それでいろいろ筋がとおる。政府がやってることと関連があっても驚かないね。〝エリア51〟にあるものだってこっそり持ちだされそうになったことがあったんだ。あたしが阻止してやったけどね」

「裏には裏があるってことだね」バーニスがくすくす笑う。「組織にいたころを思いだすよ」

「まったくだ」とアリゾナ。

　昔の戦友同士のように、二人がおしゃべりをはじめ、秘密機関で働いていた時代の体験を語り合った。

　ファロンはゆったり椅子に座ってその場を楽しんでいた。イザベラが前に乗りだし、活発なおしゃべりにまぎれて小声で話しかけてきた。

「なにを考えてるの？」

「なんとも気が楽だと思っていた」ファロンは答えた。「ここにいるのはわたしの同類ばかりだ。誰もわたしを変人とは思わない」

「思いっこないわ」

　アリゾナが席を立って戸棚からウイスキーのボトルを出した。

「ノース・カロライナのリサーチ・トライアングル・パークにある一軒の建物の地下室で、実際になにが行なわれているか突きとめる任務に就いたときのことを覚えてるかい？」バーニスに尋ねる。

「もちろん覚えてる」バーニスが鼻を鳴らした。「明晰夢《めいせき》の実験をしている秘密機関だとわかった。超能力者を使って連続殺人犯を見つけようとしていたんだ。あのときはほんとに参ったよ。研究責任者はうちの責任者が彼の縄張りを乗っ取ろうとしていると考え、逆もまたしかりだったから、いがみあいに発展した。典型的なお役所的縄張り争いさ」

「いままでも思いだすと笑っちまうよ」とアリゾナ。

「ちょっと待ってくれ」ファロンは空になったボウルを押しのけ、前に乗りだしてテーブルで腕を組んだ。「ノース・カロライナで明晰夢の研究が行なわれているという話は初耳だ。

くわしく教えてくれ」

アリゾナがウイスキーとグラスを四つ持ってテーブルに戻り、腰をおろした。

「じゃあ話すよ。こういうことだったんだ」バーニスが話しはじめた。

ファロンは感覚を解き放ってじっと耳を傾けた。要は脈絡しだいだ。

彼はテーブルの下に手を伸ばしてイザベラの手を握った。イザベラがしっかり握り返してくる。愛し合う二人のエネルギーがファロンを貫き、以前は暗闇に閉ざされていたあらゆる場所を明るく照らした。

つかのま会話が途切れたとき、彼はイザベラに微笑みかけた。

「ようやく人生を楽しめるようになったのはきみだけじゃない」ファロンは言った。「わたしも同じだ」

「いい気分でしょう?」

「ああ」彼は答えた。「すばらしい気分だ」

訳者あとがき

ロマンチック・サスペンスと言えばこの人、と言っても過言ではないジェイン・アン・クレンツの超人気シリーズ、〈アーケイン・ソサエティ・シリーズ〉の新作をお届けします。

十七世紀に錬金術師のシルベスター・ジョーンズによってつくられた超能力者組織〈アーケイン・ソサエティ〉を中心に、複数の時代と大陸をまたいでくり広げられるこのシリーズは、三つのペンネームを駆使して過去、現代、未来を舞台にした作品を精力的に発表している著者だからこそ構築できる壮大な世界観に基づきながら、単独で読んでも問題なく楽しめる作品ばかりなのが嬉しい特徴になっています。

二見書房からはこれまでに、現代アメリカを舞台にした四作（『許される嘘』『消せない想い』『楽園に響くソプラノ』『夢を焦がす炎』）をご紹介し、いずれも大好評をいただきました。

シリーズを通して読んでくださっているファンのみなさんのなかでとくに人気が高いのが、ソサエティ直属の調査会社〈ジョーンズ&ジョーンズ〉の責任者として毎回名脇役を務めているファロン・ジョーンズ。本書では、ついに彼が主役となって活躍します。

〈ジョーンズ&ジョーンズ〉はソサエティのメンバーから依頼される調査を行なっていますが、それよりはるかに重要な使命は、普通の警察では対処しきれない、超能力者がからむ犯罪を独自に処理することです。責任者は代々ジョーンズ一族が引き継ぐ伝統があり、ファロンは自分がそのポストについたとき、カリフォルニア州の入り江に面した小さな町、スカーギル・コーブにオフィスを移しました。スカーギル・コーブは太平洋から漂ってくる灰色の霧に包まれたうらさびしい町で、彼はそこに自分と波長の合うなにかを感じたのです。

ファロンには、一見なんの関連もなさそうなところにパターンを見出す能力があります。超能力を備えた犯罪者による悪事を調査するときはこの能力が大きなメリットになりますが、その反面、根拠のない妄想を抱いているだけだと思われがちでもありました。もともと寡黙《かもく》で人づき合いが苦手なこともあり、最近では妄想にとらわれるあまり正気を失いかけているのだと噂する者まで現われる始末です。けれど無秩序のなかに秩序を見出すためには、外界にわずらわされることなく一人でじっくり考える必要があったのです。人里離れたスカーギル・コーブはこの点で最適だったものの、世捨て人のような暮らしぶりは、変わり者という彼の評判に拍車をかけてもいました。

そんなファロンがひょんなことから雇うことになったアシスタントが、イザベラ・バルディーズという謎めいた女性でした。

イザベラはある晩遅く、バックパック一つでスカーギル・コーブに現われ、町で唯一のカフェでウェイトレスとして働きはじめました。

彼女にはなんらかの超能力が備わっていると察知したファロンは、すぐにイザベラの身元調査に取りかかりましたが、不自然なほど非の打ちどころのない経歴が見つかっただけでした。ファロンは釈然としないものを感じ、イザベラに対する関心をいっそう強めていきます。

人並み外れた調査能力を持つファロンですらイザベラの身元を突きとめられなかったのには、理由がありました。

イザベラは、生まれたときから偽名で生活していたのです。あらゆるものの裏に陰謀があると信じ、公式なデータをいっさい残さないように暮らしている家族に育てられたため、生まれる前から偽の身分証明書が用意され、出生証明書すらありません。

いくつもの偽名を用いて仕事や住まいを転々と替える暮らしを送っていたら、親しい人間関係は望めません。イザベラが心を許せるのは、血がつながった一人きりの家族、祖母だけです。見つける必要があるものが存在すると感知できる能力のおかげで、行方不明の人や物を探す会社に就職はできましたが、ときには見つかりたくない人を探しだす仕事を任されることがあり、それは精神的にこたえるものでした。なによりも、あまりにも長いあいだ偽りの人生を送ってきたせいで、たまに自分が何者かわからなくなって言いようのないむなしさも感じていたのです。

満たされない思いを抱えていたイザベラに、一カ月前、危機が迫りました。当時勤めていた会社で身に覚えのない罪を着せられたのです。真犯人の計略にはめられたと気づいたイザベラは、すぐさま行方をくらませました。その直後、祖母と連絡がつかなくなり、イザベラは自分を罠《わな》にかけた人間のしわざかもしれないと戦慄《せんりつ》します。唯一の心のよりどころだった祖母はもうこの世にいないのかもしれない。そんないたたまれない気持ちにさいなまれながら逃亡生活を送っていたイザベラは、追手が迫っているのを知ってスカーギル・コーブをめざします。手に余る事態になったら〈ジョーンズ&ジョーンズ〉のファロン・ジョーンズを頼れ。そう祖母に言われていたのです。

そんな顚末《てんまつ》を知らないままイザベラを雇ったファロンでしたが、彼女がアシスタントになると、乱雑を極めていたオフィスはわずか数日できれいに整理され、仕事もスムーズに運ぶようになりました。〈ジョーンズ&ジョーンズ〉が超能力に関わる仕事をしていると知ってもイザベラはまったく動じず、ファロンの一風変わった性格や、狂気と紙一重と思われがちな超能力も平然と受け入れています。普段のファロンなら苛立ちを覚えるはずの陽気な性格も、イザベラが相手だとまったく気にならず、むしろ彼女がいるとオフィスが明るくなったように感じられるのでした。

ただ一つ問題がありました。事務の仕事に慣れたイザベラが、調査の仕事もしたがるようになったのです。

ファロンはしぶしぶ地元の不動産業者からの依頼をイザベラに任せることにしました。幽霊屋敷と噂のある古い家を調べ、幽霊が出ないことを証明してほしいという依頼です。本来なら〈ジョーンズ&ジョーンズ〉が引き受ける類《たぐい》の仕事ではありませんが、イザベラに説得されてしかたなく折れたのです。

もとより幽霊の存在など信じていないイザベラにとって、それは楽な初仕事になるはずでした。けれどその家を見たとたん、イザベラの能力が激しく反応し、見つけなければならないものがあると強く訴えてきたのです。そしてそこで見つけたものをきっかけに、スカーギル・コーブの町が長きに渡って隠しつづけてきた秘密があばかれていきます。

その過程で明らかになっていくイザベラを陥れた計略やファロンの過去、ソサエティを脅かす超能力犯罪者集団〈夜陰〉が暗躍する陰、ソサエティの存続に関わる事件など、スリリングでテンポのいいストーリーはまさに著者の真骨頂そのものです。

もう一つの真骨頂、惹かれあっていく二人のロマンスも丁寧に描かれています。

ぶっきらぼうで愛想がなく、一人を好むファロン。

明るく社交的なのに、他人との深い関わりを避ける生活を強いられてきたイザベラ。

綿々と続く一族の一人として大勢の親族に囲まれているファロン。

自分が誰かわからなくなるほど偽りの人生を生きてきた孤独なイザベラ。

対照的でありながら、ほんとうに自分を理解してくれる相手を求める強い気持ちが共通する二人が出会うことで、まさに破鍋《われなべ》に綴蓋《とじぶた》のようなカップルが誕生しています。

また、浅からぬ因縁を抱えながらスカーギル・コーブで暮らしてきた個性あふれる住民たちも、物語に魅力を添えています。著者のウェブサイトには舞台として重要な役割を果たすスカーギル・コーブの地図が載っており、それを見ると彼らの暮らしぶりの一端がうかがえます。興味のある方はぜひご覧になってください。

著者の執筆意欲は衰えることを知らず、本国では新たなシリーズとなる『*Copper Beach*』が二〇一二年一月に刊行されました。超能力を持つ主人公たちが登場するのは同じですが、こちらは現代だけを舞台にしたものになるらしく、どんなシリーズになるのか楽しみなところです。

二〇一二年六月

ザ・ミステリ・コレクション

霧《きり》に包《つつ》まれた街《まち》

著者　ジェイン・アン・クレンツ
訳者　中西和美《なかにしかずみ》

発行所　株式会社 二見書房
東京都千代田区三崎町2-18-11
電話 03(3515)2311［営業］
03(3515)2313［編集］
振替 00170-4-2639

印刷　株式会社 堀内印刷所
製本　合資会社 村上製本所

落丁・乱丁本はお取り替えいたします。
定価は、カバーに表示してあります。

ISBN978-4-576-12104-8
http://www.futami.co.jp/

許される嘘
ジェイン・アン・クレンツ
中西和美［訳］

人の嘘を見抜く力があるクレアの前に現われた謎めいた男ジェイク。運命の恋人たちを陥れる、謎の連続殺人。全米ベストセラー作家が新たに綴るパラノーマル・ロマンス！

消せない想い
ジェイン・アン・クレンツ
中西和美［訳］

不思議な能力を持つレインのもとに現われたアーケイン・ソサエティの調査員ザック。同じ能力を持ち、やがて惹かれあうふたりは、謎の陰謀団と殺人犯に立ち向かっていく…

楽園に響くソプラノ
ジェイン・アン・クレンツ
中西和美［訳］

とある殺人事件の容疑者の調査でハワイに派遣された特殊能力者のグレイス。現地調査員のルーサーとともに事件に挑むが、しだいに思わぬ陰謀が明らかになって…!?

夢を焦がす炎
ジェイン・アン・クレンツ
中西和美［訳］

特殊能力を持つゆえ恋人と長期的な関係を築けずにいた私立探偵のクロエ。そんなある日、危険な光を放つ男が訪れ、彼の祖先が遺したランプを捜すことになるが…

夢見の旅人
ジェイン・アン・クレンツ
中西和美［訳］

夢分析の専門家イザベルは、勤めていた研究所の所長が急死したため解雇される。自分と同様の能力を持つエリスとともに犯罪捜査に協力するようになるが…

すべての夜は長く
ジェイン・アン・クレンツ
中西和美［訳］

十七年ぶりに故郷に戻ったヒロインを待っていた怪事件の数々。ともに謎ときに挑むロッジのオーナーで、元海兵隊員との激しい恋！　ロマンス界の女王が描くラブ・サスペンス

ささやく水
ジェイン・アン・クレンツ
中村三千恵［訳］

誰もが羨む結婚と、CEOの座をフイにしたチャリティ。彼女が選んだ新天地には、怪しげなカルト教団が…。きな臭い噂のなか教祖が何者かに殺される。

曇り時々ラテ
ジェイン・アン・クレンツ
中村三千恵［訳］

デズデモーナの惚れた相手はちょっぴりオタクな天才IT企業家スターク。けれどハッカーに殺人、次々事件に巻き込まれ、二人の恋も怪しい雲行きに…

優しい週末
ジェイン・アン・クレンツ
中村三千恵［訳］

エリート学者ハリーと筋金入りの実業家モリー。迷走する二人の恋をよそに発明財団を狙う脅迫はエスカレート。真相究明に乗りだした二人に危機が迫る！

迷子の大人たち
ジェイン・アン・クレンツ
中西和美［訳］

サンフランシスコの名門ギャラリーをめぐる謎の死。辣腕美術コンサルタントのキャディが〝クライアント以上恋人未満〟の相棒と前代未聞の調査に乗り出す！

ガラスのかけらたち
ジェイン・アン・クレンツ
中西和美［訳］

芸術家ばかりが暮らすシアトル沖合の離れ小島で、資産家のコレクターが変死した。幻のアンティークガラスが招く殺人事件と危険な恋のバカンス！

鏡のラビリンス
ジェイン・アン・クレンツ
中西和美［訳］

死んだ女性から届いた一通のメール……奇妙な赤い糸で引き寄せられた恋人たちが、鏡の館に眠る殺人事件の謎を追う！　極上のビタースイート・ロマンス

危険すぎる恋人
リサ・マリー・ライス
林啓恵［訳］

雪嵐が吹きすさぶクリスマス・イブの日、書店を訪れたジャックをひと目見て恋におちるキャロライン。だがふたりは巨額なダイヤの行方を探る謎の男に追われはじめる。

眠れずにいる夜は
リサ・マリー・ライス
林啓恵［訳］

パリ留学の夢を諦めて故郷で図書館司書をつとめるチャリティに、ふたりの男――ロシア人小説家と図書館で出会った謎の男が危険すぎる秘密を抱え近づいてきた……

悲しみの夜が明けて
リサ・マリー・ライス
林啓恵［訳］

闇の商人ドレイクを怖れさせるものはこの世になかった。美貌の画家グレイスに会うまでは。一枚の絵がふたりの運命を一変させた！想いがほとばしるラブ＆サスペンス

愛は弾丸のように
リサ・マリー・ライス
林啓恵［訳］

セキュリティ会社を経営する元シール隊員のサム。そんな彼の事務所の向かいに、絶世の美女ニコールが新たに越してきて……待望の新シリーズ第一弾！

青の炎に焦がされて
ローラ・リー
桐谷知未［訳］

惹かれあいながらも距離を置いてきたふたりが再会した場所は、あやしいクラブのダンスフロア。それは甘くて危険なゲームの始まりだった。麻薬捜査官とシール隊員の燃えるような恋

誘惑の瞳はエメラルド
ローラ・リー
桐谷知未［訳］

政治家の娘エミリーとボディガードのシール隊員・ケル。狂おしいほどの恋心を秘めてきたふたりが〝恋人〟として同居することになり…。待望のシリーズ第二弾！

夜風のベールに包まれて
リンダ・ハワード
加藤洋子［訳］

美人ウェディング・プランナーのジャクリンはひょんなことからクライアント殺害の容疑者にされてしまう。しかも現われた担当刑事は〝一夜かぎりの恋人〟で…⁉

永遠の絆に守られて
リンダ・ハワード／リンダ・ジョーンズ
加藤洋子［訳］

重い病を抱えながらも高級レストランで働くクロエは最近、夜ごと見る奇妙な夢に悩まされていた。そんなおり突然何者かに襲われた彼女は、見知らぬ男に助けられ…

凍える心の奥に
リンダ・ハワード
加藤洋子［訳］

冬山の一軒家にひとりでいたところ、薬物中毒の男女に強盗に入られ、監禁されてしまったロリー。そこへ助けに現われたのは、かつて惹かれていた高校の同級生で…⁉

ラッキーガール
リンダ・ハワード
加藤洋子［訳］

宝くじが大当たりし、大富豪となったジェンナー。人生初の豪華クルーズを謳歌するはずだったのに謎の一団に船室に監禁されてしまい……⁉ 愉快&爽快なラブ・サスペンス

天使は涙を流さない
リンダ・ハワード
加藤洋子［訳］

美貌とセックスを武器に、したたかに生きてきたドレア。彼女を生まれ変わらせたのは、このうえなく危険な暗殺者！ 驚愕のラストまで目が離せない傑作ラブサスペンス

燃えるサファイアの瞳
アイリス・ジョハンセン
青山陽子［訳］

恋に臆病な小国の王女キアラは、信頼する乳母の窮地を救うため、米国人実業家ザックの元へ向かう。ふたりは出逢ってすぐさま惹かれあい、不思議と強い絆を感じ……